Familienpackung

Susanne Fröhlich

Familienpackung

ROMAN

Weltbild

Besuchen Sie uns im Internet:
www.weltbild.de

Genehmigte Lizenzausgabe
für Verlagsgruppe Weltbild GmbH,
Steinerne Furt, 86167 Augsburg

Umschlaggestaltung: Atelier Seidel, Neuötting
Umschlagmotiv: Mauritius Images, Mittenwald (© age fotostock)
Autorenfotos: © Gaby Gerster
Gesamtherstellung: Bagel Roto-Offset GmbH & Co.KG,
Gewerbegebiet Sachsen-Anhalt Süd, Kirchweg, 06721 Schleinitz
Printed in Germany
ISBN 3-8289-8007-4

2009 2008 2007 2006
Die letzte Jahreszahl gibt die aktuelle Lizenzausgabe an.

Für meine ganz persönliche Familienpackung:
Gert, Charlotte und Robert

Und für alle, die genauso unperfekt sind wie ich
und trotzdem glücklich

Und natürlich für alle stillen Kämpferinnen
in den Reihenhäuschen dieser Welt
Nie aufgeben, Mädels

Tag 1

Herr Barts ist da. Was für ein Mann. Schmale Hüften, dunkles Wuschelhaar und ein absolut wahnsinniges Strahlelächeln: »Guten Morgen, Frau Schnidt«. Wie der mich angrinst. Ich bin hin- und hergerissen. Gut, dass ich mir heute Morgen die Haare gewaschen habe. Es gibt doch noch sinnvolle Eingebungen.

Was wäre, wenn ich ihn, anstatt »Guten Morgen« zu sagen, einfach gegen die Hauswand drücken, meinen Körper an seinen pressen würde und dann: ab geht's. Wir würden mit Glück noch die Haustür zuziehen können und es sicher nicht mehr bis zum Schlafzimmer schaffen. Dann würden wir es treiben, bis wir vor Ermattung fast bewusstlos wären.

»Schnidt, deine Hormone, du bist fremdgesteuert, komplett wahnsinnig«, besinne ich mich und ordne mein Leben, wenigstens im Kopf. Ich bin eine verheiratete Frau im Reihenmittelhaus, mein Mann arbeitet und ich lasse mich kurz vor dem Mittagessen von meinen Trieben steuern. Wie weit bin ich gesunken? Kommt das durch fehlende Kohlenhydrate, ist es die Reihenhausluft, sind es Stoffe im Trinkwasser oder was läuft da in meinem Körper?

Ich meine, Herr Barts kommt von den Stadtwerken und will den Strom ablesen. Herr Barts ist ein mir völlig fremder Mann und sein Erscheinen heute Morgen hier an meiner Haustür ist trotzdem das Ereignis der Woche. Ein gut aussehender Mann hier inmitten der Legginsfront. Ein Mann, der nicht in eines der kleinen Häuschen gehört. Ein Mann, der lacht und sich sichtlich freut, mich zu sehen. Reicht das schon für überschäumende Begierde? »Guten Morgen«, stammle ich mit leichter Verzögerung und ziehe die Haustür zu. Jetzt habe ich den Kerl schon mal im Flur. Einen Schritt nach dem anderen.

»Frau Schnidt, wo ist denn nun der Stromzähler?«, will Herr Barts wissen. »Im Keller«, stammle ich und hoffe, dass Herr Barts nur Stromzähler, nicht aber Gedanken lesen kann. Meine Güte, was für eine peinliche Vorstellung. Ich habe garantiert einen knallroten Kopf. Er folgt mir in den Keller. Er riecht gut. Strotzt nur so vor Testosteron. Was würde ich tun, wenn er mir jetzt von hinten an meine empfindsamen Körperteile fassen würde? Mich auf den Trockner werfen und sich seine verdammt enge Levis runterstreifen? Oder gibt's das nur in Filmen? Postboten, die mehrfach klingeln und dann alles vernaschen, was hinter der Tür ungeduldig auf sie wartet. Anscheinend. Herr Barts greift nämlich nicht zu. Er macht keinerlei Anstalten. Da hätte der Arme hier im Viertel ja auch ordentlich zu tun. Vielleicht hat er auch schon die Nachbarin verschnuckelt, wer weiß das schon? Vielleicht nimmt er mal die mit den geraden Hausnummern ran und mal die mit den ungeraden. Bin ich eventuell erst bei der nächsten Runde dran? Oder ist Herr Barts in festen Händen und macht sich rein gar nichts aus ausgehungerten Kleinstadthausfrauen?

Oder, ganz klar: Herr Barts ist schwul. Wahrscheinlich ist denen von den Stadtwerken das Vorstadtdilemma bekannt und sie schicken nur die Schwulen raus zu den gierigen Hausfrauen. Mitarbeiterschutz sozusagen. Oder bin ich etwa die Einzige, die hier so unschickliche Gedanken hat? Und vor allem – und das ist die entscheidende Frage – wieso habe ich die überhaupt?

»Das war's dann für heute, Frau Schnidt«, sagt Herr Barts, streicht sich durchs volle Haar, und ich überlege, ob das eine versteckte Botschaft fürs nächste Mal sein soll. Ich war schon in der Schule eine Meisterin der Textinterpretation. Ich habe

Sachen rausgelesen, die außer mir keiner erkannt hat. Herr Barts verabschiedet sich.

Und da stehe ich. Allein. Inmitten meiner Gedanken an der Haustür unseres Reihenhauses. Herr Barts ist längst eine Tür weiter. Bei Anita. Hat er mir für Anita einen Korb gegeben? Ist es jetzt schon soweit? Muss ich mir das bieten lassen? Rechtliche Schritte einleiten? Sollte ich Christoph, meinen Mann, anrufen? Ihn sofort nach Hause bestellen. Zur Erfüllung seiner ehelichen Pflichten. Oder kann ich bis heute Abend warten? Hat Herr Barts vielleicht wirklich was mit Anita? Das wäre ja nun echt der Knaller. Schließlich braucht Anita Herrn Barts weniger als ich. Immerhin hat Anita ein ziemlich reges Sexleben. Nicht dass sie darüber erzählen würde (schade eigentlich, wäre sicher interessanter als ihre sonstigen Geschichten), aber so ein Reihenhaus ist doch recht hellhörig und Anitas Schlafzimmer grenzt an unser Badezimmer. Wie oft höre ich Anita abends »Du Ferkelchen, du kleines Ferkelchen« rufen und Friedhelm, ihren Mann, den Oberstudienrat, daraufhin kichern. Eine erstaunliche Angelegenheit, denn ansonsten neigt Friedhelm wenig zum Lachen. Ich glaube, ich habe ihn noch nie wirklich lachen sehen. Friedhelm ist kein unattraktiver Mann, aber er hat einen sehr, sehr strengen Zug um den Mund. Als ich Anita mal darauf angesprochen habe, natürlich etwas verschlüsselt und vorsichtig, meinte sie nur: »Unterrichte du mal einen Haufen Pubertierender, da vergeht auch dir der Spaß.«

Vielleicht liegt es auch an der Gegend. Anita und ihr Mann wohnen schon länger hier. Wird man da ein wenig strenger? Schlägt der Reihenhausblues aufs Gemüt?

Für mich kann ich das klar bejahen. Dabei war ich diejenige, die dringend aufs Land wollte. Für die Kinder. Und fürs eigene Haus. Wer kann sich schon in bester Citylage ein nettes Anwesen leisten? Mit ehrlicher Arbeit und ohne fette Erbschaft ist das so gut wie ausgeschlossen.

Jetzt sitze ich hier und weiß nicht so recht. Ist es das, was ich wollte?

Es riecht streng. Es ist nicht der animalische Restduft von Herrn Barts, schade eigentlich, sondern mein angebrannter Spinat. Jetzt auch noch das Telefon. Es ist Anita mit der Frage, ob der Stromfritze bei mir auch so aufdringlich gewesen sei.

Danke, Herr Barts, ich hatte mir mehr von Ihnen versprochen.

Vom Spinat auch. Mittlerweile kann mich sogar Spinat enttäuschen. Aber oben geht er noch. Einfach nicht umrühren. »Wie mein Leben«, denke ich und werde melancholisch. Oben geht's, aber wenn man tüchtig rührt, tun sich doch schwarze Stellen auf. Ich entwickle mich schon zur Spinathobbyphilosophin. Grausig.

Er schmeckt ein bisschen angeröstet, aber meine Kinder sind sowieso in keiner Form heiß auf Spinat. Claudia, die Große, hat die nächsten Wochen noch Glück. Bis zum Ende ihrer Kindergartenlaufbahn, in vier Wochen, isst sie dort zu Mittag. Claudia, meine Tochter, ist nämlich ein Vorschulkind. Das betont sie oft und gerne. Als wäre allein die Tatsache, im schulpflichtigen Alter zu sein, eine große Leistung. Es sei ihr gegönnt. Schließlich soll das Kind ja positiv auf die Schule eingestimmt werden. Mentale Vorbereitung nennt sich das. Eine angenehme Aura schaffen. Als ich klein war, hieß es nur: »Du kommst jetzt in die Schule, der Spaß ist dann vorbei«, das war natürlich ein wenig gröber, aber letztlich, rein inhaltlich gesehen, ja nicht ganz falsch.

Ich mache ein paar Fischstäbchen zum Röstspinat. Und Kartoffeln. Ein Klassiker der Mütterküche. Seit Jahrzehnten in den Top Ten. Ich persönlich esse lieber Spiegelei zum Spinat, mein Sohn hingegen mag kein Spiegelei. Wie sein Vater. Es ist ihnen zu glibberig. Also dann Fischstäbchen. Mein Ego hängt nicht an einem Ei. Übrigens auch nicht an zweien. Heike, meine Freundin aus München, würde jetzt mit spitzer Zunge fragen: »Welches Ego überhaupt?« Apropos Heike, wie lange ich die schon nicht mehr gesehen habe. Meine Lesbenfreundin aus dem wilden München. Sie muss mich unbedingt besuchen. Ich notiere im Kopf: Heike anrufen und einladen. Ein paar Tage in Heikes Gesellschaft sind wie menschliches Johanniskraut. Heike hat eine herrlich pragmatisch witzige Art, auf Dinge zu schauen. Es ist einfach Mist, wenn die beste Freundin so weit weg lebt.

Mark und ich essen zu Mittag. Mein Sohn schaufelt, als wäre es seine letzte Mahlzeit. Ich habe den Spinat geschickt unter die Fischstäbchen gemogelt, er schafft es aber trotzdem, elegant drum herum zu essen. Soweit man das Gemansche Essen nennen kann. Rein optisch hat es mehr von einem Terroranschlag auf unschuldige kleine Fischstäbchen, die dem Ganzen auch noch wehrlos ausgesetzt sind.

Wenn Claudia in die Schule kommt, kommt Mark in den Kindergarten. Welch ein Segen. Dann gehört der Vormittag wieder ausschließlich mir. Und dem Bügelbrett, dem Staubsauger und anderen höchst attraktiven Gesellen. Trotzdem, ich freue mich auf die Zeit. Mit einem Kleinkind rund um die Uhr bleibt wenig Zeit für einen selbst. Vom Arbeiten jenseits der eigenen vier Wände gar nicht zu reden. Welch ein Gedanke: Rausgehen in die Welt der Erwachsenen, mit den Kollegen ein Schwätzchen halten, Kaffee trinken und vielleicht mal wieder Erfolgserlebnisse haben, die so rein gar nichts mit Kind und Haus zu tun haben.

Wobei, wenn man ehrlich ist, sich die Erfolgserlebnisse zurzeit sowieso in Grenzen halten. In sehr engen Grenzen. Klar sagt mal jemand, »schmeckt gut«, oder »sieht ja toll hier aus«, aber das sind auch schon die absoluten Highlights auf der Hausfrauen-Komplimente-Skala. Man muss schon ein arg bescheidenes Gemüt haben, um damit zufrieden zu sein. »Was Süßes«, krakeelt mein Sohn und reißt mich aus meinem mentalen Gejammer. »Erst wird der schöne Fisch mit dem Spinat gegessen und dann gibt's zum Nachtisch auch was Süßes«, antworte ich. »Nein«, sagt mein Sohn. Einfach nein. Typisch Mann, schon in dem Alter. Keine großen Erklärungen. Keinesfalls zu viel reden. Ein schlichtes klares Nein. Das ist einer dieser klassischen Momente. Jetzt heißt es konsequent sein. »Mark, du isst wenigstens noch ein Fischstäbchen und dann kannst du gerne was Süßes haben«, rede ich betont gelassen und sachlich auf das kleine zornrote Etwas neben mir ein. Ich bin die Chefin im Ring, ich habe alles unter Kontrolle, ich lasse mich von einem minderjährigen Kerl doch nicht in die Knie zwingen. Er guckt mich an, plustert sich auf wie ein Pfau, ist völlig unbeeindruckt von meinem stoischen Gesicht und klatscht den Löffel in den Teller. Volle Pulle. Der Spinat spritzt auf mein Oberteil und zeitgleich fängt er an zu kreischen. Schrill wie eine Sirene. Der spinnt wohl! Wer hat denn den Spinat auf der Bluse hängen? Er oder ich? Ich überlege. Habe den primitiven Drang, selbst loszukreischen, ihm ein paar zu scheuern, weiß aber, dass man ein Kind nun mal nicht haut, entscheide, den Teller zu nehmen, ihn in die Küche zu räumen und den Mini-Terminator einfach sitzen zu lassen. »Wenn du dich abgeregt hast, kommt Mama wieder«, sage ich in sein Gekreische. Nichts wie weg. Mark sitzt festgeschnallt in seinem Stühlchen und schreit einfach weiter. Schön wäre es, den Stuhl mitsamt Kind einfach vor die Tür zu stellen und auszuharren oder währenddessen eine schöne Runde shoppen zu gehen. In aller Ruhe. Weit weg vom Gebrüll. Unter den nachbarschaftlichen Blicken wäre der bestimmt schnell still. Andererseits würde diese Tat sicherlich als öffentliches Eingeständnis einer gewissen Erziehungsunfähigkeit oder wahlweise als brutale Herzlosigkeit gewertet werden, und keine der Möglichkeiten erscheint mir allzu verlockend.

Es dauert knapp sieben Minuten. Sieben Minuten Sex sind wenig (je nachdem mit wem allerdings!), sieben Minuten Geschrei ziemlich viel. Im Leben ist alles relativ. Das Kind hat eine gewisse Ausdauer. Das hat es von seinem Vater. Ich gebe in aussichtslosen Situationen wesentlich schneller klein bei. Einfach aus Gründen der Rationalität. Angeblich eine männliche Eigenschaft. In unserer Familie wohl weniger. So richtig entspannt fühle ich mich in den sieben Minuten auch nicht. Sei's drum.

Endlich. Er hat aufgegeben. Als ich wieder vor ihm stehe, grinst er. Ein richtig breites Grinsen mit Mausezähnchen. Niedlich. »Vorsicht, Andrea, der wickelt dich gerade um seine kleinen Wurstfingerchen«, ermahne ich mich schnell selbst. »Was Süßes?«, fragt er und zeigt nochmal eine stattliche Reihe Milchzähne. Was nun? Den kalten Spinat kann ich ihm schlecht wieder auftischen. Ist auch schon längst in der Tonne. Immerhin hat er sich abgeregt und wahrscheinlich kann er sich sowieso nicht mehr an unsere zugegebenermaßen eher einseitige Abmachung erinnern. Ich gebe ihm eine Hand voll Gummibärchen und weiß: Konsequenz ist was anderes. Aber ein Schreianfall pro Tag reicht mir einfach.

Heute Mittag gibt's ein weiteres Muttihighlight. Kinderturnen. Die lieben Kleinen sollen ja motorisch gefördert werden. Kinderturnen ist hier auf dem Land Pflicht. Ein Kind, selbst ein Kleinkind, das wöchentlich nicht mindestens zwei Termine hat, gilt schnell als wunderlich. Oder die Mutter als faul. Unambitioniert. Kinder sind das Erfolgsbarometer der Neuzeit. Zeige mir, was dein Kind kann, und ich sage dir, ob du als Mutter etwas taugst. Das kann einem ziemlich auf den Keks gehen. Je länger ich im akuten Muttigeschäft bin, desto mehr. Trotz alledem schaffe ich es nicht, mich auszuklinken. Nein zu sagen. Es wäre ein bisschen so, als ob man als Einzige nicht mitspielen wolle. Eine Spielverderberin. Wer die Regeln verletzt, ist raus. Stellt das gesamte Spiel infrage und verursacht den anderen schlechte Laune. Und das will ich ja nun auch nicht. Also Augen zu und durch. Es sind ja nur noch etwa fünfzehn Jahre. Wenn die Kinder in der Schule sitzen bleiben, werden es noch ein, zwei Jährchen mehr. Manchmal würde ich mich am liebsten ins Bett legen, mir die Decke über den Kopf ziehen und warten, bis all das vorbei ist. Ein merkwürdiges Dilemma. Schließlich wollte ich ja genau das, was ich jetzt habe. Einen Mann, Kinder, ein eigenes Haus – ein geregeltes Familienleben eben. Jetzt habe ich es und bin mir nicht mehr sicher. Ähnlich wie wenn man sich ein Buch leiht, denkt, es sei ein Krimi, und dann endet es in einer Komödie. Oder umgekehrt.

»Mama böse?«, fragt Mark. Ich schaue meinen Sohn an und schmelze dahin. Was bin ich nur für ein seltsames Exemplar der Gattung Mutter. So unentschlossen. So wankelmütig. Ich ziehe den Kleinen auf meinen Schoß und wir kuscheln eine Weile. Er fühlt sich warm an, drückt mir nasse Küsse aufs gesamte Gesicht und ich bin gerührt. Kurz vor dem Heulen. Warum kann ausgerechnet ich nicht einfach zufrieden sein? Hatten es die Frauen früher leichter, obwohl sie es eigentlich schwerer hatten? Macht es das Ganze einfacher, leichter verdaulich, wenn man erst gar keine Wahl hat, die Rollen klar vorgegeben sind? Muss ich Alice Schwarzer anrufen und mich mal richtig ausheulen? Ich glaube, mein momentaner fataler Hang zum Trübsinn hat viele Gründe. Ich bin, obwohl umgeben von Menschen, der eigenen Familie, den Nachbarn und

Co., dennoch ein wenig einsam. Irgendwann in den letzten Jahren ist mir ein Teil meines Egos abhanden gekommen. Ich habe mir immer ein aufregendes, spannendes, ereignisreiches Leben gewünscht. Nur, wo soll die Spannung herkommen? Letztlich weiß ich, dass ich selbst dafür verantwortlich bin. Auch für meine unterschwellige Langeweile. Man kann sich langweilen, obwohl man enorm viel zu tun hat. Eine Erkenntnis, die einen nicht unbedingt aufbaut. Ich beschließe, Spannung in mein Leben zu bringen. Ab morgen. Alles wird sich ändern. Das wollen wir doch mal sehen. Da geht doch was. Ich, Andrea Schnidt, werde mich nicht total und vollständig in den Reihenhaussumpf ziehen lassen. Ich nehme den Kampf auf.

Ich fühle mich sofort besser. Und beschließe, eine Liste zu machen. So wie es immer in diesen Lebenshilfebüchern steht. Schreiben Sie auf, was Sie ändern wollen. Das ist der erste Schritt. Klarheit im Kopf. Eindeutige Zielvorstellungen. Na dann los!

Meine Liste:

Ich will:
– mehr Spannung
– mehr Sex
– mehr Anerkennung
– schlankere Schenkel.
Und alles bitte schnell. Ganz schnell.

So, das wäre mal das Wichtigste. An die Details gehe ich morgen. Oder heute Abend. Ich deponiere die Liste feierlich in meiner Küchenschublade, einer der sichersten Plätze im Haus. Da geht weiß Gott keiner freiwillig dran.

Beim Kinderturnen wieder das Übliche. Wir Mütter singen was von einer Weltraummaus, laufen auf Strümpfen im Kreis, bauen Matten und Kästen auf, halten Händchen und sind stolz wie Bolle, wenn klein Irgendwie mutig eine Rolle probiert. Währenddessen der kleine gewöhnliche Schnelltratsch.

Ich bin gut gelaunt. Schließlich weiß ich, dass ab morgen ein aufregendes Leben auf mich wartet. Eine schöne Aussicht.

Mark zieht Lara an den Haaren. Das ist nicht die Form von Aufregung, die ich mir ersehne. Ausgerechnet Lara. Die hat eh so dünnes Haar – sogar dünner als meins und das will was heißen –, da kommt es auf jedes einzelne an. Ich schimpfe. Laras Mutter guckt, als hätte mein Sohn ihre Tochter unsittlich berührt, ihr die Ehe versprochen und sie dann sitzen gelassen. Ich entschuldige mich wortreich. So als wäre ich es gewesen, die Lara an den Haaren gezogen hat. Lara genießt ihren Auftritt. Schluchzt und weint auf Mamas Arm. Danke sehr, Mark. Fein gemacht. Super Auftritt. Mark ist bockig. Will sich nicht entschuldigen. »Lara auch böse«, ist alles, was ich aus ihm rausbringe. Demonstrativ greift er sich andauernd an seine Hoden. War da etwa klein Lara dran? Er will sich nicht äußern und verweigert nähere Angaben zum Tathergang. Ich frage die potenzielle Täterin: »Hast du den Mark da unten reingezwickt?« Lara schüttelt vehement den Kopf. Ich finde, ein bisschen zu vehement. Laras Mutter ist ob meiner subtilen Verdächtigungen empört. »Das würde meine Lara nie machen«, faucht sie mich an. Dabei hätten wir damit eine herrlich entspannende Pattsituation gehabt. Hoden gegen Haare. Ich wage einen Scherz: »Bis er oder auch sie die Dinger braucht, wird schon wieder alles okay sein.« Sie lacht nicht mal. Humorlose Zicke. Ich glaube, sie heißt Gabriele. Gabriele ist eine der Vorzeigevorstadtfrauen. Immer akkurat gekleidet, wahrscheinlich schon in Barbour-Jacke, V-Pulli und Tods-Schuhen auf die Welt gekommen. Modell ›Sportive Naturschönheit‹.

Was waren das noch herrliche Zeiten, als Kinder erst dann zum Sport gegangen sind, als sie es auch allein konnten. Ich kann mich nicht erinnern, dass meine Mutter je mit uns beim Turnen war. Sie hat uns hingebracht und abgeholt. Wenn überhaupt. Fertig. Mehr war nicht. Erstaunlicherweise benehmen sich Kinder auch meist besser, wenn Mama nicht in Rufnähe ist. Auch meine Kinder. Ich höre selten Klagen von anderen. Aber das tut man als Mutter natürlich auch nicht. Anderen Müttern sagen, dass ihre Kinder extrem nerven. Da muss man sich schon sehr mögen, um sich das zu trauen. Ansonsten gilt eine solche Äußerung als offene Kriegserklärung.

Nachdem der Mütterclan brav aufgeräumt hat, singen wir gemeinsam noch ein kleines Abschiedslied und klatschen ekstatisch in die Hände. Ich stehe ausgerechnet neben Karin, die in ihrem Leben wohl noch nie von der Erfindung des Deodorants gehört hat. Was diese Frau müffelt, ist unglaublich. Man könnte sie im völlig Dunkeln sofort anhand ihres Duftes aufspüren. Warum sagt ihr das keiner? Bin ich die Einzige, die das riecht? Na, wer weiß, vielleicht ist das ihre besondere Note oder sie ist vollkommen geschafft von der Weltraummaus.

Mark und ich fahren zum Kindergarten, er lässt endlich seine malträtierten Klicker los und wir holen Claudia ab. »Was machen wir jetzt?«, fragt sie eifrig. »Ihr könnt zusammen spielen«, sage ich und beschließe, am Nachmittag mal etwas für mich zu tun. Die hauseigene Animateurin hat heute frei. Definitiv. »Das ist langweilig«, nörgelt Claudia, »ich will nicht mit dem da spielen, der ist doof. Und klein.« Der doofe Kleine haut daraufhin seiner Schwester auf den Kopf. Ich motze, beide heulen und mit diesem netten Duo fahre ich nach Hause.

Ich schaffe es, mir an diesem Nachmittag immerhin die Beine zu rasieren. Allerdings nicht, weil meine Kinder so reizend miteinander spielen, sondern weil ich sie geparkt habe. Vor der Glotze. Und das, nachdem Claudia Mark ihre liebste Barbie an die Schläfe gedonnert hat und er aus Rache getestet hat, ob Claudias Kopf härter als ein Duplostein ist. Bei uns gibt's für die Kinder fast ausschließlich Kinderkanal. Seitdem zahle ich einigermaßen bereitwillig meine Gebühren. Man weiß wenigstens, dass die Kinder nicht dauernd von Schwachsinnswerbung berieselt werden. Fruchtzwerge, Barbie und Co. Eine halbe Stunde Super RTL weckt Begierden bei meiner Tochter wie bei mir ein mehrstündiger Schaufensterbummel. Natürlich ist mir klar, dass mein Sohn eigentlich noch zu klein für jede Art von Fernsehen ist, auch für den Kinderkanal, aber meine Beinbehaarung ist kurz davor, sich zu einem Fell zu entwickeln, und da ich kein Mufflon bin und auch keiner sein will, greife ich zum Kinderkanal. Man muss im Leben Prioritäten setzen.

Christoph kommt gegen sieben. Immerhin. Ich finde, eine gemeinsame Familienmahlzeit am Tag ist doch das Mindeste. Oft schafft er es erst nach acht aus dem Büro, und die Kinder sind dann entweder schon völlig durch den Wind oder längst im Bett. Er hat sich ein paar Akten mitgebracht. Blumen oder Geschenke wären mir lieber. »Du weißt, Andrea, im Moment gilt es. Wenn ich jetzt Gas gebe, werde ich bestimmt in diesem Jahr noch Partner.« Wie oft ich das schon gehört habe. Gähn. Ein neuer Text wäre auch mal schön. Wegen mir muss er sich nicht so abstrampeln. Ich habe kein Problem damit, dass Christoph ein normaler, angestellter Rechtsanwalt ist und kein Partner. Mir ist ein Mann lieber, der wenigstens ab und an zu Hause ist. Er weiß das, tut aber trotzdem gerne so, als würde er all diesen Ehrgeiz nur für mich und die Kinder entwickeln. Die Debatte erspare ich uns heute. Die Fronten sind ja soweit geklärt. Zu dem Thema ist weiß Gott längst alles gesagt. Man soll sich nicht auf Gebieten abarbeiten, auf denen es aussichtslos ist. So viel habe ich immerhin in meiner Ehe gelernt. Toller Erkenntnisgewinn.

Christoph Albert mit den Kindern, die sind netter, als sie es den ganzen Tag über waren, und es wird ein richtig gemütliches Abendessen. Papa ist der Held. Manchmal beneide ich ihn um die Rolle. Den lieben langen Tag draußen in der großen Welt und abends das Kontrastprogramm. Für Männer geht in den meisten Fällen eben beides. Wir wirken wie die Vorzeigefamilie aus den 60ern. Mutti hat lecker Essen gemacht, die Kinder sitzen frisch gebadet und gecremt am Tisch und Papa erzählt lustige Anekdoten aus dem Büro. Dann gibt's noch eine Geschichte für jedes Kind und gemeinschaftliches Zähneputzen. Ich darf den Tisch abräumen und die Küche säubern. Aber gleich gehört Christoph mir. Dachte ich. Leider sind da ja noch die Akten. Dass ich mal für ein paar muffige Akten sitzen gelassen würde, hätte ich noch vor einigen Jahren für absolut unmöglich gehalten. Die Zeiten ändern sich.

Das Ende vom Lied: Ich gucke Fernsehen, er arbeitet.

Gut, dass ab morgen mein neues Leben beginnt.

Im Bett mal wieder keine besonderen Vorkommnisse. Wie meistens. Ich schaue aus dem Fenster. Selbst der Himmel sieht langweilig aus. Wir schlafen unterm Dach. Unser Reihenhaus ist quadratmetermäßig gesehen klein, hat aber Etagen, als wolle es im nächsten Leben ein Hochhaus werden.

Christoph schläft selig und schnarcht munter vor sich hin. Das Schnarchen, so viel habe ich mittlerweile kapiert, entwickelt sich parallel zur Beziehung. Je länger die Beziehung andauert, umso lauter und konstanter das Schnarchen. Als gäbe es zu Beginn einer neuen Liebe ein eingebautes Kontrollsystem im Manne. Ein Schnarchunterdrückungselement, damit wir Frauen uns sicher fühlen und glücklich, weil wir glauben, eins der seltenen Exemplare erwischt zu haben, das keinerlei nächtliche Geräusche von sich gibt. Mit der Zeit wächst, oft gleichzeitig mit dem Absinken der akuten und wilden Leidenschaft, das Schnarchen. Immerhin ein Geräusch im Schlafzimmer. Leider ein ziemlich mieser Ersatz. Schnarchen ist äußerst lästig. Es macht einen so mürbe.

Ich gebe Christoph einen Knuff. Keinen ganz sanften, die nützen bei ihm nichts, sondern einen mittelschweren. Er grunzt auf, dreht sich schon fast mechanisch auf die Seite und gibt Ruhe. Eine trügerische Ruhe. Das ist ja das ganz Fiese am Schnarchen. Man denkt, es ist geschafft, und dann geht's munter und ungebremst weiter. Mit einer winzigen Verzögerung. Noch ein Knuff. »Ich bin erkältet, was soll ich machen«, meckert der schläfrige Mann an meiner Seite, der sich ganz sicher ist, nur zu schnarchen, wenn er kränkelt. Mein Mann. Er sieht gut aus, wie er so da liegt. Da gibt es ja solche und solche. Es macht Spaß, ihn anzuschauen. Er ist keiner der Kerle, die mit offenem Mund im Bett liegen. Und wenigstens ist er kein Knirscher. Zähneknirscher sind ja fast schlimmer als Schnarcher. Wenn sie vor dem Schlafengehen eine Beißschiene anlegen müssen, so ein kleines Plastikteil, dann vergeht einem ja nun echt alles.

Ich liege wach. Lausche dem Geschnarche und denke nach. Wie bin ich bloß hier gelandet? Ich denke an meine Liste unten in der Küchenschublade. Ab morgen wird sich alles ändern. Schluss mit dem Gejammer. Eine Nacht darf Christoph noch völlig ahnungslos und unbehelligt neben mir rumschnarchen. Aber dann, mein Lieber, wird sich hier einiges ändern. Mit dieser erquickenden Vorstellung schlafe ich ein.

Werde gegen drei Uhr morgens wach, weil mir siedendheiß einfällt, dass Ende der Woche ja die große Christoph-Überraschungsparty steigt. Er hat am Freitag Geburtstag und wollte wie immer auf keinen Fall feiern – »Kinderkram!!« –, und da habe ich beschlossen, ihn zu überraschen. Immerhin 40 Leute habe ich geladen. Die halbe Nachbarschaft, die Kanzlei und natürlich alles, was wir ansonsten noch an Freunden und Familie haben. Was mache ich bloß zu essen? Und mache ich den Kram selbst oder bestelle ich was? Eindrucksvoller ist ja ein selbst gemachtes Büfett. Mist, ich muss ja auch noch Getränke besorgen, eine der wenigen Aufgaben, die normalerweise von Christoph erledigt werden.

Im Traum ersticke ich in einem Berg ranzigen Kartoffelsalats. Selbst gemacht. Ein prima Omen für die Party.

Tag 2

Der nächste Tag, Tag X, der Aufbruch ins wilde Leben, beginnt vielversprechend. Als würde mein kleines privates Umfeld ahnen, was Sache ist. Alle sind friedlich. Niemand haut, niemand brüllt. Es herrscht himmlische Ruhe. Wunderbar. Während ich den Kindergartenproviant zubereite, Äpfelchen zerteile und Brote schmiere, werfe ich zur Bestätigung meines Vorhabens nochmal einen schnellen Blick auf die Liste in meiner Küchenschublade.

Ich will:
– mehr Spannung
– mehr Sex
– mehr Anerkennung
– schlankere Schenkel.
Und alles bitte schnell. Ganz schnell.

Ich glaube, da fehlt noch was. Ich ergänze:

– prima Stimmung

Christoph ist erstaunt. Über meine angeblich ungewohnt gute Laune. Üblicherweise bin ich morgens wirklich nicht direkt das, was man in Hochform nennt. Aber es ist wahr: Man kann sich mental puschen. Mit einem kleinen Stück Papier. Hätte ich das früher geahnt, hätte ich es längst getan.

Als Claudia und Christoph sich auf den Weg machen, bekommt mein Liebster einen langen Abschiedskuss. Mit allem drum und dran. Wir züngeln, bis Claudia anfängt, an uns zu zerren. Es scheint ihm zu gefallen. »Ich glaube, ich komme heute Abend mal früher und lasse die Akten im Büro.« Mit diesem Satz signalisiert er, dass ihm die Verabschiedung durchaus gefallen hat. Na bitte, vielleicht ist ein Teil des Problems meine morgendliche Stoffeligkeit. Wie hat mein Vater schon immer gesagt: »Wie man in den Wald hineinruft, so schallt es heraus.« Beschließe, ab jetzt morgens der reinste Sonnenschein zu sein. Mal wieder richtig zu knutschen, ist toll. Heute Abend werden wir es ordentlich krachen lassen.

Ich dusche und creme mich ein, als wäre es schon in wenigen Minuten so weit. Vorfreude ist doch die schönste Freude. O Himmel – ich werde noch genauso eine Sprüchetante wie mein Vater. Meine Güte. Dabei habe ich schon als genervtes Kind gedacht, so einen Kram würde ich niemals im Leben erzählen. Wie man sich täuschen kann. Die Gene schlagen halt doch durch. Blöderweise auch an meinen Schenkeln. Eine leichte Kraterlandschaft. Sie bekommen eine Extraportion Bodylotion. Gecremt sieht das Elend schon besser aus.

Ich betrachte mich im Spiegel. Obenrum geht's. Vor allem, weil der Spiegel vom Duschen noch leicht beschlagen ist. Untenrum, nun ja. Aber das wird.

Heute Nachmittag geht's in die große Stadt. Schließlich muss ich Christoph ja noch ein Geschenk besorgen. Hier im Ort ist das mit dem Shoppen so eine Sache. Ein abgetakelter kleiner Eissalon, ein Schreibwarenlädchen, Zeitschriften und ein Supermarkt. Nicht zu vergessen die Boutique Anni. Der Name sagt alles. Ich kaufe wirklich sehr gerne ein, aber bei Anni bleibt meine Kreditkarte völlig ruhig. Nicht die kleinste Zuckung. Seit wir hier draußen leben, ist mein Konto um einiges entspannter. Wo soll ich hier mein Geld auch lassen? Vor allem mein Geld! Seit ich nicht mehr arbeite – jedenfalls nicht außer Haus –, leben wir von Christophs Verdienst. Nichts Ungewöhnliches, aber für mich doch sehr gewöhnungsbedürftig. Christoph ist zum Glück kein Sparbrötchen. Oder besser gesagt, kein extremes Sparbrötchen. Er hat durchaus andere Vorstellungen als ich davon, wofür man dringend Geld ausgeben sollte. Allerdings würde ich durchdrehen, wenn ich für jedes Paar Kindergummistiefel um Geld bitten müsste.

Die Kinder habe ich für heute Nachmittag wegorganisiert. Claudia geht nach dem Kindergarten zu ihrer Freundin und Mark zu einem Freund. Ich werde wie in alten Zeiten ganz allein in Ruhe durch die Stadt bummeln. Ein schöner Gedanke.

Punkt drei Uhr gebe ich Mark bei seinem Lieblingskumpel Kai ab und beschließe, eine sehr vernünftige Person zu sein. Ich werde mit der S-Bahn in die Stadt fahren. Die S-Bahn-Nähe hat unser Haus sicher um 15 % teurer gemacht, da wäre es ja sträflich, die Bahn nicht zu nutzen. Christoph weigert sich standhaft, mit der Bahn in die Kanzlei zu fahren. Er steht lieber mit seinem schicken BMW im Stau. Ich hatte kurz überlegt, ob eine Monatsmarke für den öffentlichen Nahverkehr ein schönes Geburtstagsgeschenk sein könnte, die Idee dann aber schnell wieder verworfen. Erstens: Jeder wie er es gerne hat. Zweitens: Ich bin ja keine Missionarin, und drittens: Von einem solchen Geschenk wäre ich auch nicht gerade beglückt.

Ich hetze zur Bahn, parke den Wagen, lobe nochmal insgeheim meine Vernunft und spurte los. Manchmal hat der Mensch Glück – sogar ich –, die Bahn fährt gerade in dem Moment ein, als ich den Bahnsteig betrete. Eigentlich müsste ich noch ein Ticket ziehen, aber dann würde ich wieder 20 Minuten an diesem trostlosen Bahnhof stehen und in dieser Zeit könnte ich schon herrlich Geld in der Stadt ausgeben. Außerdem: Habe ich nicht beschlossen, ab heute wild und gefährlich zu leben? Und genau besehen bin ich auch nicht mehr so jung, dass ich meine Zeit an einem Bahnsteig verschwenden könnte. Wie oft bin ich als Teenie – lange ist es her – schwarzgefahren. Was damals ging, geht doch auch heute. Rein in die Bahn. Ganz so lässig wie damals als Jugendliche bin ich aber doch nicht mehr. Ich bekomme sofort einen roten Kopf, als könnten die anderen Fahrgäste gleich sehen, dass ich eine böse, miese Schwarzfahrerin bin. Ich setze mich, starre auf den Boden und hoffe, dass die Fahrt schnell vorbeigeht. Ein echter Kick ist das nicht. Na ja, versuchen kann man's ja mal. Zwei Stationen später geht's mir schon besser. Man gewöhnt sich ans Bösesein.

An der dritten Haltestelle, Rödelheim Bahnhof um genau zu sein, beginnt das Grauen. »Die Fahrausweise bitte«, schallt es durch die Bahn. O nein. Wie komme ich hier bloß raus? Ich versuche mich zu beruhigen, überlege wie im Wahn, welche Ausrede angebracht wäre. Kein Kleingeld, Monatskarte vergessen oder Ähnliches ist doch arg profan und unglaubwürdig. Ich habe noch nicht zu Ende gedacht, da stehen sie schon vor mir. Drei Kontrolleure. Zwei Kerle und eine Frau, die mich nett anlächelt. Noch. »Ihre Fahrkarte bitte«, sagt einer der Männer freundlich. Ich fange an zu wühlen, werde knallrot bis zu den Ohren, habe das Gefühl, in wenigen Sekunden einfach umzukippen und beginne meinen Stammelmonolog: »Tja also, ich finde sie irgendwie nicht.« Unterstützend wühle ich manisch in meinen Taschen und versuche, unschuldig zu gucken. Sehr elegant ist das nicht, aber was Besseres fällt mir leider nicht ein. »So, so«, sagt der erste Kerl nur und wiegt bedächtig den Kopf.

»Isch hab eine«, brüllt der andere Kerl daraufhin fast begeistert durch den gesamten Wagen und da sehe ich auch schon das Licht. Eine Kamera mit einem kleinen Scheinwerfer und ein blonde Tussi mit Mikrophon. Ist das hier ›Verstehen Sie Spaß‹ oder was? »Was wollen die denn da?«, frage ich den ersten Kerl. »Die mache 'ne Reportasche zum Thema Schwarzfahrer för RTL Explosiv«, informiert er mich stolz. Das fehlt ja noch. »Ich fahre nicht schwarz, sondern ich finde meine Fahrkarte einfach nur nicht«, sage ich so ruhig und entspannt wie irgendwie möglich. »Des sache se alle«, triumphiert der zweite Kerl und zwinkert der Reportertussi zu. Die sieht ihren Moment gekommen, schiebt mir das Mikro unters Kinn und fragt mit einem unterschwelligen Grinsen: »Wieso fahren Sie denn schwarz?« Jetzt langt es aber. Ich bin schon fast selbst davon überzeugt, meine Fahrkarte verschlampt zu haben, so angegriffen fühle ich mich. »Ich finde sie nicht«, insistiere ich nochmal. »Ich habe sie noch eben gezogen und jetzt ist sie weg«, heuchle ich mir einen ab.

Da mischt sich doch glatt eine Frau, zwei Reihen vor mir, ein. Wir haben sowieso recht stattliches Publikum. Keiner will sich das Spektakel entgehen lassen. »Sie, Sie sind doch eben einfach in die Bahn gesprunge, ich hab Sie net am Automate gesehen. Un ich bin an derselbe Haltestell los.« Na prima. War die in ihrem früheren Leben bei der Stasi oder hat die zu viel Aktenzeichen XY gesehen? Ich hasse solche Leute. Gilt so was mittlerweile als Zivilcourage? Die RTL-Tante, aufgetakelt, als wäre sie bei einer Gala und nicht in einer schnöden S-Bahn, dreht sich für einen Moment von mir weg und hält der Petzliese das Mikrophon unter die Nase. »Würden Sie das nochmal wiederholen, das, was Sie gesehen haben?«, fordert sie die Frau auf. Die fühlt sich inzwischen, als wäre sie Kronzeugin eines Kapitalverbrechens und holt jetzt erst so richtig aus. »Isch kenn die Frau und isch hab alles gesehe. Die war net am Automate und hat aach kaa Fahrkart gezoge. Un unner uns, die haben werklisch genug Geld, um 'ne Fahrkart zu bezahlen. Aber des is ja typisch. So Leut bedrüge dann noch de Staat.« Hilfe, wer ist denn diese Wahnsinnige? Ihr Gesicht kommt mir vage bekannt vor. »Was reden Sie denn da«, unterbreche ich die Frau, »kennen wir uns?«, frage ich nochmal nach. Man weiß ja nie. »Sie kenne misch wahrscheinlisch net, aber isch Sie. Un Ihr Kind aach. Die verwöhnte Grott. Leut wie Sie übersehe ja gern Leut wie misch. Isch putz im Kinnergarten, wo Ihne ihrn Frau Tochter hingeht. Un isch bezahl mei Fahrkart. Immä. Obwohl isch es net so dicke hab wie Sie.« Scheiße. Scheiße. Scheiße. RTL und dazu die Kindergartenputzfrau. Welch eine unheilvolle Kombination. Morgen weiß es das ganze Kaff. Na bravo. Die RTL-Frau ist kurz vor der Ekstase. Schwarzfahrerin und dazu noch einen Hauch Klassenkampf. »Jetzt langt es aber«, sage ich und betone nochmal, dass ich meine Fahrkarte schlicht nicht finde. »Gelochen, alles voll geloche«, schreit die Frau aus dem Kindergarten, und ich schreie zurück »Gar nicht gelogen«, und bin kurz davor zu heulen oder die Frau sehr doll zu hauen. So hatte ich mir meinen gemütlichen Ausflug in die Stadt nicht vorgestellt. »Genug«, sagt der ruhigere der beiden Kontrolleure, »an der nächsten Station steigen wir alle aus und klären die Sache.« Die nächste Station ist zwar nicht die Innenstadt, aber ich glaube, so wählerisch kann ich in meiner momentanen Situation leider nicht sein. »Okay«, antworte ich, die Aussicht, diesen Ort des Grauens zu verlassen, ist ausgesprochen verlockend, obwohl ich, wenn ich die Wahl hätte, mich am liebsten einfach in Luft auflösen oder die Uhr um zwei Stündchen zurückdrehen würde. Unter den Augen des gesamten S-Bahn-Wagens verlasse ich, wie eine Delinquentin auf dem Weg zum Schafott, die S-Bahn. Die RTL-Tante begleitet uns. Die Kindergartenputzpetze erhebt sich ebenfalls. »Isch komm mit, damit Sie misch als Zeugin uffnehme könne«, bietet sie geifernd an. Zum Glück erhebt jetzt erstmals die Kontrolleurin die Stimme. »Vielen Dank, das ist nicht nötig, wir haben genug von Ihnen gehört«, gibt sie der Hexe eine Abfuhr. Die ist sichtlich enttäuscht, grummelt: »Wie Sie meine, bitte sehr, mer will ja nur helfe, dem Staat un so«, und ruft mir ein »mir sehe uns, mir zwei« hinterher. »Ich freue mich schon ganz doll«, rufe ich zurück.

Auf dem Bahnsteig dann Verhör zweiter Teil. Man könnte meinen, ich hätte die S-Bahn entführt oder mehrere Bahnhöfe abgefackelt. Aber es scheint, als hätte die Kontrolleurin Mitleid. »Wenn Sie vierzig Euro zahlen, dann ist das Thema erledigt«, bietet sie mir an. Ich krame meine Brieftasche raus und finde genau 33,80 Euro. Zu wenig. »Nehmen Sie auch Kreditkarten?«, frage ich nach. »Nein, leider nicht«, bleibt sie weiterhin nett, »vielleicht können Sie jemanden anrufen, der sie abholt und zahlt.« Anrufen, prima Vorschlag, aber wen? Meine Eltern, das geht gar nicht. Aus dem Alter bin ich nun echt raus. Meine Schwester? Auf den Hohn und Spott kann ich gut verzichten. Ich versuche es bei meinem Bruder. Es antwortet die Mailbox. Meine Güte, da hängt der den ganzen Tag am Handy, und dann rufe ich einmal an und der Kerl geht nicht dran. Wahrscheinlich hätte er eh keinen Euro parat gehabt. Der ist ständig pleite. »Ich brauche deine Hilfe, ruf mich schnell an«, spreche ich ihm auf Band. »Mein Bruder ist nicht da«, informiere ich die Kontrolleure.

»Habe Sie kaan Mann?«, fragt mich der Kontrolleur. Er schaut mich entsetzt an. Schwarzfahren und dann noch keinen Gatten, da tun sich für den Typ Abgründe auf. »Doch«, sage ich, »natürlich«, und wähle schon zum Beweis sofort Christophs Nummer. Es meldet sich das Vorzimmer. »Hallo, hier Andrea Schnidt, ich hätte gerne mal meinen Mann gesprochen«, komme ich direkt zur Sache. Manchmal halten Frau Trundel und ich erst noch einen netten Plausch, aber so viel Muße habe ich heute nicht. »Was gibt es denn, der ist in einer Sitzung«, antwortet die Vorzimmerdame. Hockt der eigentlich von morgens bis abends in Sitzungen? Wann arbeiten die wohl mal was? »Also es ist echt wichtig und dringend und es eilt, ich muss ihn einfach jetzt sprechen.« »Gut dann stelle ich rein«, sagt Frau Trundel und verbindet mich. »Was gibt es denn?«, ist seine wenig charmante Begrüßung. Er spricht leise, was darauf hindeutet, dass er nicht allein ist. »Ich brauche sechs Euro zwanzig«, sage ich. Er ist begriffsstutzig. »Und deswegen rufst du mich an, bist du verwirrt, ich bin nicht die Bank oder ein Geldautomat.« »Verdammt«, schreie ich, »ich stehe am Westbahnhof und die Kontrolleure wollen sofort ihr Geld, ich bin ohne Fahrkarte gefahren. Und ich habe nur dreiunddreißig Euro dabei und nach Hause will ich auch wieder. Und überhaupt ist das alles ganz schlimm.« »Andrea«, sagt er, »sag, dass das ein Witz ist.« »Nein, nein, nein«, betone ich, »das ist überhaupt kein Witz. Es ist sozusagen mein totaler Ernst. Bitte hol mich. Rette mich. Schnell.« Die Antwort ist ein langes, langes Stöhnen. Dann Räuspern und dann: »Andrea, wie stellst du dir das vor, ich kann hier nicht weg. Gib deine Personalien an und wir reden später.« Jetzt ist es so weit. Ich fange doch noch an zu heulen und lege auf. Mein eigener Mann, auch noch seines Zeichens Rechtsanwalt, lässt mich beim ersten größeren Problemfall in unserer Ehe einfach im Stich. Ich bitte ihn, erstmals in unserer Beziehung übrigens, mich zu retten und er sagt: »Ich kann hier nicht weg.« Das ist ja fast noch schlimmer, als beim Schwarzfahren erwischt werden. »Mein Mann kann nicht«, schluchze ich. Die RTL-Tante pirscht sich heran. »Hören Sie auf, ich will das nicht«, habe ich trotz dichtem Tränenschleier einen lichten Moment. »Lassen Sie Ihren Gefühlen ruhig freien Lauf, die Zuschauer mögen das«, ermuntert sie mich. Was für ein widerlicher Beruf. Reporterin bei RTL. Tränen in Großaufnahme. Wieso lasse ich mich überhaupt filmen? Bin ich vollkommen naiv oder nur brezelblöd? »Gehen Sie weg«, herrsche ich die Trulla an.

»Kann ich das nicht überweisen?«, frage ich die Kontrolleurin. »Klar«, sagt sie, »da brauchen wir nur Ihre Personalien.« Ich bin kurz davor, mich in diese Frau zu verlieben. »Von mir aus«, grunzt auch der zweite Kontrolleur, »dann geben

Sie uns mal Ihren Personalausweis.« Den habe ich natürlich nicht dabei, habe ehrlich gesagt nicht mal den Hauch einer Ahnung, wo er sein könnte, biete aber meinen Führerschein, meine Peek-und-Cloppenburg-Kundenkarte und meine Kreditkarte an. »Führerschein langt«, knurrt der erste Kontrolleur, trägt alles auf einem Blöckchen ein und gibt mir einen Zettel mit drei Durchschlägen zum Unterschreiben. »Sie könne jetzt gehen«, blafft mich Nummer eins zum Abschluss dieses netten Treffens an. »Mer habe genug, alles was mer brauche tun.« Ich habe auch so was von genug. Auf Shopping habe ich keine Lust mehr. Auf S-Bahn fahren auch nicht. Ich bin nicht mal eine Stunde unterwegs, weg von zu Hause und will nur noch eins – nach Hause. Ich will meine Mutter, will heißen Kakao, zwei Zentner selbst gebackene Kekse und tröstende Worte. Im wahren Leben jedoch sitze ich auf einem Bahnsteig am Westbahnhof und schniefe vor mich hin.

»Sollen wir Sie irgendwohin mitnehmen?«, lächelt mich die RTL-Tussi an. Du meine Güte, die sind ja immer noch da. Der Kameramann und die quallige Reporterin. Wie die auf den Stiefeletten einen ganzen Arbeitstag überstehen kann, ist mir rätselhaft. Sind das etwa Manolo Blahniks? Verdienen die so gut, dass selbst eine Reporterin in ihrem Alltagsgeschäft auf Manolos rumstöckeln kann? Wahnsinn. Ich hätte viel zu viel Schiss, dass mir die teuren Teile in irgendeinem Gullydeckel hängen bleiben könnten. Vielleicht ist sie gar nicht so fies? Ich meine, sie macht ja auch nur ihren Job. Und bei Schuhen scheint sie einen exquisit guten Geschmack zu haben. Verdammt, wie gerne würde ich jetzt einfach ins Auto steigen und so schnell wie möglich wieder daheim sein. Warum eigentlich nicht? Sollen die mich doch fahren. Noch eine S-Bahn-Tour ist nichts für meine Nerven. »Gerne«, schnüffle ich und wir gehen zum Parkplatz.

Es ist ein Passat. Na ja, ich dachte, RTL könnte sich flottere Autos leisten. Besser als Bahnfahren ist es aber allemal. Und immerhin – es steht groß und fett RTL drauf. Für einen Moment verdränge ich all den Mist des Tages und fühle mich wie ein Promi auf dem Weg zu einem immens wichtigen Ereignis. Anfahrt zum roten Teppich. Auf der Fahrt lassen mich die beiden in Ruhe. Der Kameramann sieht recht niedlich aus. Ist mir in der S-Bahn gar nicht so aufgefallen. Aber da hat er ja auch ständig die Kamera vor seinem Gesicht gehabt. Er hat eins dieser Bubengesichter. Wie der nette Kerl von nebenan. Es gibt so Männer, die sehen noch mit 50 aus wie Jungs. Er hat winzige Grübchen und schöne blaue Augen. Ich wische mir schnell die Tuscheränder unter den Augen weg. So gut das halt ohne Spiegel geht. Es scheint aber nicht so, als hätte er Interesse an mir. Gut – welcher passable Mann verguckt sich schon in eine Kleinkriminelle? Bin ich jetzt eigentlich vorbestraft? Und wenn schon. Da gibt es ja noch ganz andere. Politiker, Promis und Konsorten. Immerhin – ich befinde mich in illustrer Gesellschaft.

»So, da wären wir denn«, unterbricht die RTL-Frau meine Gedanken. »Sie wohnen aber nett hier draußen«, fügt sie noch hinzu. Was will mir das sagen: Sie wohnen aber nett? Heißt das, hätte ich nie gedacht bei einer wie Ihnen oder meine Güte ist das piefig oder das liegt ja am Arsch der Welt, oder wollte sie einfach nur so etwas wie gepflegte Konversation machen? Wie selbstverständlich steigen die beiden mit aus. Muss ich die jetzt noch auf einen Kaffee reinbitten? Meine neuen Fernsehfreunde. Genau genommen könnte ich sie sogar Kollegen nennen. Schließlich habe ich bis zu Marks Geburt ja selbst ein paar Jahre beim Fernsehen gearbeitet. Gut, nicht bei RTL, sondern bei einem kleinen Murkelsender und auch nicht als Reporterin, sondern als Redaktionsassistentin, aber gleiche Branche ist gleiche Branche. »Ich war auch beim Fernsehen«, versuche ich, mich doch mal in anderem Licht zu zeigen. Man möchte ja als Persönlichkeit und nicht nur als Schwarzfahrerin wahrgenommen werden. »Nein, wie interessant«, staunt die RTL-Frau. »Wollen Sie noch einen Kaffee?«, belohne ich ihre Begeisterung. Sie schaut kurz den Kameramann an, nickt und sagt: »Gehen Sie doch ruhig schon mal vor, wir kommen dann auch gerne.« Ich schließe auf und betrete mein Haus. Hätte ich heute Morgen wenigstens ein bisschen aufgeräumt, schießt es mir durch den Kopf. Meine Herren, was bin ich mittlerweile für eine Superspießerin. »Setzen Sie sich, ich mache eben Kaffee«, weise ich den beiden den Weg zum Wohnzimmer. Nicht, dass man sich verlaufen könnte. Unser Reihenhaus ist durchaus übersichtlich. So wie alle eben. Kleiner Flur, links Gästetoilette, dann Wohn-Esszimmer und Küche und vom Wohnraum aus führt die Treppe ins Obergeschoss. Wer ein Neubau-Reihenhaus kennt, kennt sie alle.

Als ich den Kaffee servieren will, sehe ich mit Entsetzen, was die beiden treiben. Sie filmen. Mein Wohnzimmer. Wieso denn das? »Was machen Sie denn?«, rufe ich. Da schießt die RTL-Tante, mit dem Mikro in der Hand, auf mich zu. Im Schlepptau der schnuckelige Kameramann mit laufendem Arbeitsgerät. »Wir wollen wissen, warum eine Frau wie Sie, eine reiche Frau mit Haus und Garten, schwarzfährt? Was hat Sie zu dieser Straftat bewegt?« Ich bin mehr als verdattert. Diese miese Schlange. Ich stehe da, in den Händen das Tablett mit drei Tassen Kaffee und verfluche mich. Wie blöd bin ich eigentlich? Das leichtgläubig zu nennen, wäre noch geschmeichelt. Und was heißt hier reich? Wer von uns beiden trägt denn Manolo Blahniks? Bah, was für eine Hexe.

»Raus«, brülle ich, »verschwinden Sie aus meinem Haus.« Wenn die nicht gleich die Flatter machen, haue ich.

Sie merken, dass ich es wirklich ernst meine und ziehen ab. So viel Anstand haben sie immerhin. Ich trinke alle drei Tassen

Kaffee aus und bete, »Herr, lass sie das Filmmaterial verlieren oder lass es bei einem Unfall verbrennen.«

Dann rufe ich meine Heike an und erzähle ihr die ganze blöde Geschichte. Heike ist überrascht, kann es kaum glauben und dann lacht sie. Sie kann gar nicht mehr aufhören. Ich muss sogar noch in der Fernsehzeitschrift für sie nachschlagen, wann Explosiv überhaupt läuft. »Das will ich keinesfalls verpassen«, kichert sie. »Meine Freundin – der neue Fernsehstar.« Meine Scham findet sie übertrieben. Schließlich sei doch fast jeder schon mal schwarzgefahren. So gesehen hat sie ja Recht. Die meisten allerdings mit 13 Jahren. Gut – manche Menschen sind halt einfach Spätzünder. »Übrigens, Andrea«, wechselt sie das Thema, »wegen deiner Sexflaute – ich habe dir was Nettes zusammengepackt, müsste in den nächsten Tagen bei dir sein. Ich bringe es heute zur Post. Nicht, dass du mir vertrocknest.« Heike kann ein ganz klein wenig schlüpfrig sein. Bietet sich bei dem Thema natürlich auch an. Obwohl ich keine Ruhe gebe, rückt sie nicht mehr Information raus. »Überraschung«, sagt sie nur kryptisch und ich bin verdammt gespannt. Wie ich Heike kenne, schickt die mir einen Vibrator. Ob das die Lösung ist? Sollte ich schon mal Batterien besorgen? Nur, welche Batterien braucht so ein Ding? Gibt's da Unterschiede? Noch bin ich ja etwas skeptisch. Schließlich war mein letzter Versuch mit Hilfsmitteln wenig erfolgreich. Ich hatte mir verschiedene Sexratgeber besorgt. »Wie man wieder Schwung ins eigene Bett bekommt«, »Was Männer wirklich wollen«, »Mach ihn geil«, oder so ähnlich. Drei Bücher immerhin. Was sind schon 43 Euro, wenn dafür der Bär im Bett tobt. Man muss bereit sein, Investitionen zu tätigen. Übrigens habe ich den Kram bei Amazon bestellt. Der Gedanke, an der Kasse im Buchladen mit dem Zeug zu stehen und damit der Kassiererin und allen in der Schlange hinter mir deutlich zu zeigen, dass bei mir im Bett offensichtlich eine erbärmliche Flaute herrscht – nein danke.

Die Praxiserfahrung nach der Lektüre war reichlich niederschmetternd. »Nehmen Sie beim Oralverkehr eine Ladung trockenen Reis in den Mund und er wird im siebten Himmel schweben«, klingt als Idee ja durchaus interessant. Wer kommt schon von selbst auf solch einen Gedanken? Aber sollte man dafür nicht mindestens den Maulumfang eines Nilpferdes haben? Ich war unsicher und hatte schon beim Trockentraining mit dem Reis – wird dringend empfohlen – leichte Erstickungsanfälle. Man soll zur Übung den Reis in den Mund nehmen, zwei große Esslöffel als Minimum, und dazu eine mittelgroße Banane. Oder eine Zucchini. Dann den Reis rund um die Banane beziehungsweise Zucchini bewegen. Ich weiß nicht, wie es der Banane ging, ich hatte akuten Würgereiz und musste bestimmt fünf Minuten husten, weil mir einige Reiskörner in die Luftröhre gerutscht waren. Ob das erotisierend wirkt – ich hab so meine Zweifel und es deshalb beim Versuch ohne lebendes Objekt belassen. Zu Reis habe ich seither ein eher gespaltenes Verhältnis und wenn ich im Supermarkt Frauen sehe, die Reis kaufen, will ich gar nicht wissen, was genau die damit vorhaben.

Überhaupt wird in Sexratgebern der ungehemmte Umgang mit Lebensmitteln propagiert. Gegenseitige Ganzkörpermassagen mit Honig zum Beispiel. Nutella auf die Brüste oder Marmelade auf den Körper. So was kann sich doch garantiert nur ein Kerl ausdenken. Ich meine, ich bin doch kein Pfannkuchen. Obwohl meine Haut, bei schlechter Beleuchtung, durchaus ähnlich teigig aussehen kann. Abgesehen von der optischen Komponente: Die Schweinerei ist doch kaum vorstellbar. Da kann man das Schlafzimmer ja dann komplett putzen. Von der Bettwäsche gar nicht zu reden. Ob einen das euphorisiert, wenn man schon während der Schleckerei weiß, dass man danach nicht entspannt in die Kissen plumpsen kann, sondern die große Putzorgie beginnen muss? Außerdem – ohne Butter drunter mag ich Nutella überhaupt nicht. Und ob Christoph zulässt, dass ich ihn erst mit Butter und dann mit Nutella bestreiche, da habe ich so meine Zweifel.

Wenig anregend fand ich auch die Idee, sich im total verdunkelten Zimmer mit der Taschenlampe zu erkunden. Beide Partner haben eine Taschenlampe und leuchten gegenseitig die erogenen Zonen des anderen aus. Allein die Vorstellung, wie Christoph im Detail meine Cellulitis mustert. Grausig.

Ich habe nur einen so genannten Trick mit Christoph ausprobiert. Die Frischekicknummer. Dazu musste man sich einen Eiswürfel untenrum einführen. Ich war ein wenig skeptisch, aber was tut frau nicht alles, um die Raserei ins Schlafzimmer zurückzuholen. Also habe ich streng nach Anleitung gehandelt. Ich kann nur sagen: Ich ahne jetzt, wie sich ein Tiefkühlhühnchen fühlen muss. Und zu hemmungsloser Raserei hat es auch nicht geführt. Eher im Gegenteil. Christoph war äußerst abgekühlt und sein Teil sah aus wie nach einem Bad in zehn Grad kaltem Wasser. Vom eben noch stolz geschwellten Genital zum Regenwurm in Sekunden. Faszinierend, aber wenig aphrodisisch. Von der Mühe, den Eiswürfel wieder zu entfernen, gar nicht zu reden. Ich habe ihn dann einfach gelassen, wo er war, und hatte eine herrliche Eisschmelze im Bett. Vielleicht ein genialer Schachzug, wenn man mit einem Bofrostmann liiert ist, ansonsten kaum zu empfehlen.

Da kann ein Vibrator nur besser sein. Hoffentlich hat Heike ein farblich ansprechendes Modell gewählt. Vielleicht in Delfinform oder wie damals bei ›Sex and the city‹ einen kleinen rosa Hasen – den so genannten Rammler. Beschließe, auf jeden Fall diverse Batterien vom nächsten Einkauf mitzubringen. Und überlege direkt, wo ich das Ding verstecken könnte. Der Gedanke, dass meine Schwiegermutter oder, noch schlimmer, meine Mutter bei einem netten Kaffeetrinken den Vibrator in irgendeiner Schublade entdecken könnte – auf der Suche nach dem Tortenheber oder so – ist erbärmlich. Demütigend.

Ich laufe zur S-Bahn, hole erst mein Auto und sammle dann meine diversen Kinder bei ihren Freunden wieder ein, bedanke mich, lehne den obligatorischen gemeinsamen Mamakaffee ab und brause nach Hause. Wahrscheinlich wird gar nichts sein. Die RTL-Tante wird merken, dass ihr Material letztlich wenig spektakulär ist und es wird in der Tonne landen. So gestärkt sitze ich Punkt 19.10 Uhr vor der Glotze. Was für eine Sendung. Schon die Moderatorin. So ein gelacktes junges Teil, perfekt gestylt und mit hochdramatischem Blick und frisch aufgespritzten Lippen, die fast die Nase berühren – Modell ›Winterreifen‹ –, dekoriert mit zwei Zentnern Gloss. So ernst wie die guckt, könnte man meinen, sie moderiere einen ARD-Brennpunkt zu irgendeiner grauenvollen Katastrophe. Jedes Thema wird angekündigt, als ob es sich um den Sensationsknaller handele. Immerhin – ich bin nicht der Aufmacher. Das sind geplatzte Silikonkissen. Bei einem D-Promi mit ehemals F-Körbchen. Ich kenne die Frau nicht mal. Angeblich ist sie Schauspielerin. Nie gesehen. Ihre Brüste sind beim Aufprall auf den Airbag geplatzt. Da war das Luftkissen wohl stärker als die implantierten. Pech. Mein Mitleid hält sich in Grenzen. Beim dritten Thema beginne ich, mich zu entspannen. Es geht um Hautausschlag und neue Therapien. Noch acht Minuten Sendung. Ich schöpfe Hoffnung. Zu früh. Nach dem Hautausschlag bin ich dran. Die Moderatorin verdüstert ihren Gesichtsausdruck und legt los:

»Seit heute begleitet ein Team von Explosiv Menschen, die sich darum kümmern, dass in unserem Land Recht und Ordnung herrscht. Menschen, die eine harte Arbeit erledigen, dafür wenig verdienen und sich jede Menge Grobheiten anhören müssen. Kontrolleure. Unsere Reporterin Marina Taub berichtet heute von einem besonders perfiden Fall.«

Und da stehen die drei Kontrolleure. Noch auf dem Bahnsteig in Rödelheim. Ausgangspunkt meines Spitzenerlebnisses. Bis dahin war ja noch alles gut. Sie lächeln in die Kamera, halten ihre Ausweise hoch und besteigen eine S-Bahn. Die, in der ich sitze. Ich erkenne mich schon von weitem. An meinem Mantel. Der übrigens, das nur nebenbei bemerkt, im Fernsehen sehr gut kommt. Die Kinder schreien: »Mama, da bist du im Fernsehen.« Ich schicke sie sofort auf ihr Zimmer. Sie wollen widersprechen, merken aber an meinem Tonfall, dass da gar nichts drin ist. Jetzt laufen die Kontrolleure auf mich zu. Huch, was haben die denn mit meinem Kopf gemacht. Geschwärzt. So schraffiert. Ich bin eine Frau ohne Kopf. Ist das jetzt gut oder schlecht? Ich meine, da ist man schon mal im Fernsehen – und dann ohne Gesicht. Andererseits, welch ein Glück. Ohne Gesicht sieht man doch ziemlich anders aus. So schnell erkennt mich da keiner. Eine Sprecherstimme, tiefernst selbstverständlich, schildert den Vorfall chronologisch: »Immer wieder staunen die Kontrolleure, denn sie treffen auf Straftäter, von denen sie ein solches Vergehen nie erwartet hätten.« Jetzt eine Großaufnahme von mir. Ich rede. Habe sozusagen eine richtige Sprechrolle. Auch meine Stimme klingt seltsam verzerrt, als ich sage: »Ich fahre nicht schwarz, sondern ich finde meine Fahrkarte einfach nur nicht.« Ich hätte mir auf jeden Fall geglaubt. Ich wirke grundehrlich, allerdings ein wenig hektisch, wie ich so in meinen Taschen krame. Jetzt sieht man die Reporterin. Da hat sich dieses Luder doch einfach mitten in den Bericht reingeschnitten. Ein tiefer Blick in die Kamera und ihr Text beginnt: »Ausreden, die unsere Kontrolleure nur zu gut kennen. Natürlich fallen sie auf diese Sprüche längst nicht mehr rein.« Unverschämt, die Frau.

Ich fand mich sehr überzeugend, hätte mir eben fast selbst geglaubt. Jetzt hat die ekelhafte Kindergartenputzpetze ihren Auftritt. Die Reporterin kündigt sie an: »Pech für die Schwarzfahrerin, es gab Zeugen für ihr unfaires Tun.« Meine Güte, wie die Petzliese rumhesselt. Und das im Fernsehen. Die Empörung und der Geifer schwappen geradezu aus der Glotze raus. Das Denunziantentum lebt. Aber, das muss ich ihr zugestehen: Sie wirkt echt. Glaubhaft. Mist. Sie ist besser als ich. Absolut authentisch. Jetzt bin ich wieder dran. Man sieht, wie ich mental einbreche, stammle und dann heulend auf dem Bahnsteig stehe. Man merkt, dass ich weine, obwohl mein Gesicht nicht zu sehen ist. Aber das Geschniefe ist mehr als eindeutig. Hätte ich bloß den bunten Mantel nicht angezogen. Er leuchtet geradezu aus dem Fernseher raus und schreit dabei: »Ich bin's – der Mantel von Andrea. Hallo, guckt mich an!« Bisher war ich stolz, den Mantel noch nie an jemand anderem gesehen zu haben. Jetzt ist genau das das Problem. Der Text zu meinem Auftritt ist schlimm: »Jetzt zeigt sie Reue und ihr wird das Ausmaß ihres Handelns klar. Sie hat nicht nur betrogen, sondern offensichtlich auch gelogen.« Wieder darf die Kindergartenpetze ihren Spruch sagen. Dass ausgerechnet RTL jetzt zum Moralapostelsender der Nation wird, ist fast schon witzig. Wäre sogar sehr witzig, wenn nicht ich die Angeklagte wäre. Mit meinem Wohnzimmer endet der Bericht dann. Jetzt sagt die Stimme: »Hier lebt die Frau, die es sich anscheinend nicht leisten kann, eine Fahrkarte für den öffentlichen Nahverkehr zu kaufen. Betrüger gibt es eben überall. Menschen, die auf unsere Kosten leben.«

In der letzten Einstellung, ohne Mantel, sehe ich auch noch mopsig aus. Mopsig mit Tablett in der Hand. Ich hatte die Jeans an, die, wie meine Mutter sagt, etwas unvorteilhaft für meine Schenkel ist. Es stimmt. Und mein Wohnzimmer sieht auch nicht besonders aus. Eben ein klein bisschen unaufgeräumt. Dafür aber sehr weitläufig. Und die böse Stimme sagt: »Sie scheint abgebrüht. Eben erwischt, gönnt sie sich jetzt erst mal ein schönes Tässchen Kaffee. Manchen Menschen fehlt jegliches Gewissen. Und diese Frau ist zudem auch noch Mutter.« Die tun ja so, als hätte ich mehrfachen Kindermord verübt und die Kleinen danach in Stücke geschnitten und tiefgefroren. Oder als wäre ich eine Fixerin, die sich von ihren Kindern die Spritzen aufziehen lässt. Nie mehr gucke ich diesen Sender. Heute jedenfalls auf keinen Fall. Machen Drecksdschungelshows und ereifern sich dann übers Schwarzfahren.

Kaum ist der Bericht zu Ende, klingelt das Telefon. Wahrscheinlich Heike. Den Zuspruch kann ich gut brauchen. Ich hebe ab und ärgere mich direkt. Es ist nämlich nicht Heike, sondern meine Mutter. »Andrea«, empört sie sich, »ich habe eben ein wenig ferngesehen. Zum Entspannen nach dem Golf. Von Entspannung kann man in diesem Fall allerdings nicht reden. Denn wenn mich nicht alles täuscht, warst du die Hauptdarstellerin in einem unsäglichen Stück. Du hattest diesen widerlich bunten Mantel an. Ich habe dich sofort erkannt. Und ich muss sagen, stolz war ich nicht.« Sie holt kurz Luft und ich versuche eine Erwiderung: »Mama, also das war total gemein.« Mein Einwurf interessiert sie wenig. »Andrea, jetzt rede ich«, unterbricht sie mich, »wenn es bei euch finanziell so eng ist, kannst du uns ruhig was sagen. Dein Vater würde dir sicher eine Bahnfahrt ermöglichen.« Soll das jetzt ironisch sein? »In deinem Alter ohne Fahrschein, was soll der Blödsinn?« Nochmal hebe ich zu einer Erklärung an, aber sie will nichts hören. »Ich werde jetzt mal deinen Vater anrufen und ihm von der Sache berichten«, droht sie, als wäre ich elf, beim Rauchen erwischt worden und kurz vor sieben Wochen Hausarrest. »Oh, da habe ich aber ganz doll Angst«, werde ich pampig, aber sie hat längst aufgelegt.

Die Nächste ist Heike. »Da bist du schon mal Fernsehstar und dann kann man dich kaum erkennen, wie ärgerlich«, lacht sie ins Telefon. »Ich dachte, du langweilst dich und verkümmerst und dann treibst du so wilde Sachen. Wow. Auf dem Land geht's ganz schön ab.« Ich liebe Heike. Allein für diesen Anruf. Ich ringe mir ein kleines Lächeln ab. So schlimm ist das nun alles auch nicht. Und irgendwie hat sie ja auch Recht. Ich wollte schließlich ein spannenderes Leben. Langweilig war es heute definitiv nicht. Das ist doch schon mal was.

Der letzte aufregende Tag, an den ich mich erinnere, war der von Marks Geburt. Und das war so, damals vor mehr als zwei Jahren:

Ja, ich bin sehr bald Politikerliebling! Wer hätte das je für möglich gehalten.

Andrea Schnidt – die ultimative Hoffnung fürs deutsche Rentensystem. Ich, eine moderne berufstätige Frau, bin in wenigen Stunden zweifache Mutter. An sich wären ein paar Blumen vom Finanzminister das Wenigste. Vielleicht auch noch ein paar winzige Präsente vom Arbeitsminister. Schließlich bin ich dann erst mal eine Weile weg vom Arbeitsmarkt. Und damit ist ein Arbeitsplatz frei. Vom Bevölkerungszuwachs und der Erleichterung auf dem Rentenmarkt gar nicht zu reden. Das deutsche Volk kann stolz auf mich sein.

Bestimmt zum 15. Mal überprüfe ich den Inhalt meines Krankenhaustäschchens. Wie auch bei den letzten 14 Mal ist alles in Ordnung. Still-BH, Schlafanzug, Nachthemd und Hygieneartikel – alles noch da, wo es gestern auch war. Man wird wirklich manisch mit der Zeit. Wo sollte das Zeug auch sein? Still-BHs neigen nun mal nicht zum Weglaufen. Aber schon meine Mutter hat immer gesagt: »Andrea, lieber zweimal geschaut und auf der sicheren Seite.« Da soll mal einer sagen, ich würde nicht auf meine Mutter hören. Ich bin beruhigt. Alles wie es sein soll, nur der Reißverschluss klemmt leicht. »Christoph, kannst du mal eben die Tasche zumachen, die geht irgendwie nicht zu«, rufe ich meinen Mann. »Oh, ne«, kommt es aus dem Badezimmer. »Ich hab dir doch gesagt, du sollst die Tasche jetzt endlich mal in Ruhe lassen, ich habe Besseres zu tun, als stündlich deine Reisetasche zuzuwurschteln. Glaubst du, es hat dir heute Nacht noch einer was rausgeklaut?« Charmant, wirklich. Eine hochschwangere Frau anmotzen, die in Kürze quasi auf die Schlachtbank geführt wird. Ich bin aber auch echt eine extrem anspruchsvolle Frau. Was hat es dieser Mann schwer. Bald wird sich Amnesty bei mir melden und mich zumindest streng verwarnen. »Gelbe Karte, Frau Schnidt! Noch einmal und wir müssen einschreiten!« Einem Mann, selbst dem eigenen, morgens um 7.30 Uhr solche Anstrengungen zuzumuten, grenzt ja an häusliche Gewalt.

Ich probiere es allein. Mist, jetzt ist ein Stück French-Manicure-Lack vom Daumen abgeplatzt. Ich könnte einen Anfall bekommen. 19 Euro hat mich das ›schlichte gepflegte Aussehen‹ bei der Maniküre gekostet. Und jetzt ist es schlicht nicht mehr gepflegt. Normalerweise kann ich mir selbstverständlich alleine die Nägel feilen. Zur Not auch lackieren. Aber für den Anlass, habe ich gedacht, da investiere ich mal was. Unter der Decke im Krankenhaus sieht man ja nicht wirklich viel. Nur Kopf, Hände und Füße gucken raus. Also müssen wenigstens die was hermachen. Beim Kopf sind die Möglichkeiten leider beschränkt, außer man lässt sich vor der Entbindung noch eben mal liften und botoxen. Ich habe die sparsame und weniger aufwändige Variante gewählt: die Wimpern gefärbt, die Fingernägel mit eben dieser French Manicure aufpeppen lassen und die Fußnägel leuchten in sattem Tiefdunkelrot. Nur weil mein Mann ein faules Stück ist, muss ich jetzt den Daumen der rechten Hand unter der Decke lassen oder zur Unperfektion stehen. Ich zerre weiter am Reißverschluss. Ich schaffe es. Hurra. Das Ding ist zu. Aber nur auf einer Seite. Die andere platzt komplett auf. Das war's. Fantastisch. Erst der Nagel, jetzt die ganze Tasche. Meine Lieblingsreisetasche. Cognacfarbenes Leder. Wirklich ein schickes Teil. Nicht zu aufgemotzt, mehr aus der Abteilung lässige Eleganz. Leider jetzt lässige Eleganz ohne Reißverschluss. Wie sieht denn das aus? Ich kann doch nicht mit einer aufgeplatzten Reisetasche zur Entbindung gehen. Obwohl ›aufgeplatzt‹ zum Thema Entbindung an sich sehr gut passen würde. Ich will gar nicht im Detail darüber nachdenken. Nachher ist diese Reißverschlussgeschichte ein Omen. Wird mir die Kaiserschnittnarbe aufreißen? Gott wie grausig.

Ha, mein Aluminiumkoffer. Obwohl – ein Koffer wirkt vielleicht auch etwas übertrieben. Heutzutage darf man ja selbst bei Kaiserschnitt keine 14 Tage mehr in der Klinik bleiben. Fünf Tage sind die Norm. Und mein Kaiserschnitt ist fest eingeplant. Für morgen früh 9.00 Uhr. Ich wollte eigentlich vor dem Termin noch prüfen, ob das für den Aszendenten des Kindes was Gutes bedeutet, aber Christoph hielt das für Astroschnickschnack und der Arzt war bei dem Thema null verhandlungsbereit.

Christoph nähert sich aus dem Badezimmer. Mein Gatte nur locker verhüllt mit einem kleinen Handtuch. Hhm. Netter Anblick. Sehr netter Anblick sogar. Aber trotzdem, man darf die Hormone nicht immer gewinnen lassen. »Danke«, sage ich nur vorwurfsvoll und deute auf die ehemals perfekte Reisetasche. »Ich hab dir gleich gesagt, die ist zu voll«, ist seine einzige Bemerkung. »Die ist nicht zu voll, höchstens ein wenig klein«, motze ich zurück. »Dann nimm halt meine«, schlägt er in versöhnlicherem Ton vor. »Die ist eh praktischer und es geht irre viel rein.« Insoweit mag er Recht haben. In seine Tasche geht verdammt viel rein, aber sie sieht dermaßen grauenvoll aus, dass man sie eigentlich nur verschleiert tragen kann oder in Ländern, in denen es ständig dunkel ist. Er hat sie beim Weihnachtsfest seines Lauftreffs gewonnen. In der Tombola. Mann, hat der sich damals gefreut. Einfach übers Gewinnen. Die Tasche konnte wahrlich nicht der Grund sein. Das ist die hässlichste Tasche, die ich je gesehen habe. So eine Pseudo-Sporttasche in neongrün mit einem senfgelben Streifen. »Wenn diese Tasche die erste Tasche ist, die ein neugeborenes Etwas sieht, kannst du selbst mit einem frühen Schöner-Wohnen- und einem zusätzlichen InStyle-Abo nichts mehr retten.« »Eine Tasche ist eine Tasche«, sagt mir ausgerechnet der Mann, der seit neustem behauptet, nur ein BMW sei ein richtiges Auto. »Ich kann nicht mit dieser Tasche ins Krankenhaus«, bleibe ich standhaft. »Ich habe noch Reste von Schamgefühl.« »Dann pack den Krempel doch in Plastiktüten«, grinst er mich an. Jetzt reicht es aber gleich. Soll das hier vielleicht witzig sein? Oder sind das erste Anzeichen von Sparwahn? Geiz-ist-geil-Symptome? Für mich die blödeste Werbung aller Zeiten. Was soll denn an Geiz geil sein? Geiz ist so ziemlich das Unsexyeste, was es gibt. Jetzt auf keinen Fall klein beigeben, Schnidt. »Ich will sofort eine neue Tasche, ich kann so nicht entbinden«, stelle ich Forderungen. »Ja, dann musst du dir wohl eine kaufen gehen«, ist seine kurze Antwort. Wie schlau. Da wäre ich ja selbst nie drauf gekommen. »Ich jedenfalls gehe nochmal in die Kanzlei, bringe unsere Tochter zu deiner Mutter und fahre dich dann heute Mittag, wie abgemacht, in die Klinik. Wenn du heute Vormittag noch shoppen willst, bitte sehr.«

»Danke sehr.« Wenn der so kurz vor der Entbindung noch Streit will, kann er den haben.

Er merkt, dass ich sauer bin. Kommt angeschlichen. Streichelt meinen Bauch. »Andrea, es wird doch alles gut.« Guckt der jetzt heimlich Nina Ruge in der Kanzlei oder was soll der

Spruch? »Wenn ich eine ordentliche Tasche habe, besteht Aussicht darauf«, bleibe ich hartnäckig. »Schatz, ich muss nur eben nochmal in die Kanzlei, du weißt, ich will den Schriftsatz noch fertigmachen, bevor die ganze Sache losgeht.« Die ›ganze Sache‹ ist die Entbindung unseres zweiten Kindes. Ich muss heute um 14.00 Uhr in der Klinik sein. Zur Vorbereitung für morgen früh. Ich werde aufgeschnitten, aber natürlich verstehe ich trotzdem sofort, dass ein Schriftsatz eine gewisse Priorität hat.

Da trippelt Claudia aus ihrem Zimmer. »Kommt heute das Baby?«, will sie wissen. »Oder ist es schon da?« Gute Eltern nehmen sich Zeit für ihr Erstgeborenes, und so erkläre ich den Zeitplan nochmal in aller Ruhe. »Nein, Schatz, es ist noch in Mamas Bauch. Schau, hier drin. Du gehst zur Oma und die Mama ins Krankenhaus. Und morgen kommst du mit der Oma und guckst dir das neue Baby an. Ist das nicht spannend?« Ich finde meine Argumentation durchaus kindgerecht und schlüssig, vorbildlich sozusagen, aber Claudia möchte trotzdem lieber mit ins Krankenhaus. Sie will gucken, wo das Baby rauskommt. »Ich will sehen, wie es schlüpft«, insistiert sie. »Nein«, sage ich. Einfach nur nein. Man soll zwar alles begründen, manchmal habe ich aber weder Kraft noch Nerven dafür. »Du gehst zur Oma.« Der Satz hätte der Supernanny sicherlich gefallen. So klar und deutlich. Claudia erscheint allerdings noch nicht überzeugt. »Will aber mit«, nörgelt sie. »Und wenn das Baby da ist, gibt's das Begrüßungsgeschenk«, schiebe ich eine sanfte Bestechung hinterher. Das hätte der Supernanny jetzt sicherlich nicht so gefallen. Und wenn schon. Dafür wirkt es. Claudia entspannt und erklärt sich gnädig bereit, zur Oma zu gehen. Es soll ja Eltern geben, die ihre Kinder mit zur Entbindung des nächsten nehmen. Ich gehöre definitiv nicht zu dieser Sorte Mutter. Wie soll man sich denn gehen lassen, wenn das eigene Kind, gerade mal drei Jahre alt, dabeisteht? Ich bin keine der Frauen, die sich immer und bei jeder Gelegenheit völlig unter Kontrolle haben. Ich kann ja nicht mal mein Essverhalten ausreichend kontrollieren. Von Schmerzen mal gar nicht zu reden. Gut, die Wehen spare ich mir in dieser Runde ja. Ein geplanter Kaiserschnitt verläuft im besten Fall wehenlos. »Es ist aber auch keine richtige Entbindung«, sagen einige meiner Freundinnen. Leicht mitleidig und doch ein wenig vorwurfsvoll. Und wenn schon. Dann eben nicht. Ich neige da zu einem gewissen Pragmatismus: Raus ist raus. Zählt nicht letztlich nur das Ergebnis? Und eine ›richtige Entbindung‹ hatte ich auch schon. Ich muss doch niemanden da unten rauspressen, der sich nicht an den üblichen Lageplan hält? Wer falsch rum liegt, wird eben rausgeschnitten. Alles im Leben hat seine Konsequenzen. Da kann ich nun mal ausnahmsweise nichts dafür.

Wirklich traurig bin ich über die Entscheidung Kaiserschnitt nicht. Im Gegenteil. Natürlich habe ich bei der Mitteilung meines Arztes, »Frau Schnidt, ich glaube, da ist ein Kaiserschnitt sicherer, es sei denn, das Kind dreht sich noch«, erst mal enttäuscht geguckt – ich weiß, was erwartet wird und füge mich gerne –, insgeheim aber war ich hoch beglückt und habe dem Kind gut zugeredet, so liegen zu bleiben, wie es nun mal liegt. Ich kann das Kind auch nur zu gut verstehen. Es muss doch angenehmer sein, nicht die ganze Zeit auf dem Kopf zu stehen. Gerade am Ende einer Schwangerschaft. Eingequetscht im mütterlichen Becken, wie in einem Fleisch gewordenen Schraubstock mit dem Kopf nach unten durch die Welt getragen zu werden, stelle ich mir nicht wirklich gemütlich vor. Der Arzt war überrascht, dass ich mich so schnell gefügt habe. »Wenn sie später mit dieser Entscheidung Probleme haben sollten, wir haben eine Gruppe für traumatisierte Kaiserschnittmütter. Die treffen sich seit Jahren.« Ich sage es ja immer. Die Welt ist voll mit Wahnsinnigen. Gibt es auch Gruppen für traumatisierte Männer, die sich beim Bohren eine Spritze geben lassen? Gehen auch Frauen wie Claudia Schiffer und Julia Roberts in solche Gruppen oder sind die genau wie ich unsensibel und pragmatisch? Irgendeinen Vorteil muss ein Kaiserschnitt ja haben, sonst würden nicht so viele Frauen drauf bestehen, oder? Natürlich hat die so genannte natürliche Geburt ihre Vorzüge, aber wieso ist es eigentlich so verwerflich, selbst wählen zu wollen? In Zeiten, in denen sich Frauen neue Brüste passend zum Kleid machen lassen, und keine Socke regt sich darüber auf, ist es immer noch ein wenig bäh, sich freiwillig und ohne Not für einen Kaiserschnitt zu entscheiden. Von diesem Makel bin ich klar freizusprechen. Schließlich hat mein Arzt mir den Kaiserschnitt ja nahe gelegt und ich neige dazu, auf Fachpersonal zu hören.

Christoph, der instinktiv ahnt, dass er noch was gutzumachen hat, kümmert sich um Claudia. »Ich ziehe dich erst mal an, Liebling, dann gibt's Frühstück und dann fährt Papa dich zur Oma«, strukturiert er eben schnell die nächsten Stunden. Mehr für sich, als fürs Kind. Männer sind mit einer solchen Anhäufung von Dingen, die vor ihnen liegen, fast schon mental überlastet. »Na dann viel Vergnügen euch beiden«, gebe ich dem Gatten noch einen kleinen Ansporn und mache gleichzeitig unmissverständlich klar, dass ich mit diesen Programmpunkten – bis auf Frühstück – nichts zu tun habe. Terrain abstecken ist eine der wichtigsten Dinge in Beziehungen. Wer denkt, es lange, einmal zu sagen: »So läuft das hier, du machst bitte das und ich das«, hat sich böse geschnitten. Man muss immer wieder aufs Neue daran arbeiten, sonst wacht man eines Tages auf und die Grenzen haben sich still und heimlich äußerst ungünstig verschoben. Ich habe Freundinnen, die das mühsam finden und keine Lust auf das ewige Gezacker haben. Natürlich hat man ein ruhigeres Leben, wenn man sich brav in sein Schicksal fügt. »In der Zeit, in der ich dem erkläre, was zu tun ist, habe ich es doch längst selbst gemacht«, seufzen diese Frauen gerne hingebungsvoll. So weit bin ich noch nicht. Auf diese Art Kapitulation kann meiner lange warten. Sonst endet man wie die Ehefrau eines bekannten Vorstandsbankers. Der ließ sich jahrelang, egal wann er heimkam, noch eine nette warme Mahlzeit servieren – frisch zubereitet und nie aus der Mikrowelle! – und nach Jahrzehnten hat er sich genau darüber mokiert. Sie war ihm lästig, die warme Mahlzeit und ebenso die Frau. Zu unselbstständig. Heimchen am Herd. Das war die infamste Frechheit, die ich in den letzten Jahren von einem Kerl gehört habe. Erst tut der alles, um sie genau dahin zu bekommen, und dann nervt es ihn. Was lernt man aus solchen Geschichten? Nie zu pflegeleicht sein und nie zu diensteifrig. Es gibt keine Sammelheftchen zum Einkleben von Bonuspunkten für gute Führung. Eine regelmäßige warme Mahlzeit sichert keine Beziehung.

Als Claudia und Christoph losgefahren sind, genieße ich die Stille, wohl ahnend, dass es vorerst für lange, lange Zeit das letzte Mal sein wird. Bald ist wieder ein Baby im Haus. Es ist komisch, genau zu wissen, dass ich morgen um diese Uhrzeit zum zweiten Mal Mama sein werde. Seit Monaten freue ich mich darauf und jetzt wird mir erstmals ein ganz klein wenig mulmig. Mit zwei Kindern wird mein Leben sehr anders. Ich werde nicht mehr arbeiten gehen. Vorübergehend hoffentlich, aber wer weiß das schon. Planen kann man viel.

Liebt man das zweite Kind genauso wie das erste? Kann man beide gleich lieben? Was, wenn es ein schwieriges Kind ist? Tag und Nacht schreit? Wie in diesen Reportagen, bei denen verzweifelte Mütter mit fettigem Haar und im schmuddeligen Jogginganzug kurz vor dem Suizid stehen und immer wieder beteuern, wie anders sie sich ihr Muttersein vorgestellt haben. Wird Claudia sehr eifersüchtig sein? In meinem Kopf geht es wirr zu. Soll ich in dem Zustand wirklich noch eine Tasche kaufen gehen? Ich beschließe, die geplatzte mitzunehmen. Was soll's. Ich muss sie ja eh aufmachen und dann bleibt sie eben gleich auf. Im Schrank wird es ja keine Taschenreißverschlusskontrolle geben. Stattdessen mache ich es mir gemütlich, schalte den Fernseher an und halte eine kleine Zwiesprache mit meinem Sohn. Das in meinem Bauch ist ein Junge. Tatsächlich. Genau wie bei meiner Schwester. Erst das Mädchen, dann der Junge. Klassisch. Fehlt nur noch das Reihenhaus und der Kombi, dann habe ich alles, was zu einer typischen Mittelstandskleinfamilie gehört. Ich hätte auch gerne noch ein Mädchen gehabt, aber an sich denke ich wie alle. Hauptsache gesund. Ich bin irrsinnig gespannt, was für ein Kerlchen da in mir gewachsen ist. Wie wird er aussehen? Genau wie seine Schwester, nur mit dem obligatorischen Teilchen dran? Wird er Fußballer, Pilot, Friseur oder Atomphysiker? Ich streichle meinen Bauch, erwische sein Knie, liebkose es so gut wie möglich und hoffe, dass er ein lieber und guter Kerl wird. Das wäre doch schon mal was. Ach und lieber Gott, lass ihn bitte klug sein. Dumme Männer sind schwer auszuhalten.

Im Fernsehen läuft ein Spielfilm. Eine Wiederholung von gestern Abend. Sigourney Weaver, die schon in anderen Filmen ekelhafte Aliens in ihrem Bauch hatte, hat diesmal eine appetitlichere Rolle und spielt eine Farmersfrau. Sie lebt mit Mann und Kindern auf einer idyllischen Farm mit herrlichem Grundstück und tollem See. Ihre Freundin, gespielt von Julianne Moore – dieser hübschen Rothaarigen –, hat auch zwei Kinder, und die Frauen verbringen viel Zeit miteinander. Beste Freundinnen eben. Wechselseitig passen sie auf die Kinder auf, haben lustige Abende mit den Ehepartnern und das Leben ist einfach nur wunderbar. Man wird fast ein wenig neidisch auf diese Idylle. Doch dann passiert das Grauen. Die Weaver sittet die Kinder der Rothaarigen und unter ihrer Obhut ertrinkt das eine Mädchen. Ich muss sofort weinen. Welch eine Albtraumvorstellung. Ein Moment der Ablenkung und nichts im Leben ist mehr, wie es war. Ich will diesen Film nicht mehr sehen, schaffe es aber nicht, den Fernseher auszuschalten. Ich wünsche mir so sehr, Julianne Moore würde verzeihen, kann aber zu gut verstehen, dass genau das erst mal unmöglich erscheint. Weaver wird gemieden, nicht nur von den Freunden, man wirft ihr auch noch andere Schrecklichkeiten vor, sie kommt ins Gefängnis und ich weine und weine.

Was ist schrecklicher? Schuld zu sein am Tod des eigenen Kindes oder an dem der besten Freundin? Eine fast unlösbare Frage. Ich bin hin- und hergerissen. Wenn man an etwas schuld ist, sollte man auch selbst die Konsequenz tragen müssen. Andererseits, lieber mit einer schlimmen Schuld leben, als das eigene Kind verlieren, oder?

Ich rufe Sandra an. Meine ehemalige Kollegin und immer noch Freundin. Sandra ist Psychologin und gut in solchen Fragen. Da Sandra nie die Erste im Büro war, erwische ich sie noch zu Hause. »Andrea, ich freue mich, was gibt's, geht's nicht morgen los?«, lacht sie ins Telefon. Ich stammle: »Ja, aber ich habe vorher nochmal eine Frage.« Sandra ist etwas irritiert. »Wie kommst du denn jetzt auf so was?«, will sie nach meiner Frage besorgt wissen. »Fernsehen, also ein Film«, ist meine dürftige Erklärung. Sandra überlegt einen Moment und entscheidet sich dann für den Tod des anderen Kindes. Es sei leichter, mit der Schuld zu leben, als ohne das eigene Kind. Und sie macht mich auf einen Denkfehler aufmerksam, »Schuld hast du immer. Damit musst du in beiden Fällen leben, aber so bleibt dir wenigstens dein Kind.« Hhmm. Ich bin noch nicht wirklich überzeugt. »Soll ich vorbeikommen?«, schlägt sie vor. »Ich kann im Büro anrufen und mich krankmelden. Ich habe lange nicht gefehlt und der Heim nervt eh dermaßen.« Ich beteure, dass ich mich wieder im Griff habe, aber ihr gefällt der Vorschlag selbst ausnehmend gut. »Doch, doch«, sagt sie, »bin gleich da. Ich freue mich. Da können wir doch nochmal ohne Wäh-Wäh-Hintergrundmusik schön schwätzen.« Ich gebe mich geschlagen und finde es wunderbar. Ich glaube, dass man sich mit so existenziell wichtigen Fragen besonders beschäftigt, wenn man selbst vor einem so existenziellen Ereignis wie einer Geburt steht. Ein bisschen Ablenkung kann da nicht schaden.

Zwanzig Minuten später ist sie da. Und fast genau parallel zu ihrem Eintreffen hat die Moore der Weaver verziehen. Ihr sogar in einer anderen Sache beigestanden. Sie werden nie mehr beste Freundinnen sein, aber ich bin doch sehr froh. Was ist die Moore doch für ein guter Mensch. Ob ich das könnte? Da habe ich doch gewisse Zweifel.

Sandra hat ein Geschenk dabei. Juhu. »Für morgen, Süße, du darfst es aber erst auspacken, wenn der Kleine da ist, versprochen?«, sagt sie beim Überreichen. Ich verspreche es. Sie erzählt mir wunderbaren Klatsch aus dem Büro, und eine ganze Stunde lang vergesse ich, was morgen bei mir auf dem Plan steht. Schnipp schnapp, Bauch auf, Kind raus und wieder zu. Sandra bleibt, bis Christoph kommt, um mich abzuholen. Eigentlich wollte ich nochmal ausgiebig baden, aber eine Dusche wird's ja auch im Krankenhaus geben. Sandra begleitet uns zum Auto, findet meine geplatzte Tasche gar nicht schlimm, an sich sogar sehr schick, irgendwie lässig, und winkt uns ausgiebig hinterher. Sandra ist eine von den Guten. Jawoll.

Christoph ist aufgeregt. Wie süß. Er plappert im Auto vor sich hin. Erklärt mir, wie sehr er sich auf das Baby freut. Sagt, dass er ein bisschen Angst hat, im OP zu schwächeln. Christoph darf beim Kaiserschnitt dabei sein. Bei geplanten Kaiserschnitten ist das heutzutage gang und gäbe.

Punkt 14.00 Uhr melden wir uns auf der Station. 5b links. Nicht der Privatstation, die ist rechts, sondern der für die normal Versicherten. Wie mich. Hier habe ich auch bei Claudia gelegen. »Wenn ich im selben Zimmer lande wie damals, ist es ein gutes Omen«, denke ich und finde mich zehn Minuten später genau am anderen Ende des Ganges wieder. Gut, dass ich an so einen Kram nicht wirklich glaube. Oder nur ein ganz klein wenig. Ich meine, wer kennt das nicht. Man läuft auf dem Trottoir und sagt sich: »Wenn ich es schaffe, bis zur nächsten Ecke auf keine Linie zu treten, dann wird mein Tag toll.« Oder: »Wenn mich der nächste Passant anlächelt«, oder: »Wenn ich bis zur Kreuzung noch drei VW Golfs sehe.« Als ich das mal Christoph erzählt habe, hat der geguckt wie ein begriffsstutziger Idiot. »So was machst du?«, hat er in einem Ton gefragt, als hätte ich gerade gestanden, nachts heimlich in Lackmontur in Swingerclubs zu gehen, und hat dann allen Ernstes behauptet, er selbst wäre noch nie auf so eine Idee gekommen. Männer und Frauen sind doch sehr verschieden.

Es ist ein anderes Zimmer, das aber genauso aussieht. Austauschbar. Jahre sind vergangen und hier merkt man nichts davon. Ein Dreibettzimmer. Und wie beim letzten Mal ist nur die Mitte frei. Wie schaffen die anderen Frauen das nur immer, im richtigen Bett zu landen? Ich möchte so gern mal am Fenster liegen. Aber im Fensterbett liegt eindeutig jemand drin. Sie schläft. Pech gehabt, Andrea. »Hier wären wir, Frau Schnidt, machen Sie es sich erst mal gemütlich, später gibt's dann Ultraschall und Arztgespräch«, informiert mich die Schwester, die ich vom letzten Mal nicht kenne. Schwester Lisa steht auf ihrem Schildchen und sie sieht aus wie Schwester Stefanie aus dieser Schwachsinnsserie bei Sat 1. Genau der gleiche Gutmensch-Typ. »Sie sehen ein bisschen aus wie die aus dem Fernsehen, diese Schwester Stefanie«, sage ich zu ihr und hoffe, dass sie nicht gleich beleidigt ist. Im Gegenteil. Sie strahlt. »Danke, tolles Kompliment«, sagt sie und rauscht ab. Jetzt wollte ich sie eigentlich noch ein bisschen was zum weiteren Prozedere fragen, aber was soll's. Sie wird schon wiederkommen. Als Erstes lasse ich die Tasche im Schrank verschwinden. »Na denn«, witzelt Christoph, »ab ins Bettchen, mach's dir gemütlich, mein Kleines. Ich komme heute Abend wieder und bringe dir letzte Köstlichkeiten, bevor es losgeht. Alles was dein Herz und dein Bauch begehren.« Manchmal ist er wirklich sehr süß. Für einen Mann ist er ein ausgesprochen angenehmes Modell. Jedenfalls meistens. Mehr kann man von der Gattung wahrscheinlich auch nicht erwarten. »Fein«, sage ich, »da freue ich mich ja jetzt schon, bring mir bitte Pommes, einen Hamburger und ein wenig Salat.« Salat ist immer gut. Man hat sofort ein besseres Gewissen, wenn ein wenig Salat dabei ist. »Und ein Eis, für hinterher. Zitrone, Himbeer und Heidelbeer mit Sahne«, vollende ich meine Bestellung. »Wird gemacht, Madam. Ich lasse dir noch dein Telefon anschließen und mache mich dann vom Acker«, verabschiedet sich der Mann meines Herzens. Ich ziehe ihn an mich, soweit das bei meiner ausladenden Vorderfront noch möglich ist, und küsse ihn. Was dieser Mann küssen kann! Herausragend, wirklich! Von Anfang an. Wunderbar. Ein Mann, der so küssen kann, ist selten. Ich kann das beurteilen, schließlich habe ich ausreichend Männer geküsst. Wenn ich an einige denke, wirkt ein Zahnarztbesuch im Vergleich attraktiv.

Christoph geht, er fehlt mir direkt und die Fensterfrau bewegt sich. Was soll ich eigentlich jetzt schon hier? Mich mental vorbereiten? Das Bett warmliegen? Kontakte knüpfen? Mich gepflegt langweilen? Hätte es nicht auch gereicht, kurz vor dem Kaiserschnitt herzukommen? So wie beim Friseur. Ein letzter Abend zu Hause hätte auch schön sein können. Ich schnappe mir ein Buch, ziehe die Schuhe aus und lege mich auf mein Bett. Aus dem Lesen wird nichts. Kaum habe ich das Buch aufgeschlagen, wird es im Bett neben mir lebendig. »Hallo«, sagt eine tiefe Stimme und etwas Dunkelhaariges setzt sich auf. »Neu hier?«, fragt sie. »Nein«, will ich sagen, »ich war nur bis eben unsichtbar«, verkneife mir diese Antwort aber und sage stattdessen: »Ja, mein Name ist Andrea Schnidt. Kaiserschnitt, morgen früh.« »Sigrid Klotz, spontane Geburt vorgestern, freue mich.« Die Betten stehen so eng, dass sich keine von uns zum Händeschütteln rausbewegen muss. Sie sieht sympathisch aus. Wildes dunkles Haar mit gigantischen Korkenzieherlocken. So wie die Frau aus der L'Oréal-Werbung. Die mit der abgebrochenen Schere in der Hand. Eigentlich hasse ich diese Art Frauen. Menschen wie ich, die mit feinen Fusseln auf dem Kopf gesegnet sind, können einen derartigen Haaroverkill nur schwer aushalten. Selbstverständlich weiß ich, dass eine solche Haltung ausgesprochen kindisch ist, aber diese genetische Ungerechtigkeit zu ertragen, ist trotzdem schwer. Sie ist Lehrerin an einer Hauptschule. Klassenlehrerin einer 8. Klasse. Deutsch und Sport sind ihre Fächer. Wir duzen uns direkt. Sie erzählt mir ihre Geburtsgeschichte. Es ist ihr drittes Kind. »Ich hätte es fast schon im Auto verloren«, lacht sie. »Das ging dermaßen schnell, ich hatte den Kreissaaltrakt kaum betreten, da musste ich schon pressen. Mann, hat die kleine Betty es eilig gehabt. Da waren meine Jungs andere Kaliber. Da hatte ich Stunden zu tun.« Ihre Jungs sind 13 und 15 Jahre alt. Betty ist eine Nachzüglerin. »Die Jungs schämen sich auch ziemlich«, lacht sie, »dass eine Frau in meinem Alter noch Kinder kriegt, finden die echt peinlich. Vor allem weil das bedeutet, dass ihre Mutter ja noch Sex hat.« Sie lacht laut. Mit einer warmen, tiefen Lache. »Willst du meine Tochter mal sehen?«, fragt sie mich. Klar will ich. Ihre Betty liegt im Zwischenzimmer. Zwei Dreibettzimmer teilen sich ein Babyzimmer. Fünf kleine Bettchen stehen darin. Meins fehlt noch. Sigrid schwingt sich aus dem Bett und ich sehe sie erstmals in voller Pracht. Diese Frau besteht wirklich hauptsächlich aus Haaren. Sie ist klein. Viel kleiner, als ich vom Haar und der Lache her dachte. Klein und zierlich. Ein zartes Rehchen mit Riesenmähne. Höchstens 1,60 m. Ihre Betty kann Sigrid kaum verleugnen. Das Kind hat Haare wie andere am sechsten Geburtstag. Unglaublich. Zugewachsen wie ein kleines Äffchen. Dunkles, dichtes Haar und Wimpern wie aus der Mascara-Reklame. Ihre Betty ist ein ausgesprochen hübsches Baby. »Schön ist deine Betty«, sage ich andächtig und Sigrid freut sich. »Ja, mir gefällt sie auch sehr«, antwortet sie ernst und wir beide schauen ergriffen auf das kleine Haarwunder. Sigrid ist eine sehr angenehme Person. Mit etwas weniger Haar wäre sie sogar noch netter. »Wer liegt eigentlich da vorne am Waschbecken?«, unterbreche ich unsere Bettyshow. »Lass dich überraschen«, sagt sie nur und grinst. Was soll das denn heißen? »Ich sage nur so viel«, ergänzt sie, »ich bin froh, dass du jetzt auch hier im Zimmer bist.« Nun ist meine Neugier erst richtig geweckt.

Aber bevor ich weiterbohren kann, geht die Tür auf. Schwester Huberta steht im Zimmer. Diese Frau würde ich auch in dreißig Jahren noch erkennen. Meine Schwester Huberta. Oberlippenbarthuberta. Schon bei Claudias Entbindung hat sie hier auf der Station gearbeitet und ich habe ihren robusten Humor sehr zu schätzen gewusst. Sie sieht unverändert aus. »Schwester Huberta, was für eine wundervolle Überraschung«, begrüße ich sie. »Na, Frau Schnidt, Runde zwei. Ich dachte, Sie wollten nie wieder«, knoddert sie. Die hat ja wirklich ein Eins-a-Gedächtnis. Aber wahrscheinlich braucht sie für diese Bemerkung gar kein dolles Gedächtnis. Wahrscheinlich sagt jede Frau nach der Entbindung: »Das mache ich keinesfalls nochmal.« Auch ich war mir nach Claudias Geburt sehr sicher, dass das meine erste und letzte Geburt gewesen wäre und dass ich dieses Erlebnis niemals vergessen würde. »Verdrängung, Schwester Huberta«, entschuldige ich meine Inkonsequenz. »Außerdem kommt es diesmal durch eine andere Öffnung. Untenrum ist gesperrt«, versuche ich einen kleinen Scherz. »Wir sprechen uns nach dem Kaiserschnitt nochmal«, sagt sie mit bedeutungsvollem Blick. Ein Blick, der einem ein ganz bisschen Angst machen kann. »Und jetzt nehme ich Sie mit, Oberarzt Wiedmann will Sie sprechen.«

Doktor Wiedmann. Hilfe, der Müffeldoktor. Guck mal einer an, da ist der jetzt Oberarzt. Hat Karriere gemacht. Hoffentlich riecht er besser als damals. Meine Güte, was hat der mich bei der Entbindung von Claudia genervt. Dieser Oberlehrertyp. Nie werde ich vergessen, wie der streng »Nicht in den Kopf pressen« zu mir gesagt hat. Als wäre das eine echt tolle Neuigkeit, dass Kinder nicht aus dem Kopf kommen. Aber gut, jeder verdient eine zweite Chance. Ich laufe ergeben hinter Schwester Huberta her.

Im Arztzimmer wartet schon Dr. Wiedmann. »Hallo, Herr Doktor Wiedmann, nett, Sie mal wieder zu sehen«, probiere ich die freundliche Variante. »Wieder?«, sagt er nur etwas verwirrt und guckt schnell auf das Patientenblatt vor sich. Der erinnert sich tatsächlich kein Stück an mich. Da sieht man es mal wieder. Man zeigt dem Mann intimste Körperteile und trotzdem hat der nicht den Hauch einer Idee, wen er da vor sich hat. Nicht kleinlich sein, Andrea, zügele ich mein latent aufsteigendes Gefühl von Beleidigtsein, der sieht so viel Muschis, da muss man sich schon eine besonders flotte Schamhaarfrisur zulegen, damit der Herr Oberarzt vielleicht so was wie Erinnerung zeigt. »Erste Entbindung spontan, keine Komplikation, jetzt Kaiserschnitt, wieso das, Frau Schnidt?«, fragt er mich. »Ein bisschen Abwechslung im Leben ist doch nett«, teste ich seinen Humor. Der Test fällt definitiv negativ aus.

Humor scheint bei ihm leider nicht vorhanden. »Ein Kaiserschnitt ist eine Operation«, sagt er ernst und guckt mich ein wenig streng an. Da wäre ich ja selbst nie draufgekommen – eine Operation, was für eine Neuigkeit. »Ich weiß das durchaus, aber bei einer Steißlage ist er wohl angebracht«, versuche ich, Fachwissen zu demonstrieren. »Nun ja, es gibt Frauen, die auch Steißlagen spontan entbinden«, sagt er. »Es gibt auch Menschen, die Achttausender ohne Sauerstoff besteigen und täglich ›Gute Zeiten, schlechte Zeiten‹ gucken«, antworte ich etwas spitz und schiebe dann aber hinterher, dass der Kaiserschnitt eine Empfehlung meines Gynäkologen sei. Entspannungstaktik. Ich habe schließlich keine Lust, mich mit dem Wiedmann rumzustreiten. »Gut, Frau Schnidt«, gibt er sich endlich geschlagen, »dann wollen wir mal den Ablauf von morgen besprechen.« »Fein«, sage ich und die Versöhnung ist eingeleitet. Er riecht übrigens besser als vor drei Jahren. Unauffällig. Immerhin. »Sie sind früh dran, gegen sieben Uhr holen wir Sie aus Ihrem Zimmer und so um neun Uhr sollte der Nachwuchs da sein. Wir machen heute noch einen Ultraschall, Sie kommen an den Wehenschreiber und später haben Sie noch ein Gespräch mit unserer Anästhesistin und dann kommt eine Schwester zum Rasieren und Einlauf machen. Gibt's noch Fragen?« Ich bin froh, dass die Schwester den Teil mit dem Rasieren und dem Einlauf übernimmt. »Operieren Sie morgen selbst?«, frage ich nochmal nach. »Normalerweise nur bei Privatpatienten, aber morgen haben Sie Glück, da mache ich auch Kasse.« Er macht auch Kasse. Wie gnädig von ihm. Welch Glück und Segen. Mein Sohn wird als ersten Mann auf Erden Doktor Wiedmann sehen. Vielleicht hat er auch Glück, der Kleine, und die Augen zu. Nicht, dass er direkt zurückkriecht vor Schreck.

Wiedmann macht auch Kasse. Welch Doppeldeutigkeit. Das fällt mir erst jetzt auf. Bei mir wird sich das mit dem Kassemachen aber in gesetzlichen Grenzen halten, oder denkt er, ich stecke ihm nach der OP noch einen kleinen Obolus zu? War das ein versteckter Hinweis? Egal – das wird ignoriert. Die Audienz ist beendet. »Sie können jetzt aufs Zimmer, Frau Schnidt«, verabschiedet er mich. »Danke«, sage ich und weiß gar nicht so recht wofür. Aber sicherheitshalber sollte ich zu diesem Kerl wenigstens bis morgen Vormittag nett sein. Schließlich wird er mir den Bauch aufschneiden und da hätte ich schon gerne, dass er mir prinzipiell wohl gesinnt ist und sich Mühe gibt.

»Du kommst perfekt zur Kaffeezeit«, begrüßt mich Sigrid, meine neu gewonnene Freundin im Zimmer. Das Bett am Waschbecken ist jetzt auch belegt. Und drin thront unübersehbar Inge Müller-Wurz. Die Eso-Müsli-Inge-Müller-Wurz. Meine Bekannte. Die schon bei meiner letzten Entbindung mit mir im Zimmer lag. So einen Zufall gibt's doch gar nicht. Ich habe Inge noch im Schwimmkurs von Claudia gesehen und dann ein paar Mal zum Kaffeetrinken. Danach haben wir uns aus den Augen verloren. Und jetzt das. Haben Inge und ich den gleichen Bio-Rhythmus oder wie ist dieser Zufall zu erklären? Sind wir hormonell gleich gesteuert? Gibt es eine versteckte Kamera? Oder ist es nur ein kleiner Gag meiner Freunde? Ich stürze mich auf sie. Umarme sie und wir wirken wie zwei Überlebende eines grausigen Ereignisses, die sich nach Tagen, in wildem Schneesturm, wieder finden. »Was geht denn hier ab?«, fragt uns die vollkommen erstaunte Sigrid, »kennt ihr euch?« »Nein, wir haben uns nur spontan verliebt«, ist meine Antwort und gemeinsam beginnen wir, Sigrid unsere Geschichte zu erzählen. Unsere kleine Kennenlerngeschichte. Damals hier auf dieser Station. Nur ein paar Zimmer weiter. »Wie geht's deinem Sohn?«, will ich wissen. »Das kannst du dir gleich selbst angucken«, strahlt Inge, »der kommt nämlich so in einer guten halben Stunde mit Sebastian vorbei.« Sebastian ist Inges Kerl. Ihr Lebensgefährte und WG-Mitbewohner. Inge wohnt in einer WG. Wohnte sie jedenfalls damals. »Du bist also noch mit Sebastian zusammen?«, erkundige ich mich. »Klar«, lacht sie, »so einen kriegst du ja ansonsten auf dem freien Markt gar nicht mehr.« Sie macht so eine Art Trophäengesicht. Nicht ganz zu Unrecht. Sebastian war, jedenfalls damals, ein äußerst attraktives Exemplar der Gattung Mann. In drei Jahren kann sich da ja nicht so viel verändert haben. Männer haben sowieso oft eine längere Haltbarkeit. Nicht gerecht, aber leider wahr.

Als ich ihr von meinem bevorstehenden Kaiserschnitt erzähle, ist sie ein wenig empört. »O Andrea, du bist wirklich unverbesserlich, du weißt doch, wie schlimm das für die Kinder ist. Da haben die ein Leben lang mit zu tun. Die brauchen dieses Erlebnis im Geburtskanal. Wenn ihnen dieser Kampf ins Leben fehlt, kann das sehr, sehr böse enden.« Bei aller alten Freundschaft, dieses Missionarsgehabe von Inge nervt genau wie früher. Auch Sigrid rollt mit den Augen. Inge holt zu einem Kaiserschnittgroßvortrag aus. Fünf Minuten mindestens. Meine Güte, ist die eifrig. »Inge, es ist zu spät, morgen um acht bin ich dran. Die Messer werden schon gewetzt. Spar dir deinen Vortrag für eine auf, die noch umzustimmen ist«, stoppe ich Inge. Sie runzelt die Stirn. »Du wirst sehen, was du davon hast. Erst nicht stillen und jetzt einen Kaiserschnitt. Die armen Kinder«, kann sie sich nicht verkneifen. Jetzt fällt mir doch wieder sehr genau ein, warum ich damals den Kontakt habe einschlafen lassen. Mann, kann die penetrant sein. Diese Frauen, die immer ganz genau wissen, wie was im Leben zu sein hat und diese Weisheiten nicht mal für sich behalten können, sind das Grauen. Vor allem, wenn sie, wie Inge, selbst frei von jeglichen Fehlern sind. Heilige unter Normalos.

»Was ist überhaupt mit dir, hast du dein Baby schon?«,

wechsle ich geschickt das Thema, denn Lust auf endlose Debatten habe ich so kurz vor meinem Bauchaufschneidetermin nicht mehr. »Natürlich«, erzählt sie, »seit gestern ist Sara Dana Lisette auf der Welt. Sie liegt nur gerade unterm Licht. Wegen der Gelbsucht. Du weißt schon, Neugeborenengelbsucht. Ich hole sie aber gleich, wenn Sebastian und Konstantin kommen. Sara aber ohne h.« Ich nicke. Wie heißt das arme Etwas? Sara – ohne h – Dana Lisette. Ist Lisette nicht eine Bettwäschenmarke oder Handtuchfirma und Dana der Vorname von Til Schweigers Frau? Ich glaube, dass so ein Name für ein Kind um einiges schlimmer ist als eine Kaiserschnittgeburt, behalte meine Meinung sicherheitshalber aber mal für mich. Sara Dana Lisette. SDL. In anderer Reihenfolge könnte man sie DSL abkürzen. Wie diese Schnellverbindung ins Internet. Wirklich überrascht bin ich über die Namenswahl nicht. Schließlich heißt der Sohn von Inge Konstantin Samuel David. Im besten Fall sind solche Kinder berauscht von ihrer Namensvielfalt, im schlechtesten Fall hassen sie ihre Eltern und müssen jahrelang Therapie machen.

Bei der Namensfindung sollte man seine Kreativität zügeln. Schließlich muss ein Wesen aus Fleisch und Blut lebenslang damit zurechtkommen. Auch wir hatten uns bei der Namenswahl für das neue Baby, das mir morgen früh rausgeschnitten wird, ziemlich in der Wolle. Christoph wollte, wie schon bei Claudia, nicht das, was ich wollte. Sein Favorit war Paul. Paul war mir allerdings zu gewöhnlich. Kein hässlicher Name, sicher, aber jeder dritte neugeborene Junge heißt so. Es muss doch noch irgendwas zwischen Paul, Max und Namen wie Brooklyn, Dana Lisette oder Apple geben? Ich wollte, dass unser Sohn Mark heißt. Weil es so maskulin klingt. Kurz, präzise und breitschultrig. Ein Mark ist ein kerniger Typ. Das hört man schon. Christophs Begeisterung hielt sich in Grenzen. Sein erster Kommentar war: »Und mit zweitem Namen heißt er dann Pfennig oder wie?« Irre witzig! Ich meine, wer von den Kindern wird sich je an die D-Mark erinnern? Das sind Eurokinder. Und davon mal abgesehen war die Mark ja auch nicht die schlechteste Währung und einen zweiten Vornamen bekommt Mark auch nicht. Schließlich heißt unsere Tochter auch nur Claudia und wenn für sie ein Vorname reicht, dann gilt das auch für Mark. Man möchte ja später nicht diskutieren, warum das eine Kind einen Namen mehr hat als das andere – und dann auch noch der Junge! Natürlich ist das albern, aber Geschwister neigen zu solch unerquicklichen Debatten. So oder so finde ich noch immer, dass die Frauen letztlich entscheiden sollten. Ich meine, wer trägt denn die Last der Schwangerschaft? Wer hat das Wasser in den Beinen, die schlaflosen Nächte, die Beckenbodenübungen und final auch noch die Entbindung? Mitsprache gerne –, aber im Streitfall sollte die Frau das letzte Wort haben. Wenigstens bei der Namensfindung.

Schwester Huberta erscheint: »So, Frau Schnidt, jetzt geht es Schlag auf Schlag. Die Anästhesistin erwartet Sie. Sie wollen doch morgen gerne eine Betäubung, gell?« Sie ist noch immer ein kleiner Scherzbold.

»Bis gleich«, rufen mir meine Zimmergenossinnen aufmunternd zu und ich mache mich auf den Weg. Frau Doktor Zefler, die Anästhesistin, erwartet mich schon. Sie ist groß, um die vierzig und sieht aus wie eine Frau, die weiß, was sie will. Ihre dunkelbraunen Haare sind zu einem Knoten frisiert, ihr Gesicht ist ungeschminkt und ihre Nase sieht aus wie direkt aus Griechenland importiert. So ein klassischer, schmaler Riesenzinken. Ich liebe diese Nasen, schon weil meine mehr in Richtung Steckdosennase geht. Eine große schlanke Nase sieht edel aus. Man wirkt so aristokratisch. Frau Dr. Zefler, Typ Primaballerina, die in die Jahre gekommen ist, kommt gleich zur Sache und das Schöne: ich muss mich erstmals nicht für den geplanten Kaiserschnitt rechtfertigen. Hurra. Bei ihr darf ich sogar noch wählen. Sie stellt mir die zwei Narkosemöglichkeiten vor. Vollnarkose oder PDA. Bei Vollnarkose wird man komplett abgeschossen und wacht irgendwann als Neu-Mutter auf, dann, wenn die ganze Sache längst erledigt ist. Ich bin eine informierte Person und habe mich längst gegen die Vollnarkose entschieden, auch wenn sie durchaus verlockende Seiten hat. »Ich nehme die PDA, ich will mein Baby doch gleich sehen«, teile ich ihr mit. Bei Vollnarkose hätte ich immer ein wenig Angst, dass sie mir das falsche Baby unterschieben. Außerdem bin ich verdammt neugierig darauf, wie mein Sohn aussieht. Sie begrüßt meinen Entschluss, erklärt mir die Vorgehensweise und beteuert, dass ich keinerlei Schmerzen haben werde – wie herrlich! Ich fülle noch ein Patientenblatt aus, schummele ein bisschen beim Gewicht – nur mickerige vier Kilo – und dann darf ich schon wieder gehen.

Obwohl Frau Dr. Zefler sehr kompetent wirkt, steigt langsam eine gewisse Nervosität in mir auf. Was wird das für ein Gefühl sein? Auf einem Tisch zu liegen und live mitzuerleben, wie der eigene Bauch von Doktor Wiedmann aufgeschnitten wird. Wahrscheinlich ein bisschen wie im Film ›Alien‹, nur dass mein Bauchbewohner hoffentlich um einiges attraktiver ist. Ich atme tief durch, gehe über den Gang und versuche zu entspannen. »Die machen das hier andauernd, die wissen, wie es geht, das ist nichts Besonderes für die, das wird schon werden«, versuche ich, mich selbst ein wenig zu beruhigen. Ich dachte, ich sei cool. Bis jetzt war ich, was den Kaiserschnitt angeht, völlig lässig. Jetzt tauchen erste Horrorszenarien vor meinem geistigen Auge auf. Was, wenn die Betäubung nicht wirkt, mir aber keiner glaubt und mir deswegen bei vollem Bewusstsein der Bauch aufgeschnitten wird? Man liest ja manchmal solche Sachen. War das fahrlässig, beim Gewicht zu schwindeln? Was, wenn die Betäubung deshalb zu gering ausfällt und ich nur wegen meiner blöden Eitelkeit höllisch leiden muss? Ich mache mich auf den Weg zurück zu Frau Doktor Zefler. Von Frau zu Frau sollten vier Kilo mehr ja keine Rolle spielen. Ich klopfe, reiße die Tür auf und sage schnell, »Da ist mir ein klitzekleiner Fehler unterlaufen. Ich wiege etwas mehr. Also nicht achtundachtzig Kilo, sondern eher so um die dreiundneunzig.« Frau Doktor Zefler hebt den Kopf, grinst Doktor Wiedmann an, der blöderweise neben ihr sitzt und sagt nur ganz gelassen: »Fast alle lügen beim Gewicht. Ich kalkuliere eh immer fünf Kilo mehr ein.« Doktor Wiedmann fügt ungefragt hinzu: »Wir kriegen Sie schon ruhig, Frau Schnidt. Wir hatten sogar schon noch dickere.«

Wie tröstlich. Allein der Ausspruch: ›Noch dickere‹. Was soll denn das heißen? Dass ich riesig fett bin? Charmant. Der hat wirklich in den letzten Jahren gar nichts dazugelernt. Ich konnte ihn damals nicht leiden und so wie es läuft, werden wir auch diesmal keine dicken Freunde. Und wenn schon. Ich bin ja nicht hier, um mein soziales Umfeld zu erweitern, sondern nur zum Entbinden. Da soll er ja Fachmann sein. Immerhin. Wenn jemand mit dem Charme auch noch beruflich eine Null wäre, na dann prost Mahlzeit.

Ich glaube, ich ruhe mich mal eine Weile aus. Nichts wie zurück ins Zimmer. Im Vergleich zu Wiedmann ist Inge Müller-Wurz direkt erholsam.

Sebastian ist gekommen. Inges Liebster. Mit Konstantin. Den hätte ich ja im Leben nicht wieder erkannt. Konstantin war ein dürres Kind. Die Betonung liegt auf ›war‹. Der ist ein richtiger kleiner Moppel geworden. Ein dreister Moppel, der komplett bekleidet in meinem Bett liegt. »Hey Konstantin«, begrüße ich ihn, »du liegst in meinem Bett.« Er schaut auf und bemerkt triumphierend: »Mama hat's aber erlaubt.« Diese Art Kinder mag ich besonders. Und noch mehr die dazugehörigen Mütter. Ich glaube, bei der piept's. Vor allem, weil Konstantin aussieht, als hätte er die Stunden zuvor im Moder verbracht. Sogar seine Schuhe hat er noch an. »Sag mal, Inge, wie wär's, du nimmst deinen Sohn mit in dein Bett«, schlage ich, so gelassen wie möglich, vor. Inge bleibt ungerührt. Das ist etwas, was ich an ihr bewundere. Egal wie man ihr kommt, es ist ihr ziemlich schnuppe. »Du, der wollte lieber in dein Bett, der Konstantin«, gibt sie mir völlig gelassen zur Antwort. »Ja, da will ich aber demnächst rein«, versuche ich es nochmal auf die freundliche Art. Sebastian ist die Sache anscheinend ein wenig peinlich. »Konsi, komm zum Papi«, fordert er seinen Sohn auf. Konsi – was für ein bekloppter Spitzname – guckt böse und strampelt mit seinen Straßenschuhen munter in meinem Bett. Die Aufforderung verpufft, vor allem weil Inge anstatt Konstantin ihren Sebastian rüffelt: »Du, Sebastian, so bitte nicht. Der Konstantin mag eben jetzt noch ein bisschen in Andreas Bett liegen.« Die tickt ja nicht ganz richtig.

Bevor ich den Querulanten aus meinem Bett zerren muss, betritt Schwester Huberta das Zimmer. Die hat die Sache schnell im Griff. Ich glaube, man nennt ein solch resolutes Auftreten natürliche Autorität. »Raus da, junger Mann«, sagt sie nur und so wie sie auf Konstantin schaut, begreift der sofort, dass er es mit einem anderen Kaliber als seiner Mutter zu tun hat. »Ich beziehe Ihnen später das Bett neu, Frau Schnidt«, sagt Schwester Huberta und wendet sich dann an Inge. »Wir brauchen keine ABM-Maßnahmen, wir haben hier an sich schon genug zu tun, Frau Müller-Wurz. Wenn Ihr Sohn in ein Bett will, dann bitte in Ihres. Und ohne Schuhe. Ich sage nur Hygiene.« Wow, die hat es aber wirklich drauf. Inge guckt etwas bedröppelt. Geschieht ihr recht. Sie nickt gnädig, als Zeichen dafür, dass die Botschaft angekommen ist und Konstantin zieht sogar fast freiwillig die Schuhe aus. Sollte die Supernanny bei RTL mal eine Vertretung brauchen, wäre Schwester Huberta sicher nicht die schlechteste Wahl.

Ich ruhe mich ein wenig aus und schwätze mit Sebastian. Der erläutert mir ausführlich, warum sie auch diesmal leider keine Hausgeburt machen konnten und dass Inge und er möglichst schnell raus wollen aus dieser sterilen Umgebung. Ich nicke verständnisvoll. Eine Hausgeburt, das wäre nun echt das Letzte, was mir einfallen würde. Für so etwas bin ich definitiv ein zu großer Schisser. Außerdem hasse ich putzen und ich kann mich düster erinnern, dass eine Geburt eine ziemliche Sauerei ist.

Inge holt ihre Kleine. Da bin ich aber mal gespannt, ob ihre Sara Dana Bettwäsche hübscher ist, als es ihr Bruder bei der Geburt war. Sie ist es. Richtiggehend niedlich sogar. Ich bin ein wenig fassungslos, so sehr hatte ich damit gerechnet, wieder ein so kümmerliches, ehrlich gesagt, mickeriges Baby wie Konstantin David zu sehen. Sara ist kräftig, hat große, sogar offene Augen und blonden Flaum auf dem Kopf und, im Gegensatz zu ihrem frisch gepressten Bruder, so gar nichts von einem Tiefkühlhähnchen. Dazu hat sie von der Neugeborenengelbsucht eine sehr angenehme Hautfarbe. Leicht getönt. »Sie sieht total aus wie Sebastian, sehr hübsch«, sage ich und Inge nickt begeistert. Komplimente haben wirklich eine höchst versöhnliche Komponente. Und jetzt habe ich gleich Vater und Kind belobigt. Wie clever. Aber auch wahr. Inge hat die Konstantin-Misere schon vergessen und grient versunken ihre Sara an. Die bleibt sogar freundlich, als ihr großer Bruder unbeholfen in ihrem Gesicht rumtatscht. Natürlich hätte ich auch »ach wie süß« gesagt, wenn Dana grottenhässlich ausgesehen hätte. Was soll man auch sagen? Einer frisch gebackenen Mutter die Wahrheit einfach so um die Ohren zu hauen, das grenzt ja nun echt an seelische Grausamkeit. Es gibt Fragen im Leben, auf die möchte man die

Wahrheit keinesfalls hören. Fragen wie: »Bin ich zu dick? Wie findest du meine Frisur«, oder: »Wo warst du eigentlich bis halb vier Uhr nachts?« Heutzutage gilt Ehrlichkeit ja als eine der Primärtugenden. Ich glaube, zu Unrecht. Lügen ist eine Art soziales Schmiermittel, hat mal eine sehr kluge Freundin von mir gesagt. Männer lügen, um besser dazustehen, und Frauen, um niemanden zu verletzen.

Schnell ist der Nachmittag da und ich fühle mich, als wäre ich schon Wochen hier. Wenn man will, kann man sich sehr schnell akklimatisieren. Ich könnte wahrscheinlich auch im Knast klarkommen. Weil ich mich mit allem eben schnell arrangieren kann. Etwas, was man als Mutter notgedrungen lernt. Eigentlich haben solche Orte wie Krankenhaus und Knast auch was Angenehmes. Vielleicht nicht auf den ersten Blick, aber wenn man darüber nachdenkt. Immerhin wird einem an diesen Orten fast alles abgenommen. Der Tagesablauf steht fest, Entscheidungen treffen andere und man hat sehr viel Zeit, mit und für sich selbst. Gerade für Mütter oder auch andere Manager ein verlockender Aspekt. Einfach mal was anderes. Versorgt wie bei Mutti. Das Blöde ist, dass man im Krankenhaus krank und im Knast leider eine Verbrecherin sein muss, und Mutti, jedenfalls in den meisten Fällen, besser kocht, aber ansonsten? Sich einfach mal verkriechen, unerreichbar sein und von niemanden belatschert zu werden, ist manchmal ein geradezu traumhafter Gedanke.

Christoph kommt. Staunt über die Müller-Wurzens. Große Wiedersehensparade. Jeder herzt jeden und alle beteuern, was das doch für ein wahnsinniger Zufall sei. Leider darf ich von all den Köstlichkeiten, die Christoph mitgebracht hat, nichts mehr essen. »Nüchtern bleiben«, heißt die Devise. »Ein voller Bauch schneidet sich schlechter auf«, hat es Schwester Huberta auf den Punkt gebracht. »Der Doktor will sich ja nicht durch Schichten von Hamburgerresten wühlen.« Da Inge mein großherziges Hamburgerangebot entsetzt ablehnt, gerade so, als hätte ich ihr Känguruhoden angeboten, schlägt Schwester Huberta zu. Es sei ihr gegönnt. Diese kleine Bestechung kann meinem weiteren Dasein hier auf der Station ja keinesfalls schaden.

Christoph und ich gehen ein wenig spazieren und tun beide völlig cool. »Das wird schon«, sagt er mir. Und ich sage: »Klar, ich weiß.« Dann umarmen wir uns, und diese Umarmung hat es in sich. Da kommt alles raus, was an Restunsicherheit doch noch da ist. Bei allem Vertrauen in die Medizin. »Du weißt, ich liebe dich«, sagt er mit vollem Pathos in der Stimme und ich bin ein ganz bisschen überrascht. Er neigt sonst nicht unbedingt zu spontanen und vor allem unaufgeforderten Liebesbekundungen. Umso mehr genieße ich. Man ist ja wirklich ein bisschen doof. Wenn man etwas sehr selten bekommt, ist man umso dankbarer. »Ich dich auch«, beteure ich und an der Kliniktür verabschieden wir uns. »Bis morgen«, sagt er und winkt noch eine Weile. Das ist so ein Moment, in dem ich mal wieder davon überzeugt bin, sehr gut ausgesucht zu haben. Ich liebe diesen Mann. Ein fabelhaftes Gefühl, so kurz vor der Entbindung. Was soll schon schief gehen, wenn er an meiner Seite ist.

Ich glaube, ich bin hormonell überdosiert. In meiner momentanen Gefühlslage würde ich sogar bei Kai Pflaume in seiner Liebesshow ›Nur die Liebe zählt‹ auftreten und wahrscheinlich noch vor Begeisterung schluchzen, wenn er mir sein Gastgeschenk, dieses grausig kitschige Plüschtier, vermacht. Dieses Schwangerschaftshormon ist echt eine feine Sache. Das hat die Natur wirklich pfiffig arrangiert. Mein Sohn tritt und holt mich damit schnell in die Realität zurück. »Damit ist morgen Schluss, mein Freund«, denke ich und fühle mich für einen Moment kein bisschen ängstlich, sondern zuversichtlich und gutgelaunt.

Rundherum wunderbar.

Die Nacht wird dann doch ein wenig unruhig. Das liegt aber weniger an meiner Nervosität, sondern mehr an den zahlreichen kleinen Schreiereien von Betty und Sara Dana Lisette. Immer wenn ich gerade gemütlich weggedöst bin, verlangt eine der beiden nach Nahrung. Gegen drei Uhr morgens gibt mir die Nachtschwester eine kleine Zaubertablette und weg bin ich.

Um sechs ist es so weit. Schwester Huberta hat Frühdienst und widmet sich zu früher Stunde meinen Schamhaaren. Ich biete an, die Rasur eben selbst zu erledigen, aber sie lehnt ab. »Auch wenn ich nicht so aussehe«, lacht sie und streicht sich demonstrativ über ihren unübersehbaren Oberlippenbart, »ich bin eine Rasurmeisterin. Der Slogan ›so glatt, so gründlich und glatt‹ könnte glatt von mir sein.« Ich beschließe, mich in mein Schicksal zu ergeben. In wenigen Minuten sehe ich aus wie ein Kind. Glatt. Haarlos. Ein merkwürdiger Anblick. Angeblich gibt es ja jede Menge Kerle, die diese haarlose Pracht lieber mögen. Mir sind diese Männer ein wenig suspekt. Lolitalook. Was sind das für Kerle, die wollen, dass man untenrum wie ein kleines Mädchen aussieht? Ich tendiere zu gepflegtem Haarwuchs. Ich meine, ich lasse es nicht wuchern, wie es will – jedenfalls nicht im Sommer –, aber diese Komplett-weg-Variante ist auch nicht mein Geschmack. Christoph hat sich noch nie beschwert oder besondere Wünsche geäußert. Kaum denke ich an ihn, steht er auch schon im Raum. »Guten Morgen, mein Schatz«, strahlt er mich an. »Hallo, die Damen«, begrüßt er Sigrid, Inge und Schwester Huberta. »Sie kommen genau richtig zum Einlauf, auch Lust auf ein kleines Klistier?«, legt Schwester Huberta direkt los. Christoph kichert, er ist wirklich anfällig für Schwester Hubertas Humor, lehnt aber dann höflich ab. »Ich verdaue noch auf die ganz normale Tour«, schäkert er mit ihr rum und beide lachen. Ich finde Einläufe eigentlich nicht besonders schlimm. Man hat kurz das Gefühl, sich entweder in die Hose zu machen oder dass die Därme reißen, aber das Ergebnis ist im wahrsten Sinne des Wortes erleichternd. Man wiegt direkt ein, zwei Kilo weniger und fühlt sich herrlich leicht. Was in meinem Zustand fast an ein Wunder grenzt.

Um Punkt 6.45 Uhr geht die Reise Richtung OP los. Ich winke Sigrid und Inge so entspannt wie möglich zu und ab geht's.

Als Erstes komme ich ans CTG. Den Wehenschreiber. Mal schauen, was der Kleine so treibt. Es geht ihm gut. Fein. Beruhigend. Auftritt von Frau Dr. Zefler. Ich mache einen Katzenbuckel und Frau Dr. Zefler haut mir eine PDA rein. »Nicht bewegen, ganz ruhig«, gibt sie mir Anweisungen. Christoph hält mir die Hand und mir fällt auf, dass seine ein ganz klein wenig schweißig ist. Wie süß. So sind die Männer. Mir wird der Bauch aufgeschnitten und er hat Schweißhände.

Als die Narkose wirkt, bekomme ich noch einen schmucken Katheter gelegt, eine Braunüle in die Hand und dann zwicken mir alle nochmal in die Beine und den Bauch. Ein seltsames Gefühl – so ohne Gefühl. Man merkt, dass jemand an der Haut ist, spürt die Berührung, aber es tut nicht weh. Die Hälfte meines Körpers ist quasi lahmgelegt. »Wie lange hält das?«, frage ich Frau Dr. Zefler. »Lang genug«, sagt sie, »und ich kann Ihnen jederzeit was nachschießen.« Na, das will ich mal hoffen.

Man hievt mich auf eine Art Riesenstahlblech. Ich bin schon verspannt, als ich draufgelegt werde. Meine Arme werden festgeschnallt. »Warum denn das?«, will ich entgeistert wissen. »Wir möchten keine von Ihnen fangen«, sagt eine der OP-Schwestern. »Manche Frauen neigen dazu, um sich zu schlagen, unschön zu zucken, wenn sie mitten in der OP sind, und es wäre doch schlimm, wenn der Herr Doktor mit dem Skalpell ausrutscht.« Tatsächlich keine schöne Vorstellung. Nicht, dass wir uns missverstehen. Ich würde dem Herrn Doktor nicht ungern mal eine reinhauen, ausreichend Gründe würde ich sicherlich finden, aber ich hätte schon gerne, dass er da schneidet, wo es vorgesehen ist, und bin deshalb bereit, mich sogar angurten zu lassen. Der Gedanke, aus dem OP gerollt zu werden und durch eigene Nervosität einen Monsterschnitt im Gesicht, eine Art Schmiss, zu haben, ist zu eklig. Christoph erscheint. Im grünen Kittel. »Sie stehen da am Kopf Ihrer Frau, hinter den Tüchern«, erklärt ihm die strenge OP-Schwester. »Nicht, dass Sie uns umkippen und wir uns noch um Sie kümmern müssen, gell.« »Ich wollte nicht mitoperieren und weiß, wo mein Platz ist«, antwortet mein Mann ganz freundlich und streicht mir übers Gesicht. Eine Berührung, die glatt eine Feuchtigkeitsmaske ersetzen würde, so glitschig sind seine Hände. Gott, der ist ja total aus dem Häuschen und die haben noch nicht mal angefangen.

Mein Bauchbereich ist komplett mit Tüchern verhüllt. Ich kann rein gar nichts sehen. Es sieht aus wie beim Kasperle-Nachmittag. Es würde einen nicht wundern, wenn der Wiedmann seinen Kopf aus den Tüchern stecken würde und »Tritratrullala« rufen würde. Macht er aber nicht. Stattdessen sagt er: »So, die Herrschaften, alles so weit?« Alles nickt, Frau Dr. Zefler überprüft nochmal meine Werte und gibt dann ihr Okay.

»Geht's Ihnen denn gut, Frau Schnidt?«, richtet der Herr Oberarzt jetzt auch das Wort an mich. »Ja, so gut es einem geht, wenn man festgeschnallt auf einem unbequemen Stahltisch liegt und in wenigen Sekunden den Bauch aufgeschnitten bekommt«, erlaube ich mir eine Prise Ironie. Er lacht ein ganz klein wenig. Immerhin. Ich habe dem großen Oberarzt eine menschliche Regung abgerungen. Das ist doch mal was.

Dann geht alles sehr, sehr schnell. Bis auf die Zefler und eine

OP-Schwester verschwinden alle hinter den grünen Tüchern und ich merke, wie meine Anspannung wächst. Die Zefler merkt's auch. Puls und Blutdruck sind verräterische Gesellen. »Ganz ruhig bleiben«, säuselt sie, und Christoph fasst mir schon wieder ins Gesicht. Ich schüttle den Kopf und sage: »Lass mal«, und der guckt doch echt ein bisschen beleidigt. Merkt der nicht, dass ich gleich aussehe wie frisch geduscht? Muss ich das jetzt hier vor all den Leuten sagen? Da will man den Liebsten vor Peinlichkeiten verschonen und dann so was. Wiedmann macht sich bemerkbar. Und das gleich doppelt. Ich spüre was in meinem Bauch. Ein Rumoren. Als würde jemand unter meiner Bauchdecke herumsuchen. Das muss ja wohl der Wiedmann sein. »Merken sie etwas, Frau Schnidt?«, fragt er da auch schon. »Sie machen eine kleine Tour durch meinen Bauch«, antworte ich und fühle mich doch sehr seltsam. »Richtig, gut beobachtet«, sagt Wiedmann, »aber keine Sorge, gleich haben wir den Kleinen raus.« Ich sehe Blut spritzen. Über die grünen Tücher. Das muss ja meines sein. Mein Puls rast und die OP-Schwester tupft mir die Stirn. »Ich gebe Ihnen 'ne kleine Ladung Sauerstoff«, sagt Frau Dr. Zefler. »Gerne«, antworte ich und habe das Gefühl, einen komplett steifen Oberkörper zu haben. Eine Verspannung ist ein Dreck dagegen. Meine Schultern schmerzen, mein Hals ist bretthart und ich glaube, langsam reicht mir das alles. »Mir tut alles weh, so hier obenrum«, jammere ich in Richtung Zefler und Christoph. »Es dauert nicht mehr lange«, versucht sie, mich zu trösten.

Und sie hat Recht. »Ich hab ihn«, ruft Wiedmann erfreut und hält etwas sehr Glitschiges über die grünen Tücher. Etwas Glitschiges, das Geräusche macht. Es schreit. Unser Sohn. »Ein Junge«, sagt Wiedmann und dreht das schleimige Etwas in meine Richtung. »Ich weiß«, sage ich. »Aber jetzt ist es ganz eindeutig«, scherzt Wiedmann und Christoph weint. Ohne Geräusch. Aber ich sehe es sofort. Er darf über die Tücher hinweg die Nabelschnur durchtrennen und dann wird der Kleine auch schon an uns vorbei in den Nebenraum getragen. Christoph wetzt hinterher. Ich fühle mich mies. Die Geburt ist gelaufen und ich habe meinen Sohn noch überhaupt nicht richtig gesehen. Gut, dass Christoph mit ist, die könnten mir ja sonst irgendein Kind zeigen und behaupten, es wäre meins. »Ich will meinen Sohn«, schluchze ich, »wenigstens mal kurz ansehen, bitte.« Meine Güte, wie devot bin ich denn. »Gleich, Frau Schnidt, sie saugen ihm nur eben den Schleim ab, und dann, wenn alles okay ist, bringen wir ihn hierher«, erklärt mir die OP-Schwester das Prozedere. »Gut«, sage ich und schluchze ein bisschen vor mich hin.

Und da kommt Christoph auch schon. In seinen Armen das Kind. Eingewickelt in ein Handtuch. »Er ist wunderschön und hat Eins-a-Werte. Sein Apgar ist Top. Er ist fünfundfünfzig Zentimeter groß und wiegt stattliche viertausendeinhundertzwanzig Gramm«, ist sein erster Kommentar zu unserem Sohn. Klingt, als würde er über ein Auto sprechen. Mords PS und so. Der Stolz dringt ihm aus allen Poren. Und ich kann ihm nur zustimmen. Was für ein wunderbares Kind. Er hält unsere Gesichter aneinander. Ich gebe meinem Sohn seinen allerersten Kuss von Mama und weine. Am liebsten würde ich den ganzen kleinen Kerl abküssen. Oder ablecken wie eine Katze ihr Junges. Was so eine Geburt für tierische Instinkte weckt. Unglaublich. Leider kann ich den Kopf nur schwer drehen und es strengt mich unglaublich an, so Wange an Wange mit meinem Sohn zu liegen. Wie gern würde ich ihn in die Arme schließen, aber das alles ist logistisch leider nicht drin.

»So, Frau Schnidt, Glückwunsch«, brummelt Dr. Wiedmann. Im Saal zustimmendes Gemurmel. Alle gratulieren. »Wie heißt er denn?«, fragt Frau Doktor Zefler. »Mark«, antworte ich und finde, es klingt sehr gut. »Fein, Frau Schnidt«, unterbricht uns der Chef im Raum, »genug geplauscht allerseits, jetzt machen wir hier bei Ihnen mal klar Schiff. Aufräumen und zunähen.« Das war ein winziger Rüffel an die Zefler. Im Kreißsaal scheint Wiedmann zu bestimmen, wer wann spricht. Ich traue mich trotzdem, »Wenn Sie eh dran sind, ich wäre nicht traurig, wenn Sie mir noch eine Portion Bauchfett mitentfernen könnten«, gebe ich dem Oberarzt noch eine kleine Anregung. »So viel Zeit habe ich dann auch nicht, es warten noch andere Patienten«, sagt er furztrocken. Sollte das jetzt auch ein Witzchen sein, oder hat der gedacht, ich meine das ernst? So wie der gestrickt ist, hat er es wahrscheinlich für bare Münze genommen.

Ich muss sagen, ein Kaiserschnitt ist leider doch nicht ganz so gemütlich, wie ich gedacht habe. Wie gerne würde ich jetzt im Bett liegen und mit Christoph und dem Kleinen kuscheln. Stattdessen tackert mir Doktor Wiedmann den Bauch zu, und mein Mann und mein Sohn sind nebenan. Immerhin keine Wehen. Nicht eine klitzekleine Wehe. Alles hat eben mehrere Seiten. Das Zunähen dauert wesentlich länger als die eigentliche Geburt. Eine gute halbe Stunde. »Sie haben nur eine winzige Narbe«, strahlt mich Frau Doktor Zefler an, »Doktor Wiedmann macht die schönsten.« Wenn das mal keine Riesenschleimerei war. Meine Güte. Na, wenn's ihr hilft, bitte sehr. Hierarchische Strukturen verlangen wahrscheinlich ihren Tribut. Auch von Frauen wie Frau Doktor Zefler. Und eine schöne Narbe ist ja auch was Feines.

Endlich bin ich fertig. Eine halbe Stunde kann einem wirklich unendlich lang vorkommen. Ich sage brav »Danke schön«, überlege direkt danach, ob man das überhaupt tut, oder ob das so ähnlich wie mit dem Klatschen im Flugzeug ist. Und wenn schon. Ein ›Danke‹ kann ja nie schaden. »Gern geschehen«, sagt Wiedmann sogar und ich denke, so falsch kann's ja dann nicht gewesen sein. Was einem nach einer Entbindung für ein Quatsch, ein unwichtiger Quatsch durch den Kopf geht.

Wahnsinn. Aber schön ist, ich habe keinerlei Schmerzen. Und Frau Doktor Zefler sagt, das bliebe auch so. »Jetzt geht's zu Mann und Kind«, freut sie sich mit mir und eine OP-Schwester schiebt mich raus aus dem OP. Leider kann ich, obwohl die grünen Tücher verschwunden sind, nicht sehen, wie mein Unterleib aussieht. Vielleicht ganz gut so. Der Bauch ist verbunden, seitlich baumeln kleine Beutelchen für Blut und Urin und endlich komme ich runter vom unbequemen Stahlblech. Ich habe ziemliche Kopfschmerzen, ob vom Blech oder der PDA oder meiner Anspannung oder vielleicht allem zusammen, wer weiß das schon. Ist mir momentan auch eher egal. Zwei Schwestern mühen sich ab, sie ziehen und zerren und dann liege ich in einem Bett.

Und Christoph legt mir sofort Mark an die Seite. Wir bestaunen unseren Sohn, als wäre er das achte Weltwunder. Ich habe keinen Hang zur Besinnlichkeit, aber ich muss sagen, es ist ein äußerst ergreifender Moment. Keine Überraschung an sich, aber dass es beim zweiten Kind genauso schön wie beim ersten sein würde, daran hatte ich gewisse Zweifel. Mark hat sogar für einen kurzen Moment die Augen auf, er hat Haare, nicht so viele wie Sigrids Tochter, aber doch immerhin sichtbaren Flaum, und er ist unglaublich hübsch. Sogar wenn man versucht, nicht ganz so verklärt draufzugucken. Seiner Schwester sieht er auf den allerersten Blick jedenfalls nicht besonders ähnlich. Er hat eine schmalere Nase. Die von Christoph. Nicht die von meiner Mutter, Modell Steckdose. Ansonsten kann ich noch keine Familienähnlichkeit feststellen. Egal wem er ähnelt, er ist perfekt, so wie er ist. Ich bin einfach nur glücklich. Wahnsinnig glücklich, erleichtert und begeistert. Mama Andrea in Ekstase.

Die Kinder tapsen ins Zimmer und unterbrechen meine kleine mentale Zeitreise. »Mama, Hunger.« Wie charmant formuliert. Aber inhaltlich durchaus verständlich. Ich mache Brote und wir essen – ich schwöre, es ist eine große Ausnahme – vor dem Fernseher. Danach schnelle Wäsche und wir verdrücken uns in die Betten. Ich gehe auch. Ich glaube, das nennt man in der Tierwelt instinktives Fluchtverhalten. Eigentlich hasse ich es, dass Christoph immer so spät aus der Kanzlei kommt. Heute passt es mir sehr gut. Es reicht mir, Christoph morgen zu sehen. Vielleicht vergisst er die ganze vermaledeite Geschichte ja auch bis dahin. Oder wir lachen uns morgen beim Frühstück darüber kaputt. Gemeinsam. Das Telefon klingelt. Ich sehe Christophs Nummer auf dem Display und beschließe, nicht dranzugehen. Dass er vom Handy aus telefoniert, bedeutet, dass er auf dem Heimweg ist. Nichts wie ins Bett und Decke über den Kopf. Kindisches Verhalten, keine Frage. Und wenn schon. Mir doch egal. Ich habe nach dem heutigen Tag keine Lust mehr, mir irgendwelche Vorträge anzuhören. Mein Bedarf an Belehrungen ist für Wochen mehr als gedeckt. Als ich den Schlüssel im Schloss höre, schließe ich automatisch die Augen. Aber Christoph ist kein Doofkopp. Er weiß, dass ich äußerst selten freiwillig vor Mitternacht ins Bett gehe und er ahnt, dass da was nicht stimmt. Er rüttelt so lange an mir herum, bis ich mich geschlagen gebe. Ich tue erstaunt: »Huch, ich wollte mich nur mal kurz ausruhen und da bin ich anscheinend eingeschlafen.« »So«, sagt er, »tatsächlich?« Mehr nicht. »Ich bin schrecklich müde, Schatz«, versuche ich mich vor dem drohenden Gespräch zu drücken und reibe mir, zur Untermalung meiner Aussage, demonstrativ die Augen. »Ich lasse dich ja gleich schlafen, nur eins noch, Andrea, bist du echt beim Schwarzfahren erwischt worden?« Da ist es. Das Thema, das ich dringend vermeiden wollte. Was soll's. Jetzt kann ich auch gleich gestehen. Ich setze mich auf, ziehe die Decke bis ans Kinn, reiße die Augen auf – Kindchenschema! –, gucke so reumütig wie möglich und gestehe, »tja, ehrlich gesagt, ja. Pech gehabt. Dumm gelaufen. Ich will es auch nie wieder tun.« Er schaut mich groß an. Kichert. Und dann lacht er und lacht und lacht. Nimmt der neuerdings Drogen oder was ist da passiert? Ehe ich fragen kann, schlingt er seine Arme um mich und sagt: »Komm her, du Sünderin, und küss mich. Zur Strafe.« Jetzt bin ich aber baff. Da ist ja mal wieder der Christoph, in den ich mich damals verliebt habe. Ein Mann mit Witz und Humor.

Dieser wunderbare Mann, mein Mann nebenbei bemerkt, und ich haben anschließend phantastischen Sex. Mit allem Drum und Dran. Wie in den Anfangszeiten unserer Beziehung. Oswald Kolle hätte seine reine Freude an uns. Und das nach einer langen, langen Durststrecke, in der ich ab und an schon gedacht habe, das war's dann wohl mit meinem Sexualleben. Nach dem Motto: Ab jetzt bis zum Heim, tust du es nur allein. Pustekuchen. Noch gestern Morgen wollte ich den Stadtwerke-Kerl anfallen und jetzt das hier. Das hätte mir ein Herr Barts sicher nicht bieten können. Was für ein Genuss. Statt fernsehen und Akten mal wieder ein richtig guter Akt.

Was will mir das sagen? Muss ich jetzt jedes Mal schwarzfahren, um abends ordentlichen Sex zu haben, oder wie kommt es, dass Christoph heute selbst ohne Abendessen so rangeht? Männer sind wunderliche Wesen.

Vielleicht ist es der Bestrafungsaspekt? Schließlich ist Christoph Jurist. Und in jedem Scherz steckt ja bekanntlich ein Funken Wahrheit. Und hat Christoph nicht eben gesagt: »Küss mich, du Sünderin. Zur Strafe«? Hat mein Mann Neigungen, von denen ich bisher nichts ahnte? Wie wird das mein Sexleben beeinflussen? Morgen klau ich, übermorgen schlitze ich wahllos Reifen auf und nächste Woche werde ich zur Graffitisprayerin. Und immer folgt abends die Beichte mit reumütigem Blick und anschließend geht's im Bett wild zu. Wahrscheinlich werde ich aber auf Dauer die Verbrechensdosis erhöhen müssen, um die Leidenschaft zu erhalten. Und dann?

Nachbarskinder entführen, den Briefträger angreifen oder die Schule in Brand stecken? Ob ich das nervlich durchhalte und mit meinem moralischen Kodex in Einklang bringen kann, ist fraglich. Wir werden sehen.

Beim abschließenden Cool Down, der Nach-Sex-Phase sozusagen, liegen wir entspannt nebeneinander. Jetzt will er die ganze Schwarzfahrgeschichte bitte im Detail hören. Ach du je, da habe ich so gar keine Lust drauf. »Schatz, ich habe einen riesen Durst«, starte ich ein kleines Ablenkungsmanöver. Er holt uns brav ein Pils, wir trinken aus der Flasche, und als ich gerade denke, »Hurra, er hat es vergessen«, bohrt er nach. »Andrea, jetzt erzähl endlich, bitte, bitte.« Wenn ein Mann schon mal ›bitte‹ sagt, dann will er wirklich was. Ich werde nicht drum herumkommen, außer ich falle sofort in ein akutes Wachkoma. Ich überlege, ob ich RTL in den Schilderungen einfach weglasse. Man muss ja nicht immer so ganz genau sein. Weglassen ist auch nicht gelogen. Außerdem wäre es schade, diese nette Stimmung kaputtzumachen. Sehr schade. Allerdings, wenn ich RTL auslasse und es steckt ihm einer, dass ich diesen unsäglichen, unfreiwilligen Fernsehauftritt hatte, dann ist es noch blöder, wenn er von nichts weiß, rotiert es in meinem Kopf. »Komm, Andrea«, quengelt er, »Butter bei die Fische.«

Ich erzähle alles. Lückenlos. Schließlich ist das hier mein Mann, der, den ich liebe, und nicht der Jugendrichter. Wenn ich anfange, meinen eigenen Mann zu fürchten, dann ist das Ende wohl nicht mehr weit. Er ist, wie man in England sagt, not very amused. »Schwarzfahren kann ja mal sein, aber wie bescheuert bist du denn, dich noch dabei filmen zu lassen?«, fragt er mich einigermaßen fassungslos. Ehe ich größere Rechtfertigungsarien starten kann, legt er erst richtig los. »Wenn das jemand aus der Kanzlei gesehen hat, meine Güte, wie peinlich. Das kann mich Meilen zurückwerfen.« Ich habe es geahnt. Kleinlicher Kerl. Gleich sagt er sicher noch: »Was sollen die Leute denken?« Natürlich war ich bescheuert, aber das ist mir auch ohne seine Vorwürfe klar gewesen. Dass Christoph an nichts anderes als diese bekloppte Kanzlei denken kann. »Ich bin erwachsen«, sage ich, mittlerweile ziemlich aufgebracht, »du musst nicht für mich haften. Das sollte dir als Anwalt eigentlich klar sein.« Er guckt ziemlich sauer. »So, erwachsen«, antwortet er, »warum merkt man denn davon nix?« Dann, noch bevor ich ausholen kann, verbal natürlich, springt er aus dem Bett und sagt: »Ich muss jetzt erst mal was essen. Schon, um das hier zu verdauen. Was freue ich mich morgen auf die Kanzlei. Das wird ja ein schönes Spießrutenlaufen.« Noch bevor ich ihn daran erinnern kann, dass nicht er, sondern ich schwarzgefahren bin, ist er auch schon raus aus dem Schlafzimmer. Ich brülle hinterher: »Soll ich dir eine Kleinigkeit zu essen machen?« Eine Frage, die ich, angesichts seines piefigen Verhaltens, ziemlich nett finde. »Nein«, schreit er, »du hast ja heute schon genug getan.« Jetzt ist der auch noch beleidigt. Dabei war mein Angebot eine klare Versöhnungsgeste. Bitte – dann eben nicht. Hinterherrennen werde ich ihm nicht. Ich kuschle mich ein und ignoriere sein lautstarkes Geklapper in der Küche.

Ich träume von RTL und S-Bahnen. Ich bin auf riesigen Plakatwänden zu sehen. An jeder Haltestelle und in der ganzen Stadt. Mit dem bunten Mantel, einem Balken über den Augen unter einer riesigen Überschrift: »So sehen Schwarzfahrer heute aus.«

Tag 3

»Guten Morgen, Andrea«, sagt eine Stimme neben mir. Christoph. Er ist schon auf und schaut streng, jedenfalls soweit ich das ohne Brille sehen kann. »Guten Morgen, is was?«, versuche ich, die Ursache für seine offensichtlich bescheidene Laune zu ergründen. »Ich habe gestern Abend noch mein Handy abgehört«, sagt er nur. »Und«, sage ich, »gab's was Besonderes? Hast du zu wenig Akten mit heim genommen oder kommt deine Mutter am Wochenende?« »Witzig, sehr witzig«, antwortet er, »weder noch. Ich hatte fünf Anrufe von Leuten auf meiner Mailbox, die deinen Fernsehauftritt gesehen haben. Eine davon war meine Mutter, völlig aus dem Häuschen. Und meine Sekretärin, die übrigens unser Wohnzimmer sehr hübsch findet und fragt, woher wir unsere Couch haben. Andrea, wie soll ich heute in die Kanzlei gehen, was soll ich denen denn sagen?«

»Dass die Couch von Ikea ist und Ektorp heißt«, sage ich so ernst wie möglich. »Ha, ha«, grummelt er und erinnert mich dann daran, dass zwei Etagen tiefer Kinder auf ihr Frühstück warten. »Deine Kinder haben Hunger«, sagt er nur. Meine Kinder. Meine Kinder sind dreckig, haben Hunger oder in die Hose gemacht, husten die ganze Nacht und schreien. Seine Kinder sind frisch gebadet, haben tolle Laune und sind friedlich wie Lämmer. Ich erspare mir den leidigen Standardvortrag von wegen: »Das sind unsere Kinder und du wirst ja in der Lage sein, ein paar Cornflakes mit Milch zuzubereiten«, und schleiche mich in die Küche. Obwohl es bei unserer heutigen Stimmung auf eine Streitbaustelle mehr eigentlich auch nicht ankommt. Die Kinder spüren die miese Stimmung und sind merkwürdig brav.

Immerhin bringt Christoph Claudia in den Kindergarten und ich habe somit Öffentlichkeits-Schonfrist bis heute Nachmittag. Die Kindergartenputzpetze hat garantiert schon das ganze Kaff informiert. Ich überlege, ob ich den Vorfall schlicht abstreiten soll. Nach dem Motto: Ich war ganz woanders, ich fahre nie S-Bahn, das muss eine gewesen sein, die genau den gleichen Mantel hat. Eine sehr angenehme Vorstellung. Leider nicht wirklich realistisch. Wenn schon Christophs Sekretärin mich erkennt, dann werde ich mit meinen Ausreden bei Leuten, die mich wesentlich besser kennen und vor allem auch wissen, wie mein Wohnzimmer aussieht, nicht weit kommen. Mist. Vielleicht sollte ich die nächsten Tage im Haus bleiben. Genug zu tun hätte ich allemal. Tiefkühltruhe abtauen, Kleiderschrank ausmisten und Keller aufräumen, es gäbe Arbeit für Wochen. Das Grauen ruft. Bevor ich mich daranmache, stelle ich mich doch lieber dem allgemeinen Klatsch und Tratsch.

Mark spielt im Garten. Der Garten mit seinen überschaubaren 320 m^2 war unser Hauptgrund, rauszuziehen. Die Möglichkeit, zu den Kindern sagen zu können: »Geht raus spielen«, ist zu verlockend. Der Umzug aufs platte Land kam, wie bei den meisten, die ich kenne, mit dem zweiten Kind. Mit zwei Kindern hat man schon fast eine Verpflichtung, sich nach einem Reihenhäuschen umzusehen. Es gehört dazu. Und ich muss zugeben, es ist schön, in einem eigenen Häuschen zu leben. Oder besser gesagt, in einem Häuschen der Volksbank. Bis wir den Kredit abgezahlt haben, sind wir kurz vor der Pensionierung. Aber was soll's. Bei den heutigen Mietpreisen ist es nett zu wissen, dass man irgendwann, wenn man es denn tatsächlich erleben sollte, selbst Hausbesitzer sein wird und damit auch Vermieter sein könnte. Ich vertrödele den Vormittag im Haus. Heute Mittag muss ich mich allerdings um ein Geschenk für Christoph kümmern. Obwohl er keins verdient hat. Nach dem Auftritt heute Morgen. Eine Katastrophe. Andererseits, betrachtet man nur Teil eins des gestrigen Abends, diesen phänomenalen Sex, dann schon. Außerdem: Wer weiß, was bis Freitag noch passiert? Drei Tage können eine lange Zeit sein und ich gehe mal stark davon aus, dass wir bis Freitag wieder versöhnt sind. So viel zum Prinzip Hoffnung. Ich kenne mich einfach auch zu gut. Langen Streit vertrage ich nicht. Ich habe einen Harmoniedrang.

Ich räume in der Küche rum und werfe nochmal einen langen Blick auf meine kleine Liste.

Ich will:
– mehr Spannung
– mehr Sex
– mehr Anerkennung
– schlankere Schenkel
– prima Stimmung.
Und alles bitte schnell. Ganz schnell.

Punkt eins und zwei hatte ich gestern. Eindeutig. Nicht ganz so, wie ich mir es vorgestellt hatte, aber immerhin. Es war auf jeden Fall richtiger Sex. Und noch dazu guter. Und spannend war es auch. Schlimm spannend dummerweise, nicht aufregend angenehm spannend.

Dann geht es heute also an den Punkt *Anerkennung*. Wenn ich mich so in der Küche umsehe, hätte ich sofort Anerkennung verdient. Es sieht richtig ordentlich aus. Spülmaschine leergeräumt und gewischt. Ich mache sogar noch die Böden und sauge im Schlafzimmer. Und das, obwohl ich Hausarbeit hasse. Ja. Ja. Ja. Ja. Richtiggehend hasse. Meine Mutter kann das kaum verstehen. Sie liebt das gute Gefühl, wenn alles blitzt und glänzt. »Da geht einem doch das Herz auf«, sagt sie gerne. Ich finde auch, dass es hübscher aussieht, aber ich könnte es ganz genauso genießen, wenn es jemand für mich machen würde. Am liebsten wäre mir das Heinzelmännchen-Modell. Nächtliche Geister, die lautlos den kompletten Kram wegschaffen. Das Frustrierende an der ätzenden Hausarbeit ist gar nicht das Wischen und Feudeln an sich. Es ist das Wissen darum, dass das Ergebnis nie von Dauer ist und man theoretisch am nächsten Tag wieder von vorne anfangen muss. Ich würde mit ganz anderer Euphorie ans Werk gehen, wenn ich wüsste, dass ich dann für einige Wochen Ruhe hätte. Aber diese ständige Wiederholung, diese Putzroutine und Monotonie, die nervt. Wenn Christoph ein Projekt erfolgreich abgeschlossen hat, ist er stolz. Gibt Gerichtsanekdoten von sich. Hat was zu erzählen. Geschichten von frisch gereinigten Fenstern sind leider nicht sehr abendfüllend. So was will keiner hören. Außerdem macht und kann es jeder – bis auf die Hardcore-Messies –, und das schmälert die Leistung noch zusätzlich. Um aus diesem Dilemma rauszukommen, treiben viele Nur-Hausfrauen einen geheimen Wettbewerb. Putzen, waschen, einkaufen sind Standard. Anerkennung gibt's für Extraleistungen. Backexzesse, selbst genähte Vorhänge, selbst gekreuzte Rosenzüchtungen und eigenhändig gekachelte Badezimmer.

Ich kann nur Marmorkuchen oder Null-acht-fünfzehn-Muffins, schon Hefeteig treibt mich in den Wahnsinn, weil er nie so geht, wie er gehen soll. Dazu kommt, dass exzessive Küchenabenteuer auch wieder exzessive Putzerei hinter sich ziehen und das lockt mich nun gar nicht. Nähen gehört leider auch nicht zu meinen größten Leidenschaften. Ich bin froh, dass ich Knöpfe annähen kann, ich hatte schon beim Kreuzstich in der Schule Probleme, und Rosen zu züchten, macht irgendwie keinen Sinn. Es gibt nun, weiß Gott, genug Sorten im Gartengeschäft. Handwerklich bin ich blöderweise auch eine Null. Zu den größten Herausforderungen in dieser Hinsicht gehört für mich das Aufbauen eines Ikea-Möbels. Ich glaube, dass viele Paare nach einem Ikea-Aufbautag kurz vor dem Ende ihrer Beziehungen sind. Wenn Christoph sich an einem Ikea-Regal abmüht, fehlen angeblich immer Schrauben, die Anleitung ist der letzte Dreck und Christoph nach einem einzigen Regal aggressiv wie ein Bluthund, dem man vierzehn Tage die Nahrung vorenthalten hat.

Aber Ikea. Welch ein Lichtblick! Das ist es. Ich könnte Christoph diesen Ledersessel kaufen, den er so toll findet. Fürs abendliche Aktenstudium. Ich bin eine so selbstlose Person. Finanziere noch Bequemlichkeit für eine Beschäftigung, die ich hasse. Das ist es. Ich fahre zu Ikea und hole den Sessel. Wunderbar, ich habe ein Geschenk. Welch eine herrliche Idee. Da kommt der nie drauf. Männer zu beschenken, ist eine besonders diffizile Angelegenheit. Für meine Freundinnen habe ich immer Ideen. Bei Christoph hingegen gestaltet sich die Geschenksuche äußerst schwierig. Er hat keine Eisenbahn, besitzt ausreichend Hemden und sammelt nichts. Schicke Aktenordner wären vielleicht noch was. Aber ansonsten? Neue Laufschuhe muss man probieren, Laufklamotten hat er genug bis zu seiner Berentung und auf Spoiler oder Fuchsschwänze steht er nicht. Was Männern oft eine Freude macht, ist Technikschnickschnack. Laptops oder Handys. Aber Christoph hat einen Laptop vom Büro und selbst sein Handy finanziert die Kanzlei. Raffiniert von denen, schließlich ist der Herr Jung-Rechtsanwalt damit auch rund um die Uhr für die großen Kanzleichefs verfügbar. Wenn ich ihn auf dem Ding anrufe, wird er auch schnell hektisch. »Nicht so lange, Andrea, das ist ein Diensthandy«, werde ich dann oft abgemahnt. Als wäre es die Hotline der Transplantationszentrale und durch meinen Anruf würde ein frisches Spendernierchen verfallen. Diese Dienstbeflissenheit grenzt oft schon ein bisschen an Leibeigenschaft. Jahrelanges Studium, um dann wie ein persönlicher Lakai älteren Herren zu Diensten zu sein, ich weiß nicht, ob das was für mich wäre. »Anders funktioniert es nun mal nicht, die Hierarchien sind in diesem Bereich eben noch sehr ausgeprägt«, sieht Christoph die Sache um einiges pragmatischer als ich.

Punkt 15.00 Uhr hole ich Claudia ab. »Na, heute mal mit der S-Bahn da«, begrüßt mich die Erzieherin. »Witzischkeit kennt keine Grenzen, Witzischkeit kennt kein Pardon«, hat schon Hape Kerkeling sehr treffend in einem Kinofilm gesungen. Oder war es Heinz Schenk? Na, jedenfalls einer von den beiden. Recht haben sie auf jeden Fall. »Ne, heute mit dem Auto«, antworte ich und ringe mich zu einer Art Lachen durch. »Sie machen ja Sachen«, begrüßt mich eine andere Mutter. »Es ging um eine Wette«, behaupte ich dreist und gucke geheimnisvoll. Claudia rennt auf mich zu. »Mama, alle haben dich im Fernsehen gesehen, der ganze Kindergarten«, strahlt sie mich an. »Toll«, murmele ich, packe das Kind, die Tasche und die Jacke, ziehe ihr die Schuhe an und sage nur: »Wir haben es leider heute sehr eilig. Bis morgen.« Weg, nur weg hier, bevor mir zu allem Überfluss auch noch die Kindergartenputzfrau begegnet.

»Wir fahren zu Ikea«, stimme ich Claudia auf den Nachmittag ein. Der Vorschlag kommt nicht wirklich gut an. Sie macht ein langes Gesicht. »Ich wollte mit der Kiki spielen«, blafft sie mich an. »Ich würde auch sehr, sehr gerne mit meiner Freundin spielen, aber heute fahren wir zu Ikea«, antworte ich und beende die Diskussion. »Krieg ich was bei Ikea?«, passt sie sich sofort den neuen Gegebenheiten an. Kinder erkennen eine gewisse Aussichtslosigkeit schnell. »Wir kaufen ein Geschenk für Papa«, kläre ich die Situation, »aber wenn ihr lieb seid, nicht rumzankt und euch nicht haut, dann gucken wir mal.« Bestechungspräsente sind pädagogisch gesehen natürlich eine Katastrophe, aber bei Claudia wirken sie oft prima, jedenfalls für eine kurze Zeit. So habe ich immerhin auf der Fahrt Ruhe. Oft gebärden sich die beiden im Auto auf den Rücksitzen so, als hätte ich George Bush und Saddam Hussein geladen. Es ist ein ganz normaler Nachmittag, ein Wochentag immerhin, ein Arbeitstag und der Parkplatz von Ikea ist voll. Rappelvoll. War vielleicht doch keine so tolle Idee, ausgerechnet heute zu Ikea zu fahren. Aber jetzt, wo wir schon mal hier sind, gehen wir auch rein.

Ich schlage den Kindern vor, ins Kinderparadies zu gehen. Sie sind unentschlossen. Wir stehen eine geschlagene Viertelstunde vor dem Anmeldeschalter. Dann lässt sich meine Tochter erweichen und stimmt einem Aufenthalt zu. Gnädig. Was Claudia macht, macht Mark auch. Kleine Brüder sind Lemminge. Sicherlich auch später eine perfekte Partie für dominante Frauen. Schließlich sind kleine Brüder gehorchen gewohnt. Beten ihre großen Schwestern an, obwohl die sie oft genug triezen. Ich sollte ein Auge darauf haben, nicht dass Mark nur wegen seiner großen Schwester und einer Mutter, die kein Auge auf die beiden hatte, in der Maso-Ecke landet. Die Kinder bekommen Namenssticker und trollen sich Richtung Bällebad.

Ja, ich habe es geschafft. Ich bin die Kinder los und kann tatsächlich in Ruhe durch Ikea schlendern. »Ich hole euch in einer Stunde wieder ab und dann gehen wir hoch ins Restaurant und essen was Schönes«, rufe ich den Kindern noch hinterher. »Und wir kriegen was gekauft«, dreht sich Claudia nochmal um. So ein Angebot vergisst meine Tochter nie.

Ich schiebe mich mit Hunderten von Menschen durch die Ikea-Ausstellungsräume. Es ist so voll, dass man denken könnte, heute wäre alles umsonst. Ich finde den Sessel. Vier Wochen Lieferzeit. Mhm. Aber schön ist er. Und bezahlbar. Aber bis Freitag ist natürlich nichts zu machen. »Da müssen Sie schon ein bisschen früher kommen, dieser Sessel ist sehr begehrt«, teilt mir die Verkäuferin streng mit. Sehr schlau. Wäre ich ja nie drauf gekommen. Ich bestelle ihn. Christoph ist ja kein Kind mehr. Ich schenke ihm den Sesselgutschein mit Liefertermin. Normalerweise kann ich Gutscheingeschenke nicht ausstehen. Ich bin zu schlampig für Gutscheine. Oft finde ich sie erst Monate später wieder und genauso oft sind sie dann leider schon abgelaufen. Aber Christoph ist in dieser Hinsicht weniger kindisch als ich. Ich glaube sogar, wenn man mal gründlich darüber nachdenkt, er ist in jeder Hinsicht weniger kindisch als ich. Ich nehme dunkelbraun genarbtes Leder. Sehr schick. Und wirklich gemütlich. Ich könnte glatt ein Stündchen hier sitzen bleiben. Sie sollten bei Ikea noch Maniküre anbieten. Probesitzen und jemand macht einem die Nägel. Das könnte ein echter Renner werden. In Amerika gibt's so was an jeder Ecke.

Aber das wäre jetzt doch eine gewisse Zeitverschwendung. Ich muss jede Minute nutzen, in der sich meine Kinder im Bällebad tummeln. Schön wäre es, wenn man sie mal ein komplettes Wochenende dalassen könnte. Wie in einer Kinderherberge. Es soll ja Großstädte geben, in denen es Kinderhotels gibt. Eine Art animierter Kinderparkplatz. Toll.

Schnell rein in die gigantische Selbstbedienungshalle. Eigentlich habe ich zwar, was ich wollte, aber wenn man schon mal bei Ikea ist, kann man nicht ohne Teelichter und Servietten nach Hause fahren. Ich glaube, das ist sogar strafbar, anders sind die immensen Mengen an Servietten- und Bettwäscheverkäufe kaum zu erklären. Auch ich bin dafür extrem anfällig. Ein Ikea-Einkauf befördert mich in eine Art Rausch. Einkaufsekstase. Alles schreit: »Ich bin günstig, nimm mich mit.« Und dann gilt bei Ikea immer noch die Devise: Wenn man schon mal da ist. Ein paar Pappboxen kann man doch immer brauchen, Servietten sowieso, grün oder gelb, was soll's, ich nehme beide. Teelichter im Hunderterpack, eine neue Fußmatte, ein paar Bilderrahmen und noch einen kleinen Buchsbaum, gerade im Angebot. Besser zwei. Ein Buchsbaum, noch dazu so klein, sieht doch etwas mickrig aus. Der Einkaufswagen ist riesig und die Gier wächst. Neue Handtücher könnten wir auch mal wieder brauchen. Orange. Sieht frisch aus. Ohne passende Fußmatte taugen die schönsten Handtücher nicht und ein neuer Duschvorhang wäre auch gut. Außerdem passt der alte nicht zu den neuen orangen Handtüchern. So was nennt man dann wohl Folgekosten. Noch zwei Schreibtischlampen für die Kinder und ein nettes Poster. Herrliche Stoffe gibt es. Niedliche Drucke für Kinder. Vorhänge wären sicher hübsch. »Schnidt, du kannst gar nicht nähen, leg die Stoffrollen brav wieder hin«, ermahne ich mich und rase weiter.

An der Kasse dann das Unvermeidliche. »Die kleine Claudia und ihr Bruder Mark möchten aus dem Kinderparadies abgeholt werden«, tönt es durch den gesamten Laden. Verdammte Hacke. Ausgerechnet jetzt. Na ja, auf die paar Minuten an der Kasse kommt es nun wirklich nicht an. Das werden sie schon noch schaffen. Ich hatte allerdings nicht mit der Frau vor mir gerechnet. Die behauptet doch steif und fest, dass die zwei hellblauen Untertellerchen, die sie kaufen will, im Angebot sind. Die Kassiererin ist jedoch anderer Meinung. Eine heftige Debatte entbrennt. Wegen 30 Cent pro Teller. Ich bin kurz davor, ihr die 60 Cent auszulegen. Wenn ich meinen Wageninhalt so sehe, kommt es auf die 60 Cent sicher nicht an. Aber bevor ich das Angebot machen kann, reicht es der Kassiererin, »isch guck des eben ma nach, von wesche Sonderpreis un so«, steht auf und lässt eine Schlange mit etwa neun Menschen und ihren Einkaufswagen fassungslos zurück. Da auch ich zu einer gewissen Rechthaberei neige, kann ich die Kassiererin ein bisschen verstehen. Blöderweise werden, während die Kassiererin auf Untertellerchenpreissuche ist, meine Kinder das zweite Mal ausgerufen: »Claudia und der kleine Bruder Mark wollen dringend aus dem Kinderparadies abgeholt werden. Bitte holen Sie ihre Kinder sofort ab.« Jetzt muss ich mich entscheiden: entweder traumatisierte Kinder, die glauben, ihre Mutter habe sie vergessen und sie müssten ihr Leben im Ikea-Bällebad fristen, oder eine Top-Kassenschlangenposition. Wenn ich so kurz vor dem Ziel ausschere, muss ich noch dazu meinen rappelvollen Wagen irgendwo parken. Bei meinem Glück hat den dann eine Mitarbeiterin längst wieder ausgeräumt, bis ich die Kinder geholt habe und ich kann, mit den beiden im Schlepptau, von vorne anfangen. Ich entschließe mich, natürlich voll des schlechten Gewissens, für die Kassenposition. Auf die paar Minuten kommt es jetzt auch nicht mehr an. Die paar Minuten ziehen sich und in der Schlange regt sich nun auch offen der Unmut. »Wegen Ihnen komme ich jetzt zu spät heim«, zetert die Nummer sechs in der Schlange. Sie erntet Zuspruch. Man ist kurz davor zu applaudieren. »Meine Pause ist gleich rum«, kommt weitere Kritik von der Nummer acht. Die Stimmung steigt. Die Feindseligkeit wächst. Jetzt wehrt sich die Untertassenfrau: »Ich bin nun mal eine kritische Verbraucherin, alles muss man sich ja nicht gefallen lassen. Außerdem habe ich es nicht so dicke. Wenn Sie sich gerne über den Tisch ziehen lassen, bitte. Sie können sich ja auch woanders anstellen.« Holla, mutig ist sie, das muss man ihr lassen. Mir wäre so eine Situation sicher megapeinlich. Hat die ein Selbstbehauptungsseminar besucht oder gibt es Menschen, die schon so auf die Welt kommen? Während ich noch darüber nachdenke, ob ich die Frau jetzt gut oder blöd finden soll, hetzt nach genau viereinhalb Minuten die Kassiererin herbei. Mit einem sehr triumphierenden Gesicht und einem Preisschild in der Hand. »Ha, die Unnerteller sind nur im Zehnerpack runnergesetzt, einzeln kosten die den Normalpreis«, schnaubt sie, noch leicht außer Atem. »Dann war die Ware missverständlich ausgezeichnet«, zeigt die Kundin keinerlei Reue. Eine kleine Entschuldigung und ein Dank an die Kassiererin wären an sich schon angebracht. Das Ganze könnte tatsächlich noch ein Top-Schauspiel werden, wenn nicht meine Kinder im vermeintlichen Kinderparadies vor sich hin schmachten würden. Als die Untertassenfrau sagt: »Dann nehme ich doch lieber den Zehnerpack«, ist die Schlangenmeute kurz davor, sie anzuspucken. Das ist aber nun wirklich reichlich dreist. Ich glaube, da denkt die Kassiererin ähnlich. Sie sieht aus, als käme ihr gleich Schaum aus dem Mund. »Bitte, alles wie Sie es wolle, hole Se sich die Dinger, so viel Sie wolle, aber stelle Sie sich dann ebe noch emal hinne an. Weil auch die annern Leut wolle gern mal bezahle, gell.« »Das wäre schon schön«, stimme ich ihr zu und unter Protest zieht die Untertassenfrau ab. »Ich werde mich beim Geschäftsführer melden«, brummt sie, »so lasse ich mich nicht behandeln.« Die Kassiererin rollt mit den Augen und die Schlange applaudiert tatsächlich. Was für ein Auftritt. Aber bei so was ist RTL dann natürlich nicht da.

Endlich, ich habe es geschafft und die Kassenschlangen-Pole-Position erreicht. 235,45 Euro zeigt mein Kassenbon. Und das ohne den Sessel. Der wird erst bei Lieferung abkassiert. Über zweihundert Euro für ein paar Kleinigkeiten, die eigentlich keiner wirklich braucht. Unglaublich. Dabei war doch alles so irre günstig. Ich schmeiße den Kram so schnell wie möglich in den Wagen und rase zum Spielparadies. Kurz bevor ich da bin, die dritte Durchsage: »Dringend, dringend, holen Sie unverzüglich Ihre Kinder Claudia und Mark aus unserem Kinderparadies ab.« Was da bloß los ist? Ich bekomme es etwas mit der Angst zu tun.

»Schon gut«, sage ich der jungen Frau am Schalter, »Sie können die Durchsage lassen, ich bin ja da. Claudia und Mark sind meine Kinder.« »Meine Güte, endlich«, seufzt sie. »Ihre Tochter Claudia weint seit zwanzig Minuten und der Kleine hat sich in die Hosen gemacht. Dafür sind wir nicht ausgebildet.« Wie – nicht ausgebildet? Braucht man zum Hosesaubermachen jetzt auch schon eine Ausbildung und wenn, wo kann man die machen? Claudia stürmt auf mich zu. Ein komplett verheultes Etwas. »Was ist denn, mein Schatz?«, frage ich sie entgeistert und schließe sie erst mal in die Arme. »Ich hab gedacht, wir müssen hier bleiben, weil du uns nicht mehr willst. Und dann habe ich dem Mark gesagt, dass wir hier bleiben müssen, für immer, und dann hat der vor Schreck in die Hose gemacht. Und die Frau dahinten hat geschimpft.« Wie grauenvoll. Die armen Kinder. Ich versuche, sie zu trösten. »Wenn Mama sagt, sie holt euch wieder ab, dann holt sie euch auch ab. Ich liebe euch und lasse euch doch nicht einfach irgendwo sitzen«, rede ich auf das erregte Kind ein. Mein Gewissen ist auf dem Tiefpunkt. Einkaufen steht zurzeit bei mir anscheinend unter keinem sehr guten Stern. »Kriegen wir jetzt schnell was gekauft?«, schaltet meine Tochter abrupt um. Ich bin völlig konsterniert. War das am Ende eine strategische Sache mit dem Weinen? Konnte sie es nur nicht abwarten, bis Mama ihr was kauft? Können kleine Kinder schon so abgebrüht sein oder vergessen die nur einfach schnell? Ich hoffe mal, sie vergessen schnell. Dass meine Tochter ein dermaßen abgekochtes Luder sein könnte, kann eigentlich nicht sein. Darf nicht sein. Denn wenn es so wäre, möchte ich gar nicht wissen, was dann in der Pubertät auf mich zukommt. »Wo ist überhaupt Mark?«, frage ich sie. Sie zuckt mit den Achseln. »Weiß nicht. Ich glaube, der ist zurück zu den Bällen. Gehen wir jetzt einkaufen? Wir können ja auch ohne Mark gehen. Der kann doch hier bleiben. In den Bällen.« Wie nett von Claudia. Fürs Shoppen opfert die doch glatt ihren kleinen Bruder und lässt ihn ohne jegliche Skrupel im Bällebad sitzen.

O nein. Mit vollgeschissener Hose im Bällebad. Hoffentlich ist das gut gegangen. Die Empfangstante des Kinderparadieses bietet an, ihn zu holen. Die kann meine Kinder anscheinend nicht schnell genug loswerden. »Kann ich selbst gehen?«, frage ich. Ich ahne nichts Gutes. Sie nickt. Ich stürme in Richtung Bällebad. Mark sitzt wie ein Buddha mittendrin. Ein eindeutig beleidigter Buddha. »Mark«, rufe ich, »komm her, Mama ist wieder da.« Mark denkt gar nicht dran. Er ignoriert mich. Was für ein nachtragender Zwerg. Ich ziehe schnell die Schuhe aus und stürze mich ins Bällebad. Er blickt stoisch geradeaus, so als wäre ich eine völlig fremde Frau. »Mark, komm jetzt bitte«, rufe ich ihm zu und stolpere durch die verflixten kleinen Bälle. Kurz bevor ich ihn erreicht habe, rutscht eine Ladung Bälle unter mir weg und ich fliege mit Schwung hin. Und da endlich lässt sich mein Sohn zu einem Lachen hinreißen. Es klingt, bei genauem Hinhören, ein wenig hämisch. Der lacht mich aus! Meine Tochter ist berechnend, mein Sohn schadenfroh. Na phantastisch. Da ziehe ich ja schöne Charaktere groß. »Komm jetzt hier raus«, zische ich ihn an. Da tönt eine Stimme vom Bällebadrand: »He Sie, für Erwachsene ist das Betreten des Bällebades verboten.« Gerade so, als würde ich aus Jux und Tollerei hier rumspringen. »Ich versuche, meinen Sohn zu holen«, schreie ich zurück. »Dann aber schnell«, sagt die Aufseherin und bleibt am Rand stehen. So als würde ich mich, sobald sie sich vom Tatort entfernt, direkt wieder jauchzend in die blöden Bälle werfen. Ich packe meinen Sohn am Arm und zerre. Erst mal die Lage peilen. Ich drehe das Kind um und schnuppere möglichst unauffällig. »Kacka weg«, sagt er stolz und deutet in die Bälle. Was soll das heißen? »Aus der Hose raus«, ergänzt er und zeigt aufs linke Hosenbein. Hat der sich seine eigene Scheiße aus der Hose gepult? Mein Gott, wie unappetitlich. Ekelhafte Vorstellung. Die Aufseherin hat uns im Blick. »Wir kommen«, rufe ich freundlich und hoffe, dass sie nicht weiß, was mein Sohn hier anscheinend gemacht hat. An der Stelle, an der ich hingeflogen bin, hat es Opfer gegeben. Einige Bällchen waren meinem Gewicht offensichtlich nicht gewachsen. Wie leicht die Dinger zerbeulen. Ich kicke mit dem Fuß ein paar andere Bälle drüber, ganz spielerisch, so als wäre gar nichts, und Mark und ich sind raus aus dem Bad. »Das muss ja nun echt nicht sein«, bekomme ich einen Abschlussrüffel und ertrage ihn ohne Widerrede.

Ich zerre meine Kinder zur Toilette. Erst mal in Ruhe die Hosensituation checken. Tatsächlich! Mark scheint Recht zu haben. Da ist nichts Nennenswertes mehr drin. Aber man kann eindeutig sehen, dass da mal was war. Und ich kann den Abgang verfolgen. Einmal rechtes Hosenbein bis runter. Selbst Schuh und Strumpf sind Zeuge. Ich erkläre meinem Sohn, dass man das nicht macht. Er sagt nur: »Kacka weg.« Ich wische an ihm rum, überlege, ob das, was nicht weg geht, eine sofortige Abreise aus dem Ikea-Wunderland erfordert, und entscheide mich dagegen. Geruchlich ist er nicht einwandfrei, aber auf ein, zwei Stündchen länger kommt es nun auch nicht mehr an. »Krieg ich jetzt was«, jault Claudia. »Ja, und zwar erst mal was zu essen«, muss ich meine Tochter kurz enttäuschen.

Wir gehen ins Restaurant und holen uns den Ikea-Klassiker. Dreimal Köttbullar. Hackfleischbällchen mit Pommes. Claudia schlingt in sich rein, als gelte es einen Wettbewerb im Köttbullaressen zu gewinnen. Sie schiebt sich die Köttbullars unzerteilt komplett in ihren kleinen Mund und sieht dabei aus wie bei einem Rekordversuch fürs Guinness-Buch der Rekorde. Ich ermahne sie: »Hör auf, so zu stopfen«. Sie motzt. »Einkaufen«, zischt sie durch das Hackfleischbällchen. Kleine Bröckchen fliegen quer über den Tisch. »Wir kaufen nur ein, wenn du annähernd wie ein Mensch isst«, meckere ich und sie ist mal wieder kurz vor dem Heulen. Kinder und Ikea – was habe ich mir nur bei dieser unheilvollen Kombination gedacht? Wir schaffen es, fertig zu essen. Ich esse eben noch die Pommes meines Sohnes auf – so viel zum Thema schlanke Schenkel – und dann laden wir erst mal meine gigantischen Vorräte an Servietten und Teelichtern ins Auto. Dann wieder rein ins Elchland.

In der Kinderabteilung sucht sich Claudia ein Stofftier aus. Welch eine originelle Entscheidung. Meine Kinder haben nun, weiß Gott, ausreichend Stofftiere. Während ich ihr genau darüber einen kleinen Vortrag halte, denke ich an meine Handtaschen- und Schuhsammlung und sehe plötzlich ein, dass man auch ein 34. Stofftier dringend haben muss. Sie nimmt ein Schwein. Passend zu ihren Tischsitten. Mark schwankt ein wenig und entscheidet sich schließlich für ein Ritterkostüm. Inklusive Schwert und Handschuhen. Wie männlich.

Wir stehen nochmal eine gute Viertelstunde an der Kasse an und als wir endlich abfahrbereit im Auto sitzen, bin ich schweißgebadet, meiner Tochter ist schlecht und Mark fuchtelt hinter mir mit dem Schwert rum, als gelte es, Armeen von Römern zu verscheuchen. Das Ende vom Lied, kurz nach der Auffahrt auf die Autobahn, Köttbullarkotze direkt aufs neue Schwein. Erneute Tränen und eine immense Schweinerei – am Schwein und ums Schwein herum. Schwein in Köttbullar. Und das Erstaunliche, Köttbullar scheint unverwüstlich, es sieht fast aus, als wäre es nie gegessen worden. Mark weint, weil ein bisschen was auch auf seinem Schwert gelandet ist. In meiner Handtasche finde ich alles, was man für einen mehrwöchigen Aufenthalt sonst wo brauchen könnte, aber leider keine Taschentücher. Ich erwäge einen Zwischenstopp an der Tankstelle, entscheide mich dann aber dagegen. Nichts wie nach Hause.

Vollgekotzt die eine, zugeschissen der andere und abgenervt

kommen wir dort an. Ich packe die Kinder in die Wanne – samt Schwein und Schwert – und während die beiden langsam einweichen, schrubbe ich das Auto. Natürlich renne ich zwischendrin ständig rein, um nachzuschauen, ob die beiden noch leben! Der Geruch im Auto ist widerlich. Vor allem, nachdem man mal kurz an der frischen Luft war. Ich könnte mich aus dem Stand heraus auch übergeben. Jede volle Windel ist mir lieber als Kotze. Selbst die meiner eigenen Kinder. Ich bin so geschafft, als hätte ich einen Tag in der Wildnis beim Survivaltraining verbracht. Oder gerade geheiratet. Da war der Stresslevel ähnlich. Obwohl natürlich alles ganz anders geplant war und es wesentlich besser gerochen hat:

Ich bin schwanger, als wir heiraten. Schwanger mit dem zweiten Kind. »Da können wir ja dann auch heiraten«, meint Christoph sehr pragmatisch beim Grillen mit meiner Schwester, meinem Bruder und meinen Eltern. Irgendwie ist es zwar nicht die Art Antrag, von der ich jahrelang geträumt habe – mit Kniefall, Rosen, Klappschachtel mit Mega-Brilli, Champagner und romantischer Musik –, aber ich sage trotzdem »Ja«. Wahrscheinlich unter Einfluss der Schwangerschaftshormone. Mir hat mal eine Hochleistungssportlerin erzählt, dass diese Hormone tatsächlich auf eine sehr subtile Art dopen. Ich habe also eine Entschuldigung für meine direkte Zusage. Außerdem bin ich immerhin noch so klar, sofort und lautstark nach einem Ring zu verlangen. Übrigens erfolglos. Christoph reagiert einfach nicht. Stellt sich taub, eine seiner absoluten Spezialitäten. Scheint bei Männern was Genetisches zu sein. Und ich tue, was Frauen dooferweise oft tun: Ich finde mich ab. Gebe Ruhe. Man will ja auch nicht als konservative Ziege gelten. Oder als eine, die zuviel Kitschfilme gesehen hat. Oder als materielles Miststück.

Wieso eigentlich nicht? Was mache ich mir eigentlich für verfriemelte Gedanken? Wenn dafür ein schmucker Ring rausspringt? Sollte man da nicht etwas egoistischer sein? Oder ist diese Begierde nur peinlich?

Früher hätte ich auch immer gesagt, dass ein kleiner Ring aus dem Kaugummiautomaten mindestens genauso süüüüß ist wie ein klotziger Diamant. Wenn nicht noch viel süüüüüßer. Da bin ich heute einen Schritt weiter und auf meinen Finger passt etwas Stattliches besser. Ich bin nun mal keine fünfzehn mehr. Auch Finger entwickeln sich.

Zwischen dem Entschluss zu heiraten und der Hochzeit liegt ein langer Weg der Planung, der einem das Heiraten fast ein wenig verleiden kann. Wüssten die Menschen, was das für ein Affentheater ist, würden es viele sicher schon im Vorfeld lassen. Ich habe einfach keine Ahnung und will eine richtig dramatische Hochzeit mit allem Brimborium.

Wenn ich schon heirate, denn, um bei der Wahrheit zu bleiben – an sich will ich gar nicht unbedingt heiraten. Ich will nur auf alle Fälle mal gefragt werden. Männer finden diese Argumentation oft abartig. Aber der Gedanke zu wissen, er würde mich heiraten, ist mir an sich schon genug. Diese Sicherheit langt doch. Da ist jemand, den man liebt, und der liebt so doll zurück, dass er gerne heiraten will. Ein Antrag ist so was wie eine Reisebestätigung. Man plant, schaut sich Kataloge (verschiedene Kerle) an, prüft (geht mit einigen ins Bett oder ins Kino oder sogar beides), informiert sich (fragt rum und zeigt die Beute vor), entscheidet (wählt den Besten) – und dann kommen die Tickets (der Antrag) und man weiß, ja – es geht tatsächlich los. Wenn man die Tickets nutzt. Man kann fliegen (heiraten) – muss es aber nicht.

In der Theorie ist das alles prima, diese These vom ›ich will ja nur gefragt werden‹. Aber was antwortet man, dann, wenn die entscheidende Frage kommt? – »Ja, danke sehr, schön, dass du mal gefragt hast.«

Wer gefragt wird, muss antworten. Das gehört sich nun mal so. Und nein zu sagen, wäre ja nun auch fies. Ich meine, ich liebe diesen Mann. Er küsst himmlisch, der Sex ist gut (sehr gut sogar), er hat Humor (ab und an jedenfalls), er betet mich an (auf seine seltsame Art) und er ist schlau. Wer noch mehr von der Spezies Mann erwartet, kann definitiv nur enttäuscht werden.

Also sage ich »Ja«. Und ich gehöre nicht zu den Frauen, die noch auf den letzten Metern die Kurve kratzen. Gibt's ja immer wieder. Alles steht bereit und die Braut packt, kurz vor dem endgültigen ›Ja‹, das Grauen und sie macht sich vom Acker. Ich muss sagen: Hut ab. Das wäre nichts für mich. Da fehlt mir der Mumm. Dann lieber vorher ein ›Nein‹. Außerdem – was für eine Demütigung für den anderen. Ich stelle mir solche Momente immer umgekehrt vor. Wie wäre das für mich? Das Standesamt rappelvoll, alle aufgerüscht und in Feierlaune und der Bräutigam macht die Biege. Welche Schmach. Man steht da, das Blumengebinde in der Hand, und alles schaut betreten auf den Boden und überlegt sich schon währenddessen, wem man diese Neuigkeit schnell mal per SMS mitteilen könnte. Dazu meine Mutter, die garantiert sagen würde: »Was hast du getan, dass er jetzt wegrennt?« So als wäre eigentlich ich daran schuld. Nein, vielen Dank. Das sollte und kann man sich wirklich sehr gut vorher überlegen.

Eines ist für mich klar: Zu einer dollen Hochzeit gehört auf jeden Fall eine aufregende Hochzeitsnacht.

In meiner Hochzeitsnacht soll es so richtig krachen. Ich meine, schließlich hat man ja, rein romantisch betrachtet, nur eine Hochzeitsnacht im Leben. Auch wenn ich nicht so sehr zur Romantik neige, finde ich, wenigstens vor der Hochzeit sollte man von nur einer einzigen Hochzeitsnacht im Leben ausgehen. Zu frühe Desillusionierung bringt einen, bei dem Thema jedenfalls, nicht weiter. Gesunde Skepsis – ja, keine Frage, aber man muss ja nicht komplett abgeklärt sein. Deshalb haben wir auch keinen Ehevertrag gemacht. Ehrlich gesagt, vielleicht nicht nur deswegen, denn Reichtümer hat sowieso keiner von uns. Hätte ich Schlösser und Ferienhäuser in aller Herren Länder, Mallorca, Côte d'Azur und Monte Carlo, sähe das Ganze eventuell anders aus. Aber wo nichts ist, kann man ja auch kaum streiten. Das mag naiv sein, ist aber dafür herrlich unkompliziert. Und da Christoph sowieso mehr verdient als ich, kann für mich eigentlich nichts schief laufen. Ist das berechnend? Und wenn schon. So ganz ohne jegliches Kalkül sollte man sich in kein Abenteuer stürzen. Und dass die Ehe eins ist, da sind sich wohl alle drüber einig. Immerhin geht jede zweite Ehe in Deutschland schief. Welches Unternehmen würde man schon mit solch einer Prognose beginnen? Andererseits bedeutet das ja umgekehrt auch, dass jede zweite Ehe funktioniert oder wenigstens hält. Dass sich Menschen nicht scheiden lassen, hat ja nicht unbedingt was mit dem Funktionieren ihrer Ehe zu tun. Aber es hat ja auch was Beruhigendes, dass man, im Fall der Fälle, sich wieder scheiden lassen kann. Ein Notausgang ist immer eine gute Sache.

Der Entschluss zu heiraten, ist das eine – wie, das andere. Ich bin definitiv nicht der Kutschentyp. Christoph mag noch nicht mal Pferde. Ich glaube, er hat sogar ein wenig Schiss vor ihnen. »Quatsch, Angst habe ich nicht, aber Pferde sind große Tiere und nicht besonders helle«, behauptet er, als ich ihn mal frage, ob er sich vor Fury und Co. fürchtet. Also sind wir uns in der Kutschenfrage schnell einig. Dieses Geld können wir uns schon mal sparen. Ich bewege mich auch im Alltag äußerst selten per Kutsche. Ich habe es gerne ein wenig flotter. Auch eine ländliche Trachtenhochzeit steht so gar nicht zur Debatte. Hessische Tracht ist, unter uns gesagt, auch relativ hässlich und trägt sehr auf. Wenn man eh schon schwanger ist, braucht man das so gar nicht. Außerdem will ich kein Büfett mit aahler Worscht und Sauerkraut. Christoph ist für die Sparvariante. Eine kleine Feier nach dem Standesamt würde ihm reichen. »Wir trinken einen Prosecco unten vor dem Standesamt und dann gehen wir schön mit der Familie essen«, ist sein Vorschlag. Wie profan. Prosecco trinken, nicht mal Schampus. Außerdem – wir gehen bestimmt zweimal im Monat bei oder mit unseren Eltern essen, was ist denn da das Besondere?

»Wir heiraten«, sage ich ihm und schaue streng. »Ich weiß«, sagt er, »ich habe dich gefragt, falls du dich noch erinnerst«, antwortet er etwas spitz. So als wäre sein hingehudelter Antrag auf jeden Fall eine großartige bleibende Erinnerung. Nach dem Antrag habe ich zumindest eine aufregende Feier verdient. »Wenn schon, denn schon«, stelle ich also Bedingungen. »Ich will eine große Feier, ich will Reden, Wahnsinns-Essen, ich will ein tolles Kleid, Schampus bis zum Abwinken und zur Krönung eine denkwürdige Nacht«, umreiße ich schon mal den groben Rahmen. In Christophs Augen blitzt Angst auf. Angst vor der akuten Verarmung. Er fasst sich instinktiv an die Hosentaschen. Dahin, wo er normalerweise sein Portemonnaie steckt. »Und, Andrea, wer soll all das bezahlen?«, fragt er mich. »Du«, sage ich und lache. »Oder wir, denn was dein ist, ist ja dann auch mein.« Mein Zukünftiger scheint das alles nicht ganz so lustig zu finden. Er wird blass. Hat der so weit noch gar nicht gedacht? Ist ihm nicht klar, dass ich ihn, mit bald zwei Kindern, ein paar Euros kosten werde?

Wir beginnen eine Grundsatzdiskussion. Ich biete ihm an, wenn das zweite Kind da ist, die Elternzeit zu nehmen: »Ich gehe arbeiten und du kümmerst dich um die Kinder und den

Haushalt.« Er holt tief Luft, schaut mich ernst an und antwortet: »Im Prinzip kein Problem, ich würde gerne viel mehr Zeit mit meinen Kindern verbringen. Aber«, blablabla. Und dann geht's los. Von wegen: »Wenn ich da aussteige, dann war es das für immer. Juristen sind konservativ, man wird nicht für voll genommen und du verdienst doch nun weniger als ich«, und so weiter. Man merkt deutlich, dass in ihm leise Panik aufsteigt. Christoph ist ehrgeiziger, als man denkt. Und noch dazu einer dieser ›an sich schon, theoretisch ja‹-emanzipierten Männer. Er würde selbstverständlich – wenn nicht die Gesellschaft noch so wahnsinnig traditionell wäre. Und überhaupt, wofür das lange Studium, wenn er dann inmitten der Legginsfront Windeln wechselt? Und steht er nicht nachts auch manchmal auf? Was sollen Männer denn noch alles tun? Demnächst vielleicht auch noch die Kinder kriegen? Das Anforderungsprofil ist ja unmöglich zu realisieren. Die Diskussion fängt an, mir Spaß zu machen. »Aber es sind doch auch deine Kinder. Und manchmal muss man gesellschaftlich auch Vorreiter sein, um an einer Schieflage was zu ändern.« Er stöhnt, als hätte ich verlangt, dass er nackt ins Büro geht oder sich öffentlich ein Intimpiercing machen lässt. Ich lenke ein, tue so, als hätte ich durchaus Verständnis und schlage dann ganz spontan eine Halbe-halbe-Regelung vor: »Schatz, ich hab's, wir arbeiten beide halbtags und teilen so wirklich fair. Du bist doch auch für die Gleichberechtigung, gell?« Welcher aufgeklärte Mann sagt an dieser Stelle nein? Der müsste ja bekloppt sein. Jetzt schwant ihm Böses und er läuft zur Hochform auf: »Natürlich bin ich für Gleichberechtigung, oder hältst du mich für einen rückständigen Neandertaler?« Kleine Pause und ernster Blick. Dann geht's weiter: »Also echt, Andrea. Was hast du für ein Bild von mir? Aber mal ehrlich, Andrea, wie soll denn das im Alltag funktionieren«, sagt er nervös, »halbtags arbeiten? In meinem Beruf. Soll ich im Prozess aufstehen und gehen, vor dem Plädoyer, weil meine Hausmannschicht beginnt? Wie stellst du dir das vor, Andrea?« Immer wenn er mich mit meinem Namen explizit anspricht, und das auch noch mehrfach, fast schon manisch, ist es ernst. Da unterscheidet er sich kein Stück von meinem Vater. Wenn der streng »Andrea« gesagt hat, war das Warnstufe eins. Aber jetzt habe ich ihn. Der hat solche Angst, beruflich kürzer treten zu müssen oder jahrelangen Diskussionen ausgeliefert zu sein, dass er garantiert bei anderen Dingen zu größten Eingeständnissen bereit ist. »Entspann dich«, sage ich freundlich, »das können wir ja später noch besprechen. Außerdem habe ich in der Redaktion schon gesagt, dass ich die ersten Jahre daheim bleibe. Keiner nimmt dir deine herrlichen Akten weg«, ich sehe wie er innerlich aufatmet, »aber wegen der Hochzeit, also da hätte ich schon gerne was Größeres. So eine richtig feine Feier.« »Von mir aus«, sagt er erleichtert und lenkt ein. Er ist so froh, dem Hausmanndasein wenigstens kurzfristig entronnen zu sein, dass ihm eine Hochzeit mit allem Drum und Dran als geradezu erträgliches kleines Übel erscheint. Gut gemacht, Andrea, denke ich mir und fühle mich mal wieder in meiner Überzeugung bestätigt, dass man die Gunst der Stunde nutzen muss. Jetzt gilt es, direkt alles verbindlich einzutüten, möglichst so, dass er denkt, er hätte selbst nie was anderes gewollt. Zu Detailgesprächen ist er allerdings nicht sofort bereit. »Mach, wie du meinst«, sagt er nur, nicht wissend, dass ihn dieser Satz sehr viel Geld kosten wird. Uns sehr viel Geld kosten wird. Seins ist ja bald auch meins. Ein Umstand, der, meiner Meinung nach, eine große Anzahl Männer sehr ängstigt. Diese finanzielle Verantwortung. Diese dunkle Ahnung, dass das eine nicht nur teure, sondern auch langfristige Angelegenheit werden kann.

Er will, dass ich mache, was ich will. Wunderbar. Letztlich besser, als jede Kleinigkeit in mühseligen Gesprächen durchzukauen. Jetzt die Freude nur nicht zu deutlich zeigen. Das könnte ein fataler Fehler auf den letzten Metern sein. Wenn er merkt, dass genau das meine Absicht war. »Gut«, sage ich, ganz leicht seufzend, »dann mache ich halt alles allein. Aber wehe, du meckerst hinterher.« Er schüttelt den Kopf und ist augenscheinlich sehr froh, dass das Gespräch damit beendet ist.

Ich habe drei Monate Zeit, um die Hochzeit zu planen. Das klingt nach reichlich Zeit, ist aber für ein logistisches Großunternehmen, wie das einer Hochzeit, nicht sehr viel. Termin festlegen, Gästeliste erstellen, Einladungen verschicken, Kleid auftreiben, Frisur überdenken, Partylocation, DJ, Florist und Fotograf finden. Essen und Trinken auswählen. Und immerzu: Kalkulieren, entsetzt sein, neu kalkulieren, wieder entsetzt sein. Eine Hochzeit scheint, da muss ich Christoph schon während der Planung Recht geben, eine verdammt teure Angelegenheit zu sein. Die schwierigste Frage aber: Wen lade ich ein und vor allem, wen nicht? Familie ist klar. Eltern, Großeltern soweit vorhanden und Geschwister mit Anhang. Aber wie weit geht man? Was tun mit Kusinen, Großtanten und Co.? Natürlich sind die im Wortsinne auch Familie. Muss man sie deswegen einladen, obwohl man sie ansonsten niemals trifft und oft auch recht froh darüber ist? Ich entscheide – unter dem sanften Druck meiner Mutter –, die gesamte Bagage einzuladen. Bei den Kollegen halte ich mich zurück. Ist ja kein Belegschaftstreffen. Ich lade nur Sandra ein. Meine Lieblingskollegin. Dann die Frage: Lädt man automatisch immer paarweise ein? Was tun mit unliebsamen Anhängseln? Ist es sehr unhöflich zu sagen: »Wir freuen uns, wenn DU kommst (aber lass diesen Stoffel, mit dem du merkwürdiger- und unerklärlicherweise zusammen bist, ja zu Hause!).« Ich wäre beleidigt, wenn man mich zu einer Hochzeit ohne Christoph einladen würde, und schon deshalb lade ich schweren Herzens auch die Partner ein, aus denen ich mir so gar nichts mache.

Dann, als die Liste mit den Namen endlich steht – 64 Personen immerhin –, die Frage, wie lade ich ein? Eine kleine E-Mail ist für eine Hochzeit wohl kaum angebracht. Schweres Büttenpapier, bedruckt, gerne goldgeprägt, findet meine Mutter stilvoll und adäquat. Ich bin unschlüssig. Das kann ich bei der Silberhochzeit immer noch machen, zudem sind wir keine Adeligen. Und eine so vornehme Einladung lässt auch einige Rückschlüsse zu. Auf das Essen zum Beispiel. Man kann nun wirklich schlecht einladen wie Graf Koks und dann Frikadellen mit Kartoffelsalat servieren. Überhaupt: Lieber Büfett oder gesetztes Essen? Mir geht das Gerenne beim Büfett immer ein wenig auf den Wecker. Andererseits hat man da eine gewisse Auswahl und bei einem Menü kann es nun mal passieren, dass den Gästen das Essen nicht zusagt. Und wenn schon. So ausgehungert ist ja heutzutage kaum jemand hier in diesen Breitengraden. Ich entscheide: Gesetztes Essen mit Tischordnung. Wenn sich jeder setzen darf wie er will, dann hocken immer die gleichen Leute zusammen. Mit einer Tischordnung hat man auch die Chance, unliebsame Verwandte oder Bekannte gut zu parken. Eine geschwätzige Tante neben einen leicht schwerhörigen Kollegen und Ähnliches. Eine Tischordnung kann auch so etwas wie stille Rache sein. Die nervige Kusine neben den tatschigen Opa und beide sind schön beschäftigt.

Bevor Tischkärtchen gebastelt werden (es gibt tatsächlich ganze Bücher darüber), steht die Frage an, wo denn gefeiert wird. Eine Hochzeit im Winter hat, was das angeht, ihr Gutes. Man muss sich gar nicht erst den Kopf zerbrechen, ob man lieber drinnen oder draußen feiert oder ob das Restaurant, wenn möglich, beide Varianten bietet. Im Winter braucht man keine Terrasse und es gibt keinen Cocktail auf dem Hof. Ich entscheide mich – weil ich so fair und nett bin, nach Rücksprache mit Christoph – für ein nettes Lokal mit großem Saal ganz bei uns in der Nähe. Ein italienisches Restaurant mit leckerem Essen und erträglichen Preisen. Giovanni, der Chef des Hauses, hilft mir bei der Menüauswahl. Der Raum ist groß genug, um zu tanzen, und hat, für Auftritte jeder Art, sogar eine kleine Bühne. Na also.

Ich hatte mir diese Planungs- und Gestaltungschose spannender vorgestellt. Aber gut. Pech gehabt, Andrea. Selbst in die Grütze geritten.

Fast schwieriger als die Restaurantwahl ist die Frage: Was ziehe ich an? Eine Frage, die mich in meinem Leben schon verdammt viel Zeit gekostet hat. Zeit und Aufwand, der leider selten im Verhältnis zum Resultat stand. Das soll und muss diesmal anders sein. Ich will eine herausragend schöne und bezaubernde Braut sein. Im normalen Leben ist bezaubernd nicht das Adjektiv, das man gleich beim ersten Anblick mit mir in Verbindung bringen würde. Aber eine Braut ist eben eine Braut. Außergewöhnliche Momente erfordern außergewöhnliche Maßnahmen. Wer will schon am Tag der Hochzeit aussehen wie immer? Natürlich wäre es schön, man würde mich noch erkennen, aber ein bisschen glamouröser als sonst darf es schon sein.

Meine Schwangerschaft macht die Sache nicht leichter. Heutzutage nehmen Bunte-Promischwangere zwar nur unmerklich zu und sehen selbst im siebenten Monat fast dünner aus als ich im nullten Monat, aber trotz aller Beherrschung will mein Körper nicht so wie die von diesen oberdisziplinierten Vorzeigeschwangeren. Noch bevor ich wusste, dass ich überhaupt wieder schwanger bin, hatte ich Hunger. Alles in mir schreit nach Nahrung. Soll ich da vielleicht weghören? Ohren auf Durchzug stellen? Wie machen die das? Wenn man mir die Nahrung entzieht, werde ich sozial inkompatibel. Darf das Haus nicht mehr verlassen, weil man Angst haben muss, dass ich den nächsten Passanten anfalle und so was wie Mundraub begehe. Und jetzt habe ich die Quittung. Ich bin in der zwölften Woche, sehe aber aus wie gut 20. Woche. Wahrscheinlich stamme ich in Wirklichkeit von einem Kreppel ab. Oder wie man in anderen Gegenden sagt – Krapfen. Irgendwas, was sehr schnell, sehr gut aufgeht. Ich bin eine Art menschlicher Hefeteig und brauche im Gegensatz zum Teig noch nicht mal eine besondere Temperatur, um zuzulegen. »Ganz normal«, sagen die Mehrfachmütter, »der Bauch hat beim zweiten Mal eine wesentlich größere Bereitschaft, sich auszudehnen.« Wie schön. Was einem der eigene Bauch für eine Freude machen kann. Und wieso müssen sich die restlichen Körperteile eigentlich direkt anschließen? Sich mit dem Bauch solidarisieren? Warum kann ich nicht so eine apart putzige, possierliche Kugel vor mir herschieben? Ich sehe auch von hinten schwanger aus, denn selbst mein Po wächst aus Solidarität.

Bin ich bald die einzige Schwangere, die überhaupt noch schwanger aussieht? Ein so genanntes Auslaufmodell. Man wird mich später in Biologiebüchern abbilden, als Beispiel, wie Schwangere früher mal so aussahen. Schöne Perspektive.

Zu spät zum jammern. Jetzt gilt es, besonderes Geschick zu beweisen. Es muss doch ein Kleid oder irgendwas an Klamotte geben, das selbst meine Formen noch ansprechend aussehen lässt. Verhängen oder betonen ist hier die Frage Nummer eins. Die moderne Schwangere trägt ja gerne enge Stretchfummel oder auch Zwerg-T-Shirts, die ein wenig Bauch rausblitzen lassen. Das kann niedlich aussehen. Je nach Gewichtsklasse allerdings auch recht peinlich. Und bauchfrei bei der eigenen Hochzeit – also ich weiß nicht. Wenn man einen Fußballer heiratet, mag das gehen, oder auch bei Ralf Schumacher – ansonsten ist es doch irgendwie unpassend. In meinem tiefsten Herzen bin ich – und das gestehe ich mir auch selbst sehr ungern ein – doch eher eine Spießerin. Muss ja keiner, außer mir, wissen.

Ich renne ganz Frankfurt ab. Dass ich dadurch nicht mindestens zwei klitzekleine Kilos gelassen habe, ist erstaunlich. Könnte aber an der Bratwurst liegen, die ich mir zwischendrin gegönnt habe. Also nicht nur mir, sondern vor allem dem Baby.

Mir schwebt ein Kleid vor, nicht zu kurz, in der Mitte mit Platz – wer weiß, wie ich in wenigen Wochen aussehe –, hell, aber nicht weiß, keinesfalls gelb (steht mir nicht – steht eigentlich niemandem. In Gelb sehe ich aus, als wäre mir sehr, sehr übel) und wenn möglich très chic. Ich wage mich selbst in Läden, die ich früher nie betreten hätte. Wohl wissend, dass hier selbst ein T-Shirt eine halbe Monatsmiete kostet, obwohl es etwa die Größe eines Waschlappens hat. Aber – bei der eigenen Hochzeit darf man nicht knickrig sein. Wer am Hochzeitsfummel spart, wird das bitter bereuen. Spätestens dann, wenn man Jahrzehnte später im Altersheim wehmütig die Alben durchblättert und dann jedes Mal denkt, »hätte ich mir doch nur ein wirklich tolles Kleid geleistet.« So soll es bei mir nicht enden. Man muss sich den kommenden Heimaufenthalt nicht noch trostloser machen.

Meine Mutter sieht meine Notlage absolut pragmatisch. »Du hast doch einen schönen dunkelblauen Hosenanzug. Den guten. Der ist klassisch. Zieh den an. Dunkel streckt und steht dir. Zur Not lässt du die Jacke offen. Und wenn du ihn mal reinigen lässt, sieht der doch noch picobello aus.« Sie selbst braucht allerdings für die Hochzeit unbedingt ein neues Kostüm. Vernünftig sein fällt bei anderen immer leichter. Und zum Kostüm dringend einen passenden Hut. Meine Mutter findet, sie habe ein Hutgesicht: »Und wann kann man schon mal Hut tragen, außer bei einer Hochzeit? Außerdem, Andrea, es gibt kein besseres Versteck für Stirnfalten.« Ich will meinen blauen Hosenanzug nicht anziehen. Ich will ein Outfit nur für die Hochzeit. Klar ist das Verschwendung, aber, wie ich finde, eine absolut legitime. Und wer ist denn hier die Braut – meine Mutter vielleicht?

Sabine, meine Freundin, begleitet mich beim zweiten Shoppingversuch. Leider liegen wir geschmacklich nicht ganz auf einer Wellenlänge. Sabine trägt gerne eng. Eng und dazu auch kurz. »Zeig her, solange es noch vorzeigbar ist«, ist ihre einfache Devise. »Fleisch lockt, Trends sind egal, Männern jedenfalls.« Diese offensichtliche Zurschaustellung vermeintlicher Vorzüge ist mir ein wenig zu plump. Obwohl sie mit einer These sicher recht hat: Sabine meint, Frauen brezeln sich hauptsächlich für Frauen auf. »Die meisten Kerle legen auf Mode null Wert. Ob so ein Fummel je in der InStyle war oder zurzeit irre angesagt ist, interessiert die nicht. Hauptsache, es sieht appetitlich aus. Spitze Schuhe, runde Schuhe, wen juckt's. Frag mal einen Mann nach einem Date, ob er dir sagen kann, was du für Schuhe anhattest. Oder welche Ohrringe. Das ganze Getue kann man sich sparen. Jedenfalls wenn es um die Männer geht. Die bemerken nur, wenn du gar nichts anhast.«

Das mag alles sein, ist mir aber im Moment schnuppe. Es geht bei mir nicht um Männer. Ich habe ja einen gefunden, der mir zusagt. Die Akquisephase ist somit abgeschlossen. Es geht hier nur um mich. Ich will an meiner eigenen Hochzeit großartig aussehen und das ist nun wirklich kein besonders außergewöhnlicher Wunsch. Wir wühlen uns durch die Kaufhäuser. Größenmäßig gesehen sicher realistischer als die verzweifelte Suche in den angesagten Boutiquen. »Außer in einen Schal passt du da zurzeit eh in nichts rein«, verkündet mir Sabine wenig verschlüsselt. Ein bisschen charmanter hätte man das schon formulieren können. Aber es ist die Wahrheit. Ich bräuchte zwei Jacken in Größe 38. Eine für die Vorderseite und eine für hinten. Sabine meint, rosa wäre nett. Oder ein leichtes Pink. Im Jackie-O-Style. So ein ärmelloses kleines Schwarzes, nur nicht in Schwarz. Ein pinkes kleines Schwarzes eben. Ich protestiere. Wer figürlich nah dran ist am gewöhnlichen Mastschwein, sollte meiner Meinung nach nicht auch noch pink tragen. Schwarz wäre sicher am Vorteilhaftesten. Aber schwarz auf einer Hochzeit? Nein, man sollte ja nicht schon zum Start einer Mission – und etwas Ähnliches ist eine Hochzeit – Trauer tragen. Das wäre zu viel der offensichtlichen Skepsis dem Thema gegenüber. Ich probiere und probiere und es passt nichts. Ich bin so weit. Ich kapituliere.

Dann eben doch der Hosenanzug. Aber selbst der stellt sich an. Ich muss nicht nur die Jacke offen lassen, sondern auch die Hose. Wirklich elegant sieht das nicht aus. Für einen Stehempfang, zeitlich begrenzt, könnte man mit Gummibändern eine Lösung finden. Aber bei der eigenen Hochzeit ständig darauf achten, ob die wesentlichen Teile noch bedeckt sind, ist ein unangenehmer Gedanke.

Christoph findet mich hysterisch. »Warte lieber noch bis kurz vorher. Zur Not kaufst Du dir ein Schwangerenhängerchen, diese Art bunter Kartoffelsack mit Armlöchern«, wagt er einen Scherz. Humor ist mindestens eine ebensolche Geschmackssache wie Kleidung. Sofort fange ich, hormonell ausreichend unterstützt, an zu weinen und da hat ausgerechnet er die zündende Idee: »Oder lass dir was nähen. Maßschneidern.« Eben noch war er kurz davor, von seiner rasenden und verstörten Verlobten getötet zu werden – und das zu Recht –, und jetzt ist er der Held des Abends. Wieso ist mir das nicht eingefallen? Wen kümmert's, nur das Ergebnis zählt. Was hat dieser Mann für Eingebungen! Hoffentlich bleibt ihm diese Gabe auch noch nach der Hochzeit erhalten.

Das Schöne: Das Angebot der Schneiderin ist nicht mal immens teuer. Nur – auch ihr macht mein Bauch Probleme. »Wie sieht der denn voraussichtlich zum Termin aus?«, fragt sie durchaus freundlich. Wenn ich derartige Dinge prognostizieren könnte, wäre ich eine schwerreiche Frau. Diese Antwort denke ich mir und sage was in Richtung: »Na ja, so ähnlich wird er aussehen, nur dicker.« Die kleine, moppelige Schneiderin – wahrscheinlich hat sie ihren Beruf aus privater Notlage heraus gewählt – lächelt wie eine Märchenfee. »Herzchen, das kriegen wir hin«, sagt sie und nimmt erst mal gründlich Maß. Wenn diese Frau jetzt und hier aus einem Kürbis eine Kutsche zaubern würde, ich wäre kein Stück überrascht. Dieser Optimismus gepaart mit einer liebenswürdigen Souveränität – eine traumhafte Kombi. Sie wühlt in riesigen Stoffballen und zeigt mir etwas wunderbar Edles und Zartes. Eine asiatische Seide, ganz was Besonderes. In einem zarten Elfenbeinton. »Sie werden aussehen wie eine Göttin«, verspricht sie mir und ich bin mehr als gewillt, ihr zu glauben. Mit den Worten »Lass mich mal was zaubern, mein Mädchen« entlässt sie mich. Diese Frau müsste es auf Rezept geben. Gegen die ist Valium ja ein Placebo.

Die kleinste Hürde ist die Zusammenstellung des Geschenketischs. Mittlerweile bieten nicht nur Porzellanläden, sondern eigentlich alle großen Kaufhausketten diesen Service an. Ich könnte Tage mit der Auswahl verbringen. Das ist meine absolute Lieblingsplanungsetappe, obwohl ich kurz überlege, eine großmütige Person zu sein und die Gäste aufzurufen, anstelle von Geschenken lieber für eine gute Sache zu spenden. Leider, ich muss es gestehen, langt mein Großmut nicht aus. Die Verlockungen sind einfach immens. Klar, auch die Vorstellung, wie ergriffen alle von mir und meiner Selbstlosigkeit sein würden, ist schön, aber doch nicht ganz so schön wie die Aussicht auf diese gigantischen Präsente. Vom Plasmafernseher über die teuerste Gesichtscreme weltweit bis hin zu Perlmutteierlöffeln – ich kann mich kaum bremsen. Es ist wie in den wildesten Kindheitsträumen. Du bist allein im Kaufhaus und alles ist zu haben. Und es kostet nichts. Sehr pragmatische Menschen können über solche Rechenspiele natürlich nur milde lächeln. Mit dem, was eine ordentliche Feier mit allem drum und dran kostet, sind die paar Geschenke locker zu bezahlen –, aber seit wann habe ich es mit gehobener Mathematik?

Die Hochzeitsmaschinerie ist angeworfen und alles läuft. Das Kleid wird wirklich ein Traum ... Bisher nur zwei Absagen. Meine Neurodermitis-Kusine aus Aschaffenburg mit ihrem Mann Fred – Schwitzehändchen-Fred, der eine fatale Ähnlichkeit mit Fred Feuerstein hat – können leider nicht. Zu schade. Sie haben Endausscheidung im Standardtanz und dafür trainieren die beiden schon die gesamte Saison über. Ob ich Verständnis habe? Der Titel sei zum Greifen nah. Natürlich habe ich Verständnis. Eine Oberbayernmeisterschaft im Standard, wer will da schon fehlen? Und wo wir schon beim Thema sind, fragt sie mich am Telefon: »Könnt ihr euren Hochzeitswalzer? Habt ihr schon fleißig geübt?« Yak. Ein neuer Punkt auf der To-do-Liste. Wir haben weder geübt noch je zusammen getanzt. Jedenfalls keinen Walzer. Christoph ist eh nicht das, was man den geborenen Tänzer nennt. Ob ich den überhaupt dazu kriege? Wenn nicht, dann eben nicht.

Die zweite Absage kommt auch aus der Verwandtschaft. Die Großtante und der dazugehörige Onkel aus dem hohen Norden. Sie machen just in dieser Zeit eine Kreuzfahrt. Haben für diese Reise lange gespart. Und sich so dermaßen darauf gefreut. Wer bin ich, dass ich alten Menschen einen Lebenstraum zerstöre? Ich wünsche den beiden viel Spaß und sie mir eine herrliche Hochzeit. »Geschenk schicken wir«, sagt die Tante und meine kleine Habgierseele ist zufrieden.

Die Krönung der Planung ist meine Hochzeitsüberraschung. Wir feiern zwar in der Nachbarschaft, das Restaurant ist, wie man so schön sagt, fußläufig, aber nach der Hochzeit will ich nun wahrlich nicht daheim übernachten. An einem solchen Tag darf es ruhig ein bisschen mehr sein. Vor allem, weil erst mal keine Hochzeitsreise geplant ist. Wegen der Umstände. Also meiner. Wir wollen fahren, wenn das neue Baby da ist. In aller Ruhe. Nur wir zwei. Die Kinder kommen zu den Schwiegereltern. Und wir – das junge Glück – fliegen irgendwohin, wo es heiß ist. Wenn schon keine Hochzeitsreise, dann zumindest ein kleiner nächtlicher Ausflug. Ich buche eine Suite. Heimlich. Ohne irgendjemand Bescheid zu geben. Nicht irgendeine, sondern die Suite im ›Frankfurter Hof‹. Dem renommiertesten Hotel am Platze. Mit kompletter Hochzeitsdeko. Eine Spezialität des Hauses. Rosenblätter auf dem Bett, Schampus im Silberkübel, Pralinees und Frühstück mit Furz und Feuerstein im Bett. Der Preis kann einem Angst machen, man hofft kurzzeitig auf türkische Lira, weiß es aber im Stillen besser und schluckt die Kröte trotzdem. Ich will eine unvergessliche Nacht. Nach einigen Jahren Beziehung hilft da ein wenig Ambiente sicher auf die Sprünge. Der Manager verspricht mir einen kleinen Rabatt und eine traumhafte Nacht. So wie der Kerl guckt, könnte man fast denken, er sei im Preis inbegriffen.

Jetzt kann es losgehen. Je näher der Termin rückt, umso ruhiger werde ich. Das Kleid ist fertig und sieht gut aus, der Friseur kommt am Morgen ins Haus, und Giovanni, unser Restaurantmann, beteuert immerzu: »Tutto a posto.«

Am Hochzeitsmorgen bin ich dann doch ziemlich aufgeregt. Das Wetter ist klasse. Wir heiraten zwar nicht im Freien, aber nichtsdestotrotz hebt gutes Wetter die allgemeine Stimmung und auch die Fotos vor dem Standesamt sehen dann bestimmt netter aus.

Christoph ist völlig entspannt. Er sieht tatsächlich so aus, als würde er sich freuen. »Natürlich«, sagt er, als ich ihn frage, »ich werde der Mann einer der wunderbarsten Frauen überhaupt. Warum sollte ich mich da nicht freuen?« Wer hat dem denn den Text geschrieben? Das ist ja unglaublich. Kann einen ja fast schon bedenklich stimmen. Schnidt, reiß dich am Riemen, da sagt ein Mann – sehr bald mein Mann – schon mal was umwerfend Schönes und dann ist es auch wieder nichts. Kein Wunder, dass die Männer mittlerweile das Gefühl haben, sie könnten es nie richtig machen. Christoph trägt, dem Anlass entsprechend, dunkelblau. Mit weißem Hemd. Er sieht zum Anbeißen aus. Stattlich und hübsch. Wir küssen uns. Ich beglückwünsche mich zu meiner Wahl und dann kommt auch schon der Friseur. Dieser Mann muss wirklich was tun für sein Geld. Aus meinen Haaren eine Frisur zu machen, ist eine Aufgabe. Ich habe übersichtliches Haar. Dünn. Modell ›Spaghetti‹. Er macht daraus eine Hochsteckfrisur und arbeitet hinten eine Art Haarnest ein, ein Teil, das nicht zu meiner Grundausstattung gehört. Claudia ist nervös. Sie hat, extra für ihren Auftritt beim Standesamt, ein neues Kleid bekommen. Natürlich rosa. Andere Farben sind für sie nicht akzeptabel, da könnte sie glatt die Tochter meiner Freundin Sabine sein. Um 14 Uhr sind wir bereit. Ich frage etwa 44-mal, ob Christoph die Ringe hat (schlichte Modelle übrigens) – er hat – und dann startet das Unternehmen Ehe.

Als wir vor unsere Haustür treten, fährt ein Jaguar vor. Am Steuer mein Bruder. Irrsinn. Ein alter Jaguar E-Type. Wer hätte das gedacht? Ein Jaguar-Cabrio in kräftigem Dunkelgrün. Herrlich geschmückt. Die Motorhaube komplett dekoriert mit beigen Rosen. Als Christoph das Auto sieht, wird er blass.

»Mist, Andrea, also es ist mir sehr peinlich, aber, also ich, ich habe deinen Strauß vergessen. Den Brautstrauß.« Das darf ja wohl nicht wahr sein! Ich habe diesen Mann in den letzten Wochen beinahe täglich daran erinnert, was Passendes zu meinem Kleid zu bestellen. Ohne Schleierkraut. Mehr Anweisungen gab es nicht. Einfach nur schön sollte er sein. Mein Brautstrauß. Und jetzt hat der den Strauß vergessen. Was ist das für ein Omen? Was soll ich werfen? »Eine Hochzeit ohne Brautstrauß ist keine richtige Hochzeit«, fange ich direkt an zu jammern. »Ich kann so nicht heiraten.« Christoph schaut belämmert und mein Bruder, der uns mit Claudia in seinem Auto hinterherfahren wird, findet mich affig. »Ist doch eh nicht praktisch«, versucht er mich zu beruhigen, »ohne Strauß hast du doch wenigstens die Hände frei.« Männerlogik. »Wir besorgen noch einen auf dem Weg zum Standesamt«, sagt Christoph, nimmt mich in den Arm und guckt zerknirscht. Ich beschließe, jetzt keinen riesen Aufstand zu machen, es ist schließlich mein Hochzeitstag. »Einverstanden«, sage ich und ärgere mich trotzdem noch ein ganz bisschen. »Am besten, wir fahren an die Tankstelle, da kaufst du ja gern mal Blumen«, schlage ich vor, um ein wenig Witz in die Situation zu bringen. »Prima, Andrea, so machen wir es«, sagt Christoph und findet meinen Vorschlag wirklich akzeptabel. Ist der wahnsinnig? Glaubt er wirklich, ich würde mit einem Tankstellenstrauß vor den Standesbeamten treten? Auch mein Bruder stimmt zu: »Mehr Zeit haben wir sowieso nicht. Beim Standesamt ist Pünktlichkeit angebracht. Vor allem, wenn man das Brautpaar ist.« Wir haben noch genau 37 Minuten bis zur Trauung. Sind also perfekt in der Zeit. Mehr als zehn Minuten Fahrzeit brauchen wir nicht und mehr als fünf Minuten vorher muss man ja eigentlich nicht da sein. Ich fange an zu rechnen. Es bleiben uns 22 Minuten, um einen adäquaten schönen Brautstrauß zu finden. Jetzt heißt es cool bleiben und schnell und präzise handeln. Große Diskussionen sind nicht drin. »Stefan, du fährst jetzt in die Schweizer Straße. Da holen wir den Strauß. In diesem netten Blumenladen hinten an der Schule. Nicht an der Schillerschule, sondern mehr so an der Freiherr-vom-Stein.« Nur noch 21 Minuten. »Fahr los«, raunze ich. »Ganz wie die Braut befiehlt«, antwortet mein Zukünftiger, der, wie selbstverständlich, am Steuer Platz genommen hat, und gibt Gas.

Das Cabrio ist ein Traum. Obwohl die Außentemperaturen nicht ganz fürs Cabriofahren gemacht sind. Ich meine, wir haben Winter. Aber es sieht einfach besser aus. Was nützt ein Cabrio, wenn das Dach zu ist. Auch mein Haarnest ist etwas irritiert. Ich habe Rutschgefühle am Hinterkopf. Mit beiden Händen stütze ich die mühselige Konstruktion, die immerhin 67 Euro gekostet hat. Und das Haarnest ist nur eine Leihgabe. Wäre schlecht, wenn es während der rasanten Fahrt auf die Straße fliegen würde. Besser ich erfriere. Noch 20 Minuten Luft. Ich ermahne Christoph, an mein Haar zu denken. »Man muss Prioritäten setzen«, lacht er, »Haare oder Brautstrauß.« Na, das geht ja schön los. Noch nicht mal verheiratet und schon die ersten Einschränkungen. Ich umklammere mein Haar und hoffe auf die Friseurkünste. Für 67 Euro sollte mein Kopfputz wenigstens eine kleine Cabriofahrt überstehen. In siebeneinhalb Minuten sind wir am Blumenladen. Unterwegs winken uns wildfremde Menschen zu, hupen, was das Zeug hält, nicht wissend, dass uns der große Schritt ja erst noch bevorsteht. Ich genieße diesen Auftritt. Komme mir königlich vor. Könnte stundenlang so rumfahren und winken.

Der Blumenladen hat zu. Trauerfall in der Familie. Ein Albtraum. Jetzt wird es wirklich eng. Es gibt nur noch einen Blumenladen hier in der Gegend. Einen Blumendiscounter. »Dann holen wir da eben einen Strauß«, schlägt mein pragmatischer Bruder vor. Die ticken wohl nicht richtig. Soll ich etwa mit einem Zehnerpack Tulpen in orange im Standesamt auftreten? Möglichst noch in Zellophan? »Niemals«, entscheide ich. Zur Scheidung gerne, aber nicht zur Hochzeit. Claudia nölt. Sie will lieber auch Cabrio fahren. Ich zische sie an: »Später. Jetzt fährst du schön mit dem Stefan.« Dafür haben wir nun echt keine Zeit. Genau noch 13 Minuten für einen Strauß. Das muss doch machbar sein. Ich könnte mich auf den Bordstein setzen und heulen. Kann in meinem Leben nicht einfach einmal etwas funktionieren? Können wir den Tag nochmal von vorne beginnen? »Andrea, wenn du heiraten willst, sollten wir jetzt zum Standesamt – mit oder ohne Strauß«, redet Christoph auf mich ein. Mein Bruder will auch los. »Ich fahre schon mal vor und beruhige die Sippe«, sagt er, packt die immer noch meckernde Claudia ein und fährt.

Christoph lehnt am Cabrio und schnauft. So als wäre all das meine Schuld. Ich meine, wer hat denn die Blumen vergessen? Dann strahlt er und pickt ein paar Rosen von der Motorhaube. »Passen die nicht perfekt zu deinem Kleid?«, fragt er, drückt sie mir in die Hand und tatsächlich – farblich einwandfrei. Drei dicke cremefarbene Rosen. Ganz hübsch. »Von mir aus«, grummle ich, »da habe ich dann halt noch ein paar Blumen gut, nach der Hochzeit.« Christoph ist sichtlich erleichtert, aus der Nummer raus zu sein. Sieben Minuten vor Trauungsbeginn fahren wir am Standesamt vor. Unterwegs habe ich, artistengleich, mein Strumpfband ausgezogen und um die Blumen gebunden. So habe ich wenigstens keine losen Stängel in der Hand. Und wo das Strumpfband getragen wird, kann bei der Glücksverteilung ja keine besondere Rolle spielen. War eh nur Dekoration. Ich trage keine halterlosen

Strümpfe. Bei meinem Glück rutschen die mir im entscheidenden Moment und baumeln dann um die Waden.

Aber Heike, meine Freundin aus München, hat mir oft genug gesagt, dass man den Spruch, »Something old, something new, Something borrowed, something blue«, beim Heiraten auf jeden Fall beherzigen muss. Als ›something old‹ könnte ich fast gelten, das Kleid ist neu, das Strumpfband geliehen, und weil mir nichts Besseres eingefallen ist, habe ich halt eine blaue Unterhose angezogen.

50 Minuten später ist alles gelaufen. Ich bin verheiratet. Eine ehrenwerte Frau. Habe natürlich auch zwei, drei Tränchen verdrückt und fühle mich toll. Nicht anders als vor zwei Stunden, aber toll. Eindeutig. Die Ringe passen, alle waren ergriffen, vor allem meine Schwiegermutter, die hat geschnüffelt, als hätte jemand eine Spürhundfährte gelegt, und jetzt stehen wir im Reisregen vor dem Standesamt. Mein Haarnest sitzt eine Etage tiefer als gedacht, aber um solche Lappalien kann ich mich im Taumel der Glücksgefühle leider nicht kümmern.

Der Fotograf knipst um sein Leben und jetzt geht's ans große Feiern. Wir trinken in der kalten Winterluft, aber bei herrlichem Sonnenschein, Champagner. Auch ich gönne mir ein Gläschen und bitte das Kleine, in meinem Bauch, um Verständnis. Jeder herzt jeden. Meine Schwiegermutter Inge stammelt immerzu: »Willkommen in der Familie, endlich gehören wir zusammen.« Für manche Menschen ändert eine Hochzeit wirklich einiges. Als wäre ihre Enkelin erst jetzt tatsächlich ihre Enkelin. Heute soll es mir recht sein. Wenn es ihr Freude macht.

Unsere Freunde spannen ein Betttuch, wir müssen mit einer Nagelschere gemeinsam ein Herz rausschneiden und durchsteigen. Anschließend wird noch ein Holzstamm zersägt. Wir lassen keinen noch so doofen Hochzeitsbrauch aus. Daran soll es nun nicht scheitern. Was angeblich Glück bringt, wird gemacht.

Alle loben mein Kleid. Ich glaube, das hier wird eine wahre Volltrefferhochzeit.

Ich werfe meinen improvisierten Brautstrauß, ziele auf Sabine, die schrecklich gerne heiraten würde, aber meine Schwester Birgit drängelt und fängt ihn. Daraufhin schaut ihr Mann doch sehr streng. Kurt, mein Schwager, findet so etwas nicht lustig. »Wie soll ich denn das verstehen?«, herrscht er sie an und alle gucken betreten. »Du musst nichts verstehen«, wehrt sich Birgit ungewohnt deutlich, »das ist ja generell eine Spezialität von dir.« Oh, die scheinen ja prima Stimmung zu haben. Aber immerhin, meine Schwester, ihrem Herrn Gemahl sonst sehr ergeben, zeigt Zeichen von Aufmucken. »Gut so«, will ich rufen, verkneife mir es aber, um die Gesamtlaune nicht zu zerstören.

Dann ist Pause. Großes Ausruhen für die Sause am Abend. Wir brausen mit dem Jaguar – hintendran etwa sechzehn Cola-Light-Büchsen – nach Hause. Christoph lacht, freut sich – ob über die Fahrt mit dem Jaguar oder die Hochzeit, wer weiß? – und zerrt mich zu Hause direkt ins Schlafzimmer. »Dürfte ich meine Frau eben mal schnell vernaschen, wir haben sturmfreie Bude«, schäkert er sich in Stimmung. Claudia ist bei Oma. Ich wäre ja willig, habe aber doch eine gewisse profane Angst um meine Frisur. Vor allem, weil Christoph zu den Männern gehört, die sehr gerne am Kopf rumfummeln, während sie zwei Etagen tiefer am Werke sind. »Mein Haarnest«, lehne ich zögernd ab. »Scheiß drauf«, sagt der da doch glatt, aber das finde ich argumentativ etwas schwach. »Ich stecke dir den Fiffi wieder fest, wenn was rutscht«, bietet er noch an. »Ich kann mit dem Ding nicht liegen, und auf deine Frisierkünste will ich mich heute nun echt nicht verlassen«, kontere ich. »Wer sagt denn, dass du liegen musst?«, knurrt er sanft und wir schieben eine nette kleine Nachmittagsnummer. Ganz unbeschadet übersteht mein Kopf das Ganze nicht, aber nichtsdestotrotz, es war die Frisur wert. »Heb dir noch was für unsere Hochzeitsnacht auf«, ermahne ich ihn zwischendrin und er verspricht mir alles.

Ich trage mein Kleid auch abends. So ein Fummel muss sich ja amortisieren. Kurz bevor wir uns auf den Weg zu Giovanni machen, zieht Christoph ein Päckchen aus der Tasche. Klein und türkis. Tiffany!!!!! Hurra. Ein Ring. Zum Aufstecken vor den Ehering. Rundherum mit kleinen Diamanten. Okay, ziemlich kleine Diamanten. Aber eindeutig Diamanten. Brillis. Es ist ein wunderschöner, geschmackvoller Ring und er hat ihn ohne Anleitung ganz allein ausgesucht. Er passt sogar. Ich könnte heulen, und tue es auch. Vor Glück. Unser Nachmittagsprogramm hat mir nochmal eindeutig klar gemacht, dass meine Wahl perfekt war. Ich habe einen Traum-Ehemann. Die Welt ist mein Freund.

Giovanni hat Wort gehalten und das Essen ist sensationell. Mein Vater hält eine Ansprache, sagt fast mehr Nettigkeiten über mich, als mir selbst eingefallen wären, und ich bin im Rausch. Im Glücksrausch, und das, obwohl ich noch nicht ein Geschenk ausgepackt habe. Um halb drei räumen die letzten das Feld. Ich bin schlagkaputt. Entschuldige mich bei dem Baby nochmal für die drei Gläschen Wein und freue mich auf das teure Leinen im Hotel. Insgeheim bin ich sogar ganz froh, dass wir unsere Hochzeitsnacht schon auf heute Nachmittag vorverlegt haben.

Jetzt wird Christoph überrascht. Suite, wir kommen. Um uns den Abend nicht zu verderben, schlägt Giovanni vor, uns die

Rechnung zu schicken. Wie galant. Ach, diese Italiener sind doch ein feines Volk. Gutes Essen, schöne Männer – manchmal ein wenig klein allerdings – und dazu so liebenswürdig. Christoph will die Rechnungsverzögerung nicht. Er ist kein Kredit- und Ratentyp. »Ich erledige das«, sagt er weltmännisch und schiebt mich schon sanft aus dem Lokal.

Draußen wartet sein Freund Jörn, dem ich vor etwa 15 Minuten schon »Tschüs« gesagt habe. »Was treibst du denn noch hier?«, will ich wissen. »Auf dich warten«, raunzt er und ich muss sagen, das finde ich doch etwas dreist. Nicht, dass mich sein Angebot nicht ehrt, aber direkt nach der Trauung vom fast besten Freund des Ehemanns angemacht zu werden, ist doch eine gewagte Angelegenheit. Jörn wäre durchaus eine winzige Sünde wert, aber heute steht mir nun gar nicht der Sinn danach. »Jörn, melde dich in fünfundzwanzig Jahren nochmal, dann vielleicht«, versuche ich sein Anliegen charmant aus der Welt zu schaffen. Er schaut erstaunt. »Andrea, bist du matt, ich habe einen Auftrag, mehr nicht«, zeigt er sich einigermaßen betroffen. Jetzt bin ich glatt ein wenig enttäuscht. Ich meine, in meinem Zustand, nach einem langen Tag, mit verrutschtem Haarnest, noch von einem durchaus gutaussehenden Mann angemacht zu werden, wäre schon schmeichelhaft gewesen. Andererseits – was wäre das für ein Freund? Er bugsiert mich in seinen Wagen, nicht ohne mir vorher die Augen zu verbinden. »Halt, Jörn, das geht nicht«, protestiere ich. »Ich habe Pläne.« »Andrea, Christoph hat gesagt, ich solle dir keinesfalls zuhören und nichts gelten lassen. Also spare dir jedes Wort.« Jörn ist, behauptet jedenfalls Christoph, extrem zuverlässig und schwer zu überreden. Also füge ich mich brav und gottergeben in mein Schicksal. Vielleicht hat Christoph noch irgendwo ein Geschenk und will mich zum Übergabeort bringen lassen? Oder es geht zum Flughafen und wir fliegen doch in die Flitterwochen? Das muss es sein! Er hat Karibik gebucht.

Sandstrand pur. Hoffentlich hat er daran gedacht, Urlaub einzureichen. Was wird aus Claudia? »Jörn, wo ist Claudia in der Zeit?«, frage ich schnell mal nach. »Bei Oma«, antwortet er einsilbig. Das ist wirklich nett von meiner Mutter. Ich bin regelrecht ergriffen. Hoffentlich hat Christoph mir was Gescheites zum Anziehen eingepackt. Ach, was soll's, man kann zur Not überall was einkaufen.

Wir halten. Jörn zieht mich aus dem Auto und ich finde, es hört sich sogar schon ein bisschen nach Flughafen an. Jetzt packt mich das Reisefieber. Ich sehe zwar mittlerweile wahrscheinlich komplett derangiert aus, aber einer Braut verzeihen die Menschen schnell. Himmel gib, dass er Business Class gebucht hat. Mit meinem Bauch zehn Stunden Holzklasse, das wäre nicht gerade mein Traum. »Jörn, ich hoffe, er hat was Ordentliches gebucht«, wage ich einen neugierigen Vorstoß. »Ja, klar. Hat er, Andrea. Nur vom Besten.« Ich will nicht zuviel reininterpretieren, aber das klingt mir fast nach First Class. Welch ein Wunder. Wo Christoph doch sonst immer sagt, dass das nun wirklich die absolute Verschwendung sei. Lieber fünf Stunden Beinkrämpfe als den doppelten Preis zahlen. »Selbst wenn ich es soooo dicke hätte, das Geld kann man sich sparen«, erzählt er gerne, wenn es um Reiseplanungen geht. Wenn es um einen Flug nach Hamburg geht, kann ich ihm durchaus argumentativ folgen, bei einer längeren Strecke würde mir was Vornehmeres schon gefallen. Komisch, keinerlei Ansagen. Andererseits – um die Zeit normal. Die frühen Maschinen gehen erst gegen fünf Uhr und dazwischen gibt's ja Nachtflugverbot. Ich werde in einen Stuhl gedrückt und muss ausharren. »Wehe, du linst«, knurrt mich Jörn an. Ich gehorche. Dann fahren wir Aufzug. Wahrscheinlich vom Parkhaus zum Terminal. Eine Tür.

Und dann endlich darf ich die Augen öffnen. Ich stehe vor Christoph. Jörn hat sich sekundenschnell verdrückt. »Aber das hier ist ja gar nicht der Flughafen«, schwant mir Böses. »Schatz, was ist denn das für eine Begrüßung?«, schließt mich mein Mann – klingt doll, mein Mann – in die Arme. »Wir sind im ›Kempinski Gravenbruch‹. Von Flughafen war doch nicht die Rede, oder?« Verdammte Scheiße. Da hat dieser Mann mal eine Idee und dann ausgerechnet die, die ich auch hatte »Das geht alles nicht«, stammle ich vor mich hin. Dabei ist das Zimmer hübsch. Ein großes, schönes Doppelzimmer. Allerdings keine Suite. Was mache ich denn jetzt? Ich bin hundemüde, würde mich am liebsten in die Kissen werfen, weiß aber, dass knapp 15 Kilometer entfernt eine palastartige Suite auf uns wartet. Eine Suite für 670 Euro die Nacht. Von der sowieso schon mindestens die Hälfte rum ist. So ein Bockmist. »Schatz, das ist alles wundervoll, aber eigentlich war was anderes geplant«, beginne ich vorsichtig die Lage zu klären. »Bestehst du darauf, daheim zu schlafen, wirst du direkt mit der Heirat zum häuslichen Typ?«, wundert sich Christoph. »Nein, aber im ›Frankfurter Hof‹ ist die Suite gebucht. Von mir. Als Überraschung für dich. Wir müssen direkt wieder los.« Ich hatte Freudenschreie erwartet, aber Christoph ist nur verdattert. »Schnucke, sag ab, es ist süß von dir, aber leider schon arg spät. Ich bin fertig. Lass uns ins Bett gehen und die Suite Suite sein lassen.« Das finde ich jetzt allerdings ziemlich doof. Nicht nur, weil ich im Voraus bezahlt habe. »Die Suite ist viel schöner und größer«, spiele ich meinen Trumpf aus. Ich merke, wie er leicht ärgerlich wird. »Um die Zeit ist mir das wurschtegal, groß hin, groß her. Willst du noch fangen spielen? Hier ist ein prima Bett und da steige ich jedenfalls jetzt rein.« So geht es nun auch nicht. Das, was sich in diesem Zimmer zusammenbraut, riecht verdammt nach erstem Ehekrach. Warum ist meine Überraschung weniger wert als seine? Ein ›Nein‹ ist ja zu verkraften, aber diese kategorische Ablehnung ist nicht annehmbar. Das hier heute Nacht kann eine weichenstellende Sache werden. Wenn ich jetzt sage »Ja, Schatz«, und gehorsam ins Bett krieche, habe ich ja fast schon dauerhaft verloren. So schnell gibt eine Andrea Schnidt, auch eine frisch verheiratete, nicht klein bei. »Ich finde, wir sollten in den ›Frankfurter Hof‹ fahren. Und zwar sofort. Ich will auf Rosen gebettet sein«, gebe ich ihm nochmal die Möglichkeit einzulenken. Ungerührt zieht sich mein Mann aus und schlüpft ins Bett. »Komm schon, sei eine gute Ehefrau«, brummt er und hält die Decke auf. Ich habe offensichtlich einen verkappten Macho geheiratet. Bravo. Glückwunsch, Schnidt, das lässt sich ja teuflisch gut an. »Nichts da«, beharre ich, »ich fahre in den ›Frankfurter Hof‹.« Wer droht, muss handeln. Ich schnappe mein Handtäschchen und knalle die Doppelzimmertür ins Schloss. Er sprintet hinterher und steht unten ohne im Hotelflur. »Andrea, sei vernünftig, das ist doch Quatsch«, schreit er über den Gang. Sei vernünftig! Das hat ja gerade noch gefehlt. So schon gar nicht. Ich springe vor dem Hotel ins erstbeste Taxi und rausche, vom verwunderten Blick des Nachtportiers begleitet, ab.

Auch im ›Frankfurter Hof‹ Erstaunen. »Wir hatten Sie ein wenig früher erwartet, Frau Schnidt«, begrüßt mich der Concierge. »Glückwunsch erst mal«, spricht er weiter und schüttelt mir die Hand. Ich würde sehr gerne schreien: »Sparen Sie sich die Glückwünsche, ich stehe kurz vor der Scheidung«, bewahre aber dann doch Haltung. »Wo ist denn der Herr Gemahl?«, traut sich der Mann am Empfang auf vermintes Terrain. »Kommt später«, muss als Erklärung ausreichen, obwohl ich mittlerweile in solch einer Verfassung bin, dass ich dem, mir bis vor zwei Minuten noch völlig unbekannten Mann am liebsten auf den Schoß klettern und eine Runde ausgiebig heulen würde. Ich bin so blöd. Sackblöd. Was habe ich da für ein Drama aufgeführt? Schließlich wollte Christoph mich auch nur lieb überraschen. Und ich mache, zum Dank, nachts um halb vier einen Aufstand. Ich werde es auf meine Müdigkeit schieben. Und auf die Schwangerschaft. Als ich in die Suite komme, bin ich verzückt. Da kann Christophs mickeriges Doppelzimmer nicht mithalten. Das hier ist wahre Pracht. Stellenweise leicht verblichen, aber dadurch fast noch charmanter. Und das Bett – angestrahlt und mit Rosenblättern über und über bestreut. In diesem Bett haben angeblich schon Bill Clinton und Boris Becker genächtigt. Vielleicht trotz aller Blüten ein Bett, in das man den eigenen Kerl besser nicht lassen sollte. Nicht, dass ein gewisses Besenkammer- oder Oval-Office-Fehlverhalten abfärbt. Und was nützen mir all die Blätter und die Räumlichkeiten ohne Christoph? Nichts. Ich fühle mich mies. Geradezu beschissen. Ich packe ein paar belgische Pralinen ins Handtäschchen und bevor ich das Bett auch nur teste, geht's wieder Richtung Hotelausgang.

Das ist wahre Größe, Schnidt, lobe ich mich selbst, nachts um halb vier ins Taxi steigen und voller Wehmut und sogar mit einem Hauch Reue zum eigenen Mann zurückzufahren. Der Taxifahrer ist sprachlos. Es ist der, der mich von Gravenbruch zum ›Frankfurter Hof‹ gefahren hat. »Isch bin grad hier am Hotel stehegebliebe, es is ja nachts net die Hölle los in Frankfort«, begrüßt er mich. »Gut des Sie noch ema da sin, ich hab im Wache was gefunne un bin net sicher, ob es Ihne ihrs is?« Er hält mein Haarnest in den Händen. Ich nicke und könnte schon wieder weinen. Er merkt, dass ich nicht gerade in Top-Stimmung bin. »Un sin mer en bissi rastlos heut nacht? Wo soll's denn jetzt hingehe, Frolleinche?«, fragt er ganz freundlich. »Zurück, schnell. Nach Gravenbruch. Ins ›Kempinski‹«, stottere ich. »Mer sin schon fast da«, braust er los und erspart mir netterweise jeden Kommentar. Da sag mal einer, die Frankfurter wären gefühllose rohe Stoffel. Von dem Mann könnten sich einige was abgucken. Genau elf Minuten später sind wir da, und als ich zahlen will, sagt er nur: »Lasse

Se stecke. Ne so unglücklich Braut hab ich ja lang net gesehe. Mach hin und bring dein Lebe in Ordnung«, verfällt er ins du. Glück gehabt. Mein Geld hätte eh nicht mehr gelangt. Ich muss diesen Mann fürs Bundesverdienstkreuz vorschlagen. »Danke, wäre ich nicht schon vergeben, könnte ich mich glatt in Sie verlieben«, sage ich und springe aus dem Taxi.

Schnell durch die Lobby gerannt und ab in den Fahrstuhl. Zimmer 504. Ich klopfe. Erst zaghaft, dann heftiger. Keine Reaktion. Wenn Christoph schläft, dann schläft er. Ich bleibe hartnäckig. Bis die Frau aus 503 von gegenüber ihren Kopf aus dem Zimmer streckt. Sie scheint richtig sauer. »It's four o'clock in the morning«, meckert sie mich an, als wäre ich drei und könnte nicht selbstständig die Uhr lesen. »My husband«, versuche ich eine Erklärung, »he is in this room. Wie just married today. And now he sleeps and does not hear me.« Gut, dass mein Englischlehrer dieses Gestammel nicht anhören muss. »I need to sleep and you should ask at the desk, maybe he is ill or dead.« Meine Güte, die ist aber hart drauf. Aber die Idee, unten Bescheid zu sagen, damit sie mir den Raum aufschließen, erscheint clever. Ich sage »Sorry«, und die Gnädigste verschwindet samt ihres sehr hübschen Negligés wieder im Zimmer.

An der Rezeption Ratlosigkeit. »Ihr Mann, ja, der ist weg, vor etwa fünfzehn Minuten. Hat bezahlt und ist weg.« Zwei Bekloppte, ein Gedanke. Dann ist der jetzt garantiert zum ›Frankfurter Hof‹. Aber wenn ich jetzt wieder hinfahre, fährt der wahrscheinlich zur selben Zeit wieder her. Einer muss das ja beenden. Also beschließe ich, vernünftig zu sein, mich hier im Doppelzimmer abzulegen und zu warten, bis er wieder auftaucht. Es kann ihm ja jemand im ›Frankfurter Hof‹ Bescheid geben und dann müsste er doch in spätestens einer halben Stunde wieder hier sein. Ich komme mir sonst noch vor, wie in einer neuen, abgewandelten Variante von ›Hase und Igel‹.

»Wären Sie so nett«, bitte ich den Nachtportier, »im ›Frankfurter Hof‹ anzurufen und meinem Mann ausrichten zu lassen, ich sei hier.« Er ist irritiert. Wen wundert's. Ich würde auch denken, zwei Schizophrene hätten Ausgang. Aber er verspricht, es zu tun. Ohne Rückfragen. Wahrscheinlich müssen die hier nachts noch mit ganz anderen Dingen zurechtkommen. Ich schleppe mich wieder ins Zimmer und lege mich aufs Bett. Das ist das Letzte, woran ich mich in meiner Hochzeitsnacht erinnern kann.

Um halb zehn weckt mich Christoph, indem er die Zimmertür aufschließt. »Wo kommst du denn her?«, frage ich bedröppelt. »Ich bin eingeschlafen – in der Suite«, gesteht er. Ein kleines Rosenblatt in seinem Haar zeigt, dass er die Wahrheit sagt. Als ich nicht in der Suite war, ist Christoph zu uns nach Hause gefahren. Und dann wieder in die Suite. Da hat er sich nur mal probehalber hingelegt und heute Morgen ist er dann völlig verkatert und verknittert aufgewacht.

Wir müssen beide lachen. Was für eine Horrornacht. »Das war die Generalprobe, Andrea, und die muss schief gehen, damit die Premiere klappt.«

Wir frühstücken. Erst im ›Kempinski‹ und dann im ›Frankfurter Hof‹. Man soll ja nichts verschenken.

Das war unsere denkwürdige Hochzeitsnacht. Teuer und nicht die Spur von Sex. Na ja, wir haben schließlich noch ein Leben lang Zeit.

Apropos Zeit. Noch drei Tage bis zur Geburtstagsfeier und ich habe eigentlich noch nichts. Außer einem Geschenkgutschein und richtig ätzender Laune. Wenn die Kinder nach diesem grausigen Ikea-Ausflug im Bett sind, werde ich mit der Planung beginnen. Leider finden die Kinder die Idee mit dem Bett heute so gar nicht gut. Sie machen einen riesen Zirkus.

Mark möchte mit dem neuen, frisch gebadeten Schwert gern nochmal raus zum Angeben und Claudia hat Hunger. Kein Wunder, die Köttbullars hat sie ja im Auto gelassen. Außerdem wollen sie warten, bis Christoph nach Hause kommt. Ich bin kurz davor, einen richtigen Ausraster zu bekommen. Warum taucht niemand auf und erlöst mich? Schnappt diese aufgeputschten Wesen und entfernt sie aus meiner Umgebung. Ich drohe, schimpfe und bekomme Lust, die Kinder bei eBay zu verkaufen. Sollen doch andere sich mal abplagen.

Ich zücke die Digitalkamera und fotografiere die Kinder. Nur mal so. Ich erwische einen Moment, in dem sie recht freundlich aussehen. Wenn man nicht ganz genau hinschaut jedenfalls. Perfekt. Jetzt ab ins Internet. Mal sehen, was die bei eBay von den Kindern halten. Klar weiß ich, dass man eigentlich keine Kinder versteigern darf, will es ja auch nicht wirklich, da ich sie ja genau genommen doch sehr liebe und schon jede Menge Zeit, Geld und Arbeit in die Aufzucht gesteckt habe, aber so rein als Gedankenspiel hat dieser Versuch etwas äußerst Beruhigendes. Fies sein, wenn auch nur im Kopf, ist etwas Schönes. Weil man seine fiesen Seiten so selten ausleben kann. Und es ja eigentlich auch nicht will.

Ich entwerfe, nur so für mich, einen prima Text, in dem nur sehr geübte Eltern verbale Warnschilder entdecken könnten:

Aufgewecktes Geschwisterpaar
(knapp 6 und knapp 3 Jahre),
neugierig und lebhaft,
wissensdurstig und voller Tatendrang
suchen für mehrere Tage freundliches, gut gelauntes Zuhause.
Nervenstärke von Vorteil
Startpreis: EUR 1,00

So könnte es gehen. Allein der Gedanke, dass jemand bereit wäre, meine Kinder zu ersteigern, stimmt mich gleich wesentlich entspannter. Wenn Christoph weiter so macht, kann er den beiden bald Gesellschaft leisten. Nach dem Motto ›Take two, get one free‹. Auch da würde mir sofort ein schöner Begleittext einfallen:

Ehemann, gebraucht, aber durchaus vorzeigbar,
in guter Stellung und mit schickem BMW
sucht neues Zuhause. Braucht regelmäßige warme
Mahlzeiten und Platz für Akten.

Mentale Mütterfreuden der Neuzeit.

Beim Surfen erspähe ich eine umwerfende Handtasche. Das hat jetzt Vorrang. Ich verschiebe den Familienschlussverkauf und widme mich der Tasche. Eine ›Kelly Bag‹. Das Statussymbol der Reichen und Schönen. Ich bin zwar weder reich noch schön, aber falls ich es nochmal werde, hätte ich auf jeden Fall schon mal die passende Handtasche. Mein Objekt der Begierde ist blöderweise kein Geheimtipp. Da sind noch einige mehr da draußen, die gerne wenigstens die Insignien der Macht besitzen würden. Die Tasche liegt schon jetzt bei 273 Euro. Nicht das, was man einen tollen Schnapper nennt. Aber, weiß das nicht jedes Kind, Qualität kostet eben. Auch bei eBay. Ich gebe 303 Euro ein und bin damit momentan die Höchstbietende. Super. Das hebt meine Laune doch sehr. Ich erlaube den Kindern aufzubleiben, bis Papa kommt. Jetzt gilt es, an der Handtasche dranzubleiben. Mit eBay-Auktionen ist es wie mit dem Leben. Nie glauben, man wäre die Nummer eins und hätte es geschafft. Kaum dreht man sich um, hat einen schon jemand anderes überholt. Noch drei Stunden bis Auktionsende. Beim letzten Mal hat mich zwei Minuten vor Schluss ›Hasenpuschel457‹ abgehängt. Mit zwei läppischen Euros überboten. Die Ratte. Von wegen ›Hasenpuschel‹. Klingt so lieb. Ha. Das muss eine absolut gewiefte eBayerin gewesen sein. Hat stillgehalten bis zum Ende und dann, bumms, kommt die aus dem Nichts und schnappt sich das Jil-Sander-Kostüm. In dunkelbraun. Ein Tweedkostüm. Super edles Teil. Bei eBay lernt man hassen. Vor allem, wenn es um ein solches Kostüm geht. Mit dieser Tasche wird mir das nicht passieren. Ich brauche nach dem heutigen Tag dringend ein Erfolgserlebnis. Diese Tasche ist schon so gut wie in meinem Besitz. Wenn ich die Tasche kriege, wird die restliche Woche gut.

Christoph kommt nach Hause. Ich lasse den Computer an und bin relativ entspannt, denn in nur zwei Stunden und 44 Minuten werde ich eine ›Kelly Bag‹ besitzen und von allen Frauen rundherum extrem beneidet werden. Christoph sieht nicht sehr gut gelaunt aus. Warum soll es ihm besser als mir gehen? Mark rennt mit dem Schwert auf seinen Vater zu. »Neu«, brüllt er. Christoph würdigt das Schwert und grummelt so etwas wie: »Hallo allerseits.« Sein Gesichtsausdruck wirkt so, als wolle er mimisch das Gegenteil von Ekstase darstellen.

Ich beschließe, freundlich zu sein. Nicht gleich loszumotzen. Denke an meine Liste und sage: »Na, wie war dein Tag?« Ich ringe mir sogar ein Lächeln ab. »Willst du das wirklich wissen, Andrea?«, fragt er mit drohendem Unterton zurück. Ich mustere ihn gründlich und entscheide mich für »Nein«. Meine Antwort interessiert ihn nicht die Bohne. Er legt los: »Ich habe heute mindestens drei geschlagene Stunden damit verbracht, allen Menschen, die ich kenne, zu erklären, warum meine Frau schwarzfährt.« Ich will nur zu gerne schreien, dass mir das um Klassen lieber gewesen wäre, als Kinderkotze aus den Ritzen der Autositze zu wischen, halte aber einfach meinen Mund. Ich zucke die Achseln und sage nur: »Ich habe noch zu tun.« »So, Madam hat noch zu tun. Aha. Aber wenn es irgendwie geht, Andrea, wäre es sehr nett, du würdest in nächster Zeit nicht mehr S-Bahn fahren. Und wenn möglich, auch nicht im Fernsehen auftreten. Der Langner aus der Kanzlei war nicht besonders amüsiert. Und ausnahmsweise muss ich ihm sogar Recht geben.« Oha, der Doktor Langner, der große Gott der Kanzlei, hat das Wort an meinen Mann gerichtet. Ein Wunder. Und dann ein Rüffel. Welche Schmach. Der arme Christoph.

»Brot und Aufschnitt sind in der Küche, die Kinder essen sicher auch gerne noch eine Kleinigkeit, schönen Abend noch«, beende ich das unerquickliche Gespräch. Der kann mich mal. Der kann mich so dermaßen mal. Ich bin so geladen, dass ich am liebsten ab morgen nur noch schwarzfahren würde. Und vorher jedes Mal noch bei RTL Bescheid sagen würde. Meine Güte, pumpt der sich hier auf. Und nicht den Hauch einer Frage, wie mein Tag war. Diesem ignoranten Typen habe ich heute einen Eins-a-Sessel bestellt. Schön blöd, Schnidt, tadle ich mich selbst und verziehe mich an den Computer. Der Computer steht im Keller. Schön weit weg. Soll er da oben doch sehen, wie er seine Nachkommen ins Bett kriegt. Ich bin raus aus dem Spiel. Jedenfalls bis morgen früh.

Die Handtasche ist in der Zwischenzeit bei 398 Euro. Welche Wahnsinnige war denn das? eBayname ›Superschick‹. Der werde ich es zeigen, der Frau ›Superschick‹. 398 Euro. Das sind ja knapp 800 Mark. Für eine Tasche. Ich zögere. Aber eine ›Kelly Bag‹, eine original ›Kelly Bag‹ kostet sonst um die 4000 Euro. Wenn man denn an eine drankommt. Es gibt sogar Wartelisten. Ich tippe 429 ein, stelle mir das fassungslose Gesicht von ›Superschick‹ vor und drücke auf ›Bieten‹. Yak. Das wird ein sehr fleischarmer Monat.

Ich brauche Nervennahrung und rufe in die Küche: »Kannst du mir eben auch noch zwei Brote schmieren?« Keine Antwort. Bitte sehr. Keine Antwort ist auch eine Antwort.

Dann gehe ich halt selbst. Die Küche ist leer. Nur Butterreste auf der Arbeitsplatte und leergefressene Teller zeigen, dass hier Menschen Nahrung zu sich genommen haben. Ich mache mir drei Brote. Mit Nutella. Dann ein kurzer Blick auf meine Liste:

Ich will:
– mehr Spannung
– mehr Sex
– mehr Anerkennung
– schlankere Schenkel
– prima Stimmung.
Und alles bitte schnell. Ganz schnell.

Kein Sex, keine Anerkennung, von prima Stimmung nicht die Spur, und wenn ich die Nutellabrote noch esse, kann ich mich auch von der Vision schlankerer Schenkel verabschieden. Jedenfalls für heute Abend. Gilt Kinderkotze und Bällebadkacka als spannend? Ich habe gewisse Zweifel.

Aber mein Körper und vor allem mein Gemüt brauchen jetzt diese Brote. Schenkel hin, Schenkel her. Immer noch knapp zwei Stunden bis zum Handtaschenbesitz. Zur Ablenkung gucke ich ein wenig in die Röhre. Selbst das Fernsehprogramm ist trostlos. Christoph trampelt die Treppe runter. Demonstrativ. Er geht in den Keller. Der wird doch wohl nicht an den Computer müssen? Ich laufe panisch hinterher. Er sitzt schon am Schreibtisch. »Das geht jetzt nicht«, sage ich nur, »da bin ich dran.« »Wie bitte«, antwortet er, »eben sitzt du noch vorm Fernseher, aber gleichzeitig bist du am Computer?« »Es ist, also, wegen deines Geburtstags«, lüge ich, denn die ›Kelly Bag‹ geht den nun gar nichts an. »Kriege ich eine Tasche zum Geburtstag?«, fragt er erstaunt. Dummerweise hat er die eBayseite wohl schon entdeckt. »Nein, und sei nicht so neugierig«, lüge ich weiter. Obwohl, das war noch nicht mal gelogen. Ich meine, die Tasche ist ja nun wirklich nicht für ihn. Widerwillig räumt er den Schreibtisch. »Ich muss noch was arbeiten, Andrea, es wäre also nett, wenn ich auch nochmal ran könnte.« Ich verspreche es. In genau 36 Minuten ist die Taschenfrage sowieso geklärt und ich kann später immer noch behaupten, ich hätte den Sessel im Internet bestellt. Falls er überhaupt je fragt.

Mist, ich bin nicht mehr die Höchstbietende. ›Superschick‹ fängt an, mir auf den Nerv zu gehen. Die Tasche liegt mittlerweile bei 470 Euro. »Mehr als fünfhundert Euro wären kompletter Wahnsinn«, setze ich mir eine Grenze und gebe schnell, bevor ein Hauch von Vernunft mein Hirn streifen kann, 498 Euro ein. Uff, jetzt bin ich wieder vorn. Und irgendwo in Deutschland sitzt eine andere Frau und schnaubt. »Ja, Superschick, so schnell hast du mich nicht klein.« Es sieht aus, als wären nur noch wir zwei im Rennen. Die Schlacht um die Tasche geht in die Endrunde. Im Prinzip ist das alles bekloppt. Schlau wäre es, wenn man denn wüsste, wer die andere ist, zu telefonieren und sich zu verständigen und sich nicht gegenseitig in die Pleite zu treiben. Aber die eigene Gier steigt komischerweise proportional zum Begehren der anderen.

Ich habe schon mal Sandalen gekauft, nur weil eine andere Frau sie so gerne haben wollte. Es waren aber die letzten und mir eigentlich eine halbe Nummer zu klein. Trotzdem habe ich zugeschlagen. Manchmal bin ich nicht die Spur großmütig. Ich muss an mir arbeiten. 515 Euro. »Superschick, du Schlange. Schnidt, mach den Computer aus, fünfhundert Euro sind deine absolute Obergrenze.« Andererseits, wegen 15 Euro eine Niederlage einheimsen? Das wäre nun auch zu doof. Wir schaukeln uns herrlich hoch. Bei 587 Euro habe ich feuchte Finger und muss darauf achten, die Tastatur nicht zu fluten. Noch vier Minuten. Ich bin an der Pole-Position. Auch noch eine Minute vorher. Gleich kann ich schreien: »drei – zwei – eins, meins.« Ich habe ›Superschick‹ demoralisiert. Fast tut sie mir Leid, aber im Moment brauche ich diese Tasche sicher dringender. Für meine Psyche. Muss mit dem Verkäufer ausmachen, dass ich nicht ›Kelly Bag‹ oder Handtasche auf die Überweisung schreiben muss. Auf die häusliche Diskussion habe ich nämlich keinerlei Lust. Vielleicht Kinderkleidung? Oder Küchengerät? Da hat Christoph sowieso kaum Ahnung. Was ist denn jetzt? Mein Computer meldet sich. ›Coolman‹ ist momentan der Höchstbietende. Wer ist denn dieses hinterfotzige, raffinierte Stück? Vermutlich auch noch ein Kerl. Was will der denn mit meiner ›Kelly Bag‹? 593 Euro und nur noch wenige Sekunden. Christoph ruft: »Andrea, ich brauche jetzt echt mal den Computer, kann ich?« »Gleich«, schreie ich, »kann jetzt nicht.« Ich gebe 601 Euro ein. Als ich bestätige, ist es aus. ›Coolman‹ hat gewonnen. Am liebsten würde ich zu ›Superschick‹ fahren und mit ihr gemeinsam ein winziges Attentat auf ›Coolman‹ verüben. Das ist nun wirklich mehr als unfair. Der lachende Dritte. Wie subtil und abgebrüht. Was gibt es doch für gemeine Menschen.

Ich räume den Computer und gehe ins Bett. Ohne Abschminken. Hoffentlich ist die Tasche ein hässlicher Fake. Aus Kunstleder. 600 Euro gespart und nicht der kleinste Anflug von Freude. Morgen wird alles anders. Auch ohne ›Kelly Bag‹. Ich habe solche Statussymbole doch gar nicht nötig. »Doch«, ruft es tief in mir und ich schlafe ein.

Tag 4

»Sie denken an den Elternabend heute, ja, Frau Schnidt«, ermahnt mich am nächsten Morgen Claudias Erzieherin im Kindergarten. »An nichts anderes, seit Wochen«, betone ich eifrig und denke: »Auch das noch.« Elternabende gehören nicht zu meinen Lieblingsbeschäftigungen. Vor allem nicht an Tagen wie heute. Mark hat komische Pickel im Gesicht und Claudia motzt, als wäre sie schon in der Pubertät. Christoph hat freundlicherweise heute Morgen relativ normal mit mir gesprochen. Ohne einmal die Worte S-Bahn oder Doktor Langner zu erwähnen. Immerhin.

Ich bestelle das Essen für die Party übermorgen. Bei Giovanni. Seit der Hochzeit unser Haus- und Hofitaliener. »Bissche spät, Andrea amore, wie soll isch schaffe so viel Esse?«, stöhnt er, lässt sich aber erweichen. »Nur du kannst mich retten, Giovanni«, schleime ich mich bei dem Italiener ein. Er ist, wie die meisten Menschen, sehr empfänglich für Schmeicheleien. »Weil bist du«, sagt er, stöhnt zwei-, dreimal und verspricht mir dann, was Feines zu zaubern. Uff. Nachtisch werde ich selbst machen. Spart Geld und ist gut fürs Image. Nächste Station – der Getränkehändler. Er macht einen klitzekleinen S-Bahn-Witz, will aber Bier, Wein und Wasser übermorgen liefern. »Sie sind ja jetzt fast so was wie ein Promi hier«, lacht er zum Abschied. Tolle Prominenz. Wahrscheinlich wird noch bei meiner Grabrede jemand vom Schwarzfahren sprechen.

Wir sollten auswandern. Nicht nur wegen der ärgerlichen kleinen S-Bahn-Geschichte, sondern einfach so. Um Schwung in unser Dasein zu bringen. Ich sitze im Auto und telefoniere mit Christoph. Um ihn daran zu erinnern, dass er rechtzeitig aus dem Büro kommt, um auf seinen Sohn Pustel-Mark aufzupassen. Wegen des Elternabends. Er klingt nicht begeistert. Ich schlage vor, er könne ja zum Elternabend gehen. Nein, er will lieber pünktlich sein. Was er generell davon hält, woanders zu leben, frage ich ihn. »Wie meinst du denn das, willst du schon wieder umziehen?«, fragt er entsetzt zurück. »Na ja«, sinniere ich laut, »wir könnten doch mal ein paar Jahre in Spanien leben oder in Australien.« »Kängurus züchten oder Sonnenschirme vermieten«, ist seine wohl witzig gemeinte Antwort. »Genau«, sage ich und wir beenden das Gespräch. Flexibilität – ein Fremdwort für Christoph. Man wird doch mit dem eigenen Mann mal ein wenig rumspinnen dürfen. Pustekuchen.

Ich muss wieder arbeiten gehen. Dann drehe ich nicht so ab. Ich will raus. Raus aus diesem Reihenhauskonglomerat. Ich rufe nochmal schnell bei Christoph an. »Ich glaube, ich will wieder arbeiten«, komme ich gleich zum Wesentlichen. »Ich will nicht, muss aber jetzt mal was arbeiten«, wird mein Arbeitsbegehren direkt abgewürgt. »Wenn ich heute so früh heimkommen muss, dann sollte ich jetzt mal einen Zahn zulegen.« Gut, dann reden wir eben später darüber.

Ich fahre heim. Immerhin, das Catering für die Überraschungsparty steht. Jetzt brauche ich einen Kaffee. Vielleicht hat eine der Nachbarinnen Zeit, ein kleines Schwätzchen wäre schön.

Bei Anita steht ein Streifenwagen vor der Tür. Polizei. Allerdings ohne Blaulicht. Ist sie auch straffällig geworden? Hat sich ein Beispiel an mir genommen? Oder, o Gott, doch hoffentlich kein Unfall. Ich würde sehr gerne klingeln, traue mich aber nicht. Was, wenn ihr Friedhelm von einem wahnsinnigen Schüler niedergemetzelt wurde und die Polizisten ihr gerade die traurige Nachricht überbringen? Die Arme. Tamara, von schräg gegenüber, lehnt wie zufällig am Zaun und fummelt in ihren Buchsbäumen rum. »Weißt du, was da los ist?«, frage ich aufgeregt. »Irgendwas mit Sprengstoff«, sagt sie, sichtlich froh, jemanden zu haben, dem man den neusten Klatsch mitteilen kann. »Ne Bombe, und du stehst hier so ruhig?« »Die werden uns schon evakuieren, wenn's was Ernstes ist, und du kennst doch Anita, die übertreibt schon mal gerne. Außerdem kommen doch dann diese Männer, die den Sprengstoff entschärfen.« Tamara guckt so viel Fernsehen, die weiß, wovon sie redet. »Sollen wir mal klingeln?«, frage ich Tamara. Zu zweit würde ich mich trauen. »Bist du irre«, schaut sie mich aufgebracht an. »Eine Klingel kann einen Zünder auslösen.« Ich glaube langsam, ich sollte meinen Sohn in Sicherheit bringen. Der, wenn das so weitergeht, bald wie ein lebender Streuselkuchen aussieht.

»Was hat denn der kleine Mark?«, redet Tamara über meinen Sohn, gerade so, als würde er gar nicht hier bei uns stehen. »Keine Ahnung, eine Allergie, Masern, Windpocken, Röteln oder Früh-Akne«, ist meine Antwort. »Oder Hochbegabtenausschlag«, füge ich noch hinzu. Grinsend. Tamara ist beeindruckt. »Ist Mark auch hoch begabt?«, will sie gleich wissen. Ihr Sohn Emil ist nämlich dermaßen begabt, dass er manchmal gar nicht weiß, wohin mit seiner Begabung. Er haut. Wegen der Begabung, meint Tamara. Eine Übersprungshandlung sozusagen. Ich finde ihn einfach latent aggressiv –, aber seit wann verstehe ich was von Hochbegabung? »Heute Mittag gehe ich mit ihm zum Kinderarzt, dann sehen wir weiter«, beende ich das Thema.

Da öffnet sich Anitas Haustür. Zwei Uniformierte kommen raus. Dahinter Anita höchstpersönlich. Sie sieht, jedenfalls aus der Entfernung, nicht verheult aus. Zum Glück. »Alles okay, Anita?«, rufe ich zu ihr rüber. »Geht es Friedhelm gut?« »Dem geht's prima und dir wohl bald auch«, ist ihre etwas merkwürdige Antwort. Die Beamten verabschieden sich, nicht ohne noch einen grinsenden Blick in unsere Richtung zu werfen. Anita zeigt eindeutig auf mich. Will sie mich verkuppeln, hat einer der Beamten Interesse an mir? Die Polizisten steigen in ihr Auto und fahren an Tamara und mir vorbei. Nicht ohne freundlich zu winken. Unsere Freunde und Helfer.

Wir stürmen zu Anita. »Erzähl«, sagt Tamara nur. »Kommt lieber rein«, tut Anita äußerst geheimnisvoll. Anita genießt es, mal voll im Mittelpunkt zu stehen. »Kaffee?«, fragt sie. »Ja, aber erzähl endlich«, bestürmen wir sie. Sie stellt uns drei perfekte Latte macchiato mit Eins-a-Milchschaum auf den Tisch – wer macht heute schon noch schnöden Kaffee? –, setzt sich zu uns und legt endlich los: »Also, heute Morgen klingelt der Paketbote. Ob ich ein Päckchen annehmen könne? Klar. Warum auch nicht? Ich lege es in die Küche. Da, neben die Mikrowelle. Eine halbe Stunde später hole ich den Staubsauger raus und fange an zu saugen.« Sie macht eine große Pause und trinkt einen Schluck. Bis hierher finde ich die Geschichte nur mäßig aufregend. Und noch sehe ich auch keinen Grund, die Polizei zu rufen. Ist ihr der Sauger explodiert? Nein, der steht, sehr gut sichtbar, mitten im Wohnzimmer. »Ja und weiter«, drängeln wir unisono. »Na ja«, sagt sie, »auf einmal höre ich ein komisches Geräusch, so ein Surren. Ich mache den Staubsauger aus und horche. Kein Surren mehr. Staubsauger an – und da ist es wieder. Ich lasse den Sauger an und suche, woher das Geräusch kommt. Aus dem Paket. Eindeutig. Dem Päckchen, das der Paketbote bei mir hinterlegt hat. Ein total komisches Geräusch. Und wenn ich den Staubsauger ausgemacht habe, war's weg.« Tamara ist gefesselt. »Wahnsinn«, sagt sie und ich kann ihre Begeisterung noch nicht ganz teilen. »Und warum kommt die Polizei, wenn's aus Päckchen surrt?«, frage ich vielleicht ein bisschen naiv. Tamara fasst sich an die Stirn. »Sag mal, ist dir nicht klar, was das bedeuten kann? Wenn ein Paket ein Geräusch macht? Ich sage nur Zeitzünder, Sprengstoff. Man soll ja auch keine fremden Päckchen annehmen. Wie in Thailand. Da können Drogen drin sein. Schmuggelware oder eben Dynamit.« Gut, wenn man so überlegt. Man soll heutzutage ja vorsichtig sein. »Für wen war denn das Paket«, erkundige ich mich bei Anita. »Wart's mal ab, du wirst Augen machen«, sagt sie vieldeutig und redet weiter: »Ich mach also schnell den Staubsauger aus und überlege. Dann habe ich den Friedhelm angerufen, aber der war in der Klasse am Unterrichten. Und da habe ich gedacht, wofür gibt's Polizei? Und ich habe mal angerufen, um zu fragen. Die waren total aufgeregt. Fast mehr als ich. Ich solle das Paket in den Garten legen und warten. Weit weg vom Paket. Und auf keinen Fall mehr staubsaugen.« Dass einem die Polizei mal das Staubsaugen verbieten könnte, hätte ich nicht für möglich gehalten. Bisher, wie ich finde, übrigens die lustigste Stelle der Geschichte. »Und dann«, bettelt Tamara förmlich um mehr. Anita räuspert sich. »Dann, es hat nur ungefähr zehn Minuten gedauert, kommt die Polizei. Sie klingeln und ich höre es von ferne im Garten wieder surren. Der eine, dieser Große mit dem Schnauzer, ist todesmutig raus in den Garten, hat sich das Paket geschnappt und leicht geschüttelt. Ich musste in den Keller. ›Bleiben Sie, wo Sie sind, wir werden das Paket öffnen‹, haben sie mir runtergerufen. Ich habe hier am Treppenabgang gehockt. Ich meine, wenn die schon eventuell meinen Garten in die Luft sprengen, dann will ich wenigstens dabei gewesen sein.« »Wie mutig«, sagt Tamara voller Bewunderung. »Und?«, unterbreche ich die andächtige Stimmung, schließlich hat Anita ja kein Kind im Alleingang aus einer Geiselhaft befreit und man muss es mit der Bewunderung ja auch nicht übertreiben. Außerdem sieht der Garten eindeutig aus wie immer. »Was war drin, Anita, ein Pürierstab oder ein Wecker oder was?« »Na ja«, sagt Anita, die durchaus Witz hat,

»eigentlich hat es von beidem was.« Sie steht auf, geht in die Küche und holt das offene Päckchen aus dem Schrank. Mit großer Geste zieht sie den Inhalt hervor. Es ist – ein Vibrator. Ein rosafarbener Vibrator mit einer Art Öhrchen oben dran. Der ›rosa Riesen-Rammler‹. Genau das Modell, von dem Charlotte in ›Sex and the city‹ fast schon abhängig war. Schlagartig wird mir klar, für wen das Päckchen bestimmt ist. Heike, vielen Dank.

Tamara ist fasziniert, vor allem, als sie hört, dass ich der Adressat bin. Mark möchte das Teil direkt zum Spielen. So weit kommt es noch. Wir schicken ihn in den Garten. Ich tue so, als wäre das eine böse Überraschung von Heike, von der ich so gar nichts geahnt habe. »Also, was das soll?«, stammle ich, »was die sich dabei gedacht hat, was soll ich denn mit so was?« Ich erkläre noch schnell, dass Heike, meine Münchner Freundin, lesbisch ist, so als würden Lesben nichts anderes tun als Vibratoren verschicken. Gerade Lesben. »Wenn du ihn nicht willst, ich nehme ihn«, sagt Tamara und guckt keck in die Runde. »Von mir aus gerne«, tue ich großzügig, »ich brauche so was nun wirklich nicht. Bei meinem Christoph.«

Tamara greift sich den Rammler. »Fein«, sagt sie, »ich hatte früher schon mal einen, aber nicht so hübsch. Und der ist schon lange kaputt.« Anita schüttelt leicht angewidert den Kopf. »Ich finde es eklig, so ein Plastikding, widerlich. Ich will mir gar nicht vorstellen, was man damit machen kann.« »Ich schon«, sagt Tamara und will direkt gehen. Mit meinem Rammler. Niemals. »Du, Tamara, sei mir nicht böse, aber ich werde ihn Heike zurückschicken.« »Schade«, seufzt Tamara, »wirklich schade. Ich hole mir auf jeden Fall auch so einen. Wie niedlich. Und wie groß. Man kann auch mit kleinen Dingen viel Spaß haben, aber zur Abwechslung mal so ein enormes Teil, das hätte schon was.« Ich glaube, das soll heißen, ihr Mann Stevie hat einen Winzpimmel. Die Arme. Dafür hat er breite Schultern und rennt ständig ins Fitnessstudio. Alles kann frau wohl nicht haben. Wenn ich die Wahl hätte, würde ich lieber auf ein Stück Schulter verzichten.

Ich bitte die beiden noch, die Geschichte für sich zu behalten, weiß aber schon jetzt, dass das niemals klappen wird. So eine Story ist ein Highlight für jeden schnöden Kaffeeklatsch. Ich wäre auch begeistert und könnte es, ehrlich gesagt, kaum abwarten, diese Geschichte zu verbreiten. Ich mache mir also nur sehr geringe Hoffnung auf Diskretion. Ich packe meinen Sohn, das verräterische Päckchen und verabschiede mich. »Viel Spaß noch«, rufen mir Tamara und Anita hinterher, »du Häschen, du.« Den Spitznamen habe ich jetzt weg. Danke, rosa Rammler. Danke sehr.

Zu Hause rufe ich erst mal den Kinderarzt an und mache einen Termin für meinen Sohn. Er erscheint mir auch ein bisschen warm. Außerdem ist er merkwürdig ruhig. Sehr angenehmer Zustand übrigens. Wie leicht sediert. 38,6 Grad ergibt das Fiebermessen. Kein Grund zur Panik, aber doch mehr als normal. Beim ersten Kind, bei Claudia also, war ich schon bei 37,3 Grad Fieber aufgeregt. Das legt sich. Kinder fiebern schnell. Immerhin ein Erkenntnisgewinn auf dem Gebiet der Aufzucht.

Mark hat keinen Hunger, will nur ein wenig Jogurt und ich kann mir die Mittagskocherei sparen. Ich schaue mir den Rammler mal in Ruhe an. Ein obskures Teil. Hightech-Vibrator steht auf dem Beipackzettel. Mit Fernbedienung. Wozu ein Vibrator eine Fernbedienung braucht, ist mir schleierhaft. Ich werde es aber rausfinden. Heute Abend. Nach dem Elternabend. Ich verstecke meinen neuen Begleiter im Kleiderschrank und kümmere mich ums Haus. Übermorgen ist die Party und da will ich nicht als Oberschlampe des Viertels dastehen. Vor allem nicht vor Christophs Kollegen. Da habe ich meinen Ruf als Schwarzfahrerin eh schon weg. Ich will wenigstens eine gepflegte Schwarzfahrerin mit ordentlichem Haus sein. Ich bewundere Frauen, denen es völlig egal ist, was andere über sie denken. Die inmitten des absoluten Chaos sitzen, Staub und Wollmäuse ignorieren, lesen und ein Tässchen Kaffee trinken. Das ist wahres Selbstbewusstsein. Auch ein Punkt, den ich auf meine Liste setzen müsste: Selbstbewusstsein trainieren. Nicht darauf achten, was andere denken. Eigene Kriterien entwickeln. Zeit für mich selbst finden.

Muss ja nicht jetzt sein. Außerdem kann ich nicht wirklich mit meinem neuen Spielzeug entspannt zu Gange sein, wenn unten auf der Couch ein pusteliges kleines Kerlchen leise jammert. Ich putze die Bäder, sammle auf, was meine Restfamilie einfach fallen lässt – Handtücher, Dreckwäsche, Waschlappen, Klopapierrollen –, und kümmere mich dann in aller Ruhe um Mark.

Ich lese vor, er genießt die immer gleiche Geschichte von ›Bobo Siebenschläfer‹ und wir haben es nett. Mark hat Bücher in rauen Mengen, möchte aber keinerlei Abwechslung. Er liebt die Routine. Immerzu dieselbe Geschichte. Er hat sie so gut abgespeichert, dass ihm jedes falsche Wort von mir sofort auffällt. In der Hinsicht sind Kinder nicht besonders neugierig. Andererseits – wir gehen ja auch sehr gerne ins immer gleiche Restaurant, einfach weil wir wissen, was uns erwartet, und wir es mögen. Gleiches Recht für alle. Und wer krank ist, darf bestimmen.

Hoffentlich wird nicht auch Claudia krank. Meine Kinder haben einen Hang dazu, sich immer wieder gegenseitig anzustecken. So dass man nach ein paar Wochen das Gefühl hat, man sei Krankenpflegerin und nicht Mutter.

Mutter sein ist eine ernste Angelegenheit. Es katapultiert einen direkt in den Erwachsenenkosmos. In einen Bereich, der bestimmt ist von Vernunft, Verantwortungsbewusstsein und nicht enden wollendem Kümmern. Egal, was los ist: Mutti wird's schon richten. Das kann einen, bei allen Mutterfreuden, die ich durchaus kenne und sehr schätze, doch ein wenig mürbe machen. Manchmal würde man gerne einfach aufstehen und gehen. Irgendwo auftanken und dann frisch gestärkt von neuem beginnen. Aber diese Fluchten sind schwer zu bewerkstelligen. Wer soll sich denn kümmern, wenn nicht ich?

Ich bin oft sprachlos, wenn ich diese komplett erfüllten, niemals zweifelnden Mütter sehe. Was haben die, was ich nicht habe? Sind die schlicht pragmatischer und fügen sich bedingungslos in ihr Schicksal oder ist es für sie wirklich das Nonplusultra? Die meisten Frauen reden darüber nicht. Wahrscheinlich zu Recht. Solange man Dinge nicht infrage stellt, darüber nicht nachgrübelt, sind sie in Ordnung. Jedenfalls an der Oberfläche. Als ich bei meiner Mutter das Thema mal angesprochen habe, diese zeitweise Unsicherheit und Ratlosigkeit, war sie fast ein wenig empört. »Du hast dich doch dafür entschieden«, hat sie mich fast schon zurechtgewiesen. »Niemand wird heute gezwungen, Kinder zu haben.« Ja, ich habe mich entschieden, ja, es hat mich niemand gezwungen, aber heißt das, dass man nie mehr zweifeln darf? Ist das der Preis? Zu zweifeln heißt doch nicht automatisch, weniger zu lieben.

Jetzt, hier auf dem Sofa, den heißen, kleinen, rot gepunkteten Mark auf dem Bauch, geht es mir gut. Es gibt keinen Platz, an dem ich momentan lieber wäre.

Wir fahren zum Kindergarten und holen Claudia ab. Sie hat keine Lust, zum Kinderarzt zu gehen, zickt rum und aus lauter Langeweile fängt sie an, ihrem Bruder Horrorgeschichten von riesigen Spritzen zu erzählen. Was für eine kleine Hexe. Ich weise sie zurecht, Mark wimmert vor lauter Angst, will auf keinen Fall zum Arzt und ich würde Claudia sehr gerne an der nächsten Straßenecke einfach aus dem Auto laden. Vor einer halben Stunde wollte ich keinesfalls irgendwo anders sein, jetzt schon. So schnell ändern sich Dinge. Um Claudia ruhig zu stellen, ködere ich sie mit anschließendem Eisdielenbesuch.

Mark hat die Röteln. Nichts Schlimmes, aber teuflisch ansteckend. Wir sollen uns ein wenig fern halten. Gut, dass ich eben nochmal ausgiebig auf dem Sofa mit ihm gekuschelt habe. »Sie sind hoffentlich nicht schwanger, Frau Schnidt?«, fragt mich der Kinderarzt. »Hoffentlich nicht«, sage ich und bin mir reichlich sicher. Bei der Sexfrequenz würde das ja wohl an ein Wunder grenzen. Bei Sex fällt mir gleich wieder mein rosa Rammler ein und ich muss grinsen. An dem Spruch »Vorfreude ist doch die schönste Freude« ist was dran.

Wir genehmigen uns jeder einen fetten Eisbecher: ›Pinocchio‹, ›Biene Maja‹ und ich ein Spaghetti-Eis. Ich liebe Spaghetti-Eis. Mit diesen ganzen Chichi-Eisbechern kann man mich jagen. Bei Eis bin ich tatsächlich eine sehr wertekonservative Person.

Zu Hause spielen die Kinder in trauter Eintracht Lego. Claudia ist reizend zu ihrem Bruder. Rückt ihm richtiggehend auf die Pelle. Ich ermahne. Wegen der Röteln. »Ich will auch Röteln«, sagt sie nur. Bei meinem Glück geht ihr Wunsch sicherlich in Erfüllung.

Christoph hält Wort und kommt früh nach Hause. Wir essen Tiefkühlpizza, er spricht wieder mit mir und sagt nicht einmal S-Bahn oder RTL. Ich lasse den rosa Rammler unerwähnt. Ich wäre auch nicht begeistert, wenn Christoph mir voller Freude von einer Gummipuppe erzählen würde. Obwohl, ganz vergleichbar sind Vibrator und Puppe ja nicht. Ein Vibrator hat ja keinen Körper und kein Gesicht. Vielleicht, weil wir Frauen einfach mehr Fantasie haben. Oder keine Lust, den Lustspender jedes Mal erst aufzupumpen. Neulich haben tatsächlich Männer bei einer Umfrage gesagt, eine Gummipuppe wäre ihnen lieber als eine Frau aus Fleisch und Blut, schon weil die Puppe niemals nörgeln würde. Nur: Macht die Puppe Abendessen, räumt die Puppe auf, wäscht die Puppe die Dreckwäsche? Da sieht man mal, wie weit Männer denken! Eine Gummipuppe als Frauenersatz. Wer kocht denn dann den Tee und macht die Wickel, wenn ihr Kerle mal wieder 36,9 Grad Fieber habt und kurz vor dem sicheren Erkältungstod steht? Die Puppe?

Insgesamt ist es heute Abend friedlich bei uns. Schön.

Um acht beginnt der Elternabend. In unserem Haushalt definitiv Frauensache. Christoph hat gar keinen Drang danach, einen Elternabend zu besuchen. »Du bist in der Materie schlichtweg eingearbeiteter«, ist sein Hauptargument. »Wenn du mal hingehen würdest, wärst du auch schnell drin, in der Materie, und würdest auch die anderen mal kennen lernen«, ist meins. Aber ich kann ihn verstehen. Auf den kleinen Stühlchen den Wohlstandspo platt zu sitzen ist angenehmer, wenn man wenigstens ein, zwei Frauen hat, die man gerne trifft und die garantiert auch kommen. Die, mit denen man ab und an kleine Witzchen reißen und hinterher noch schön irgendwo eine Weinschorle trinken gehen kann. Die meisten Männer auf den Elternabenden sind sowieso merkwürdig. Wenn sie denn schon hingehen, spielen sie gerne den großen Zampano. Kandidieren für den Vorstand, legen neue Regeln fest und tun so staatstragend, als wären sie bei der Vorstandssitzung der Deutschen Bank. Sehr erstaunt bin ich auch immer wieder über die Paare, die sich sogar einen Babysitter engagieren und zu zweit auflaufen. Ist das für die ein solcher Spaß, dass sie sich nicht einigen können, wer hindarf?

Heute geht die Sache einigermaßen flott. Hauptthema: Die baldige Einschulung der Großen. In zwei Wochen steht ein wichtiger Termin an. Dann basteln wir eine Schultüte. Nicht die Kinder, für die ist das doch noch zu schwierig, sondern wir Eltern respektive Mütter. Jeder bekommt eine Einkaufsliste. Die Erzieherinnen haben die Kinder schon befragt und sagen uns, welches Kind welche Tüte will. Meine Tochter möchte eine Feentüte. Keine sehr große Überraschung. Hauptsache rosa. Und die Feentüte ist die einzige, die mit Glitzer, Tüll und Federn dekoriert wird. Die Erzieherinnen haben schon mal probegebastelt. Drei Tüten stehen zur Auswahl: das besagte Feenmodell, eine Rennfahrertüte in Ferrari-Rot und eine Tiertüte, geschmückt mit Hund, Katze, Maus und Hase. Hase. Hmmm. Rosa Rammler, ich komme. Bald. Hoffentlich im doppelten Wortsinn. »Die Feentüte ist ein bisschen komplizierter als die anderen beiden«, warnt die Cheferzieherin und ich habe das Gefühl, sie schaut mich bei diesen Worten besonders gründlich an. »Man wächst mit der Aufgabe«, demonstriere ich meinen guten Willen und sie nickt zufrieden.

Ansonsten alles wie immer. Es geht mal wieder um die Pausenbrote. »Bitte keinen Süßkram«, wird uns erklärt. Jetzt die ersten Definitionsfragen. »Sind Muffins Süßigkeiten?«, will Gisi wissen. Gisi backt nämlich für ihr Leben gern und irgendwer muss die Mengen ja vertilgen. »Na ja, eigentlich schon«, erklärt Susa, eine der Erzieherinnen. So einfach lässt sich eine Gisi nicht abspeisen. »Ich backe aber mit Vollkornmehl und Honig«, triumphiert sie. »Na ja«, lenkt Marion, Chefin der Erzieherinnen ein, »wenn es nicht täglich vorkommt, okay.« Gisi schaut stolz in die Runde. Als hätte sie gerade ein Tarifgespräch, nach nächtelangen Debatten, für sich und die Elterngewerkschaft entschieden. »Was ist mit Jogurt, der ist doch gesund?«, kommt es von Uschi. Jogurt wird problemlos abgenickt. »Der Daniel isst aber keinen Jogurt, nur Fruchtzwerge. Wenn Jogurt geht, geht ja wohl auch ein Fruchtzwerg«, stellt Tina, die Mutter des mit Sicherheit verzogensten Fratzes im gesamten Kindergarten, fest. Daniel ist gerade mal vier Jahre alt, hat aber seine Eltern voll im Griff. Jetzt wird es spannend. Die große Fruchtzwergfrage. Seit Jahren Thema. Schon im ersten Kindergarten, in dem Claudia war, vor unserem Umzug ins Eigenheim, haben wir etliche Minuten unseres Lebens mit unfruchtbaren Fruchtzwergdebatten verbracht. Die Mutter von Kim, Claudias Lieblingsfreundin, Marlen, stößt mir unterm Tisch ans Bein. Sie kennt Tina länger als ich und ahnt, was kommt. Der Kampf der Giganten. Kindergartenchefin gegen Tina. Die Hartnäckigkeit, die ihr bei der Erziehung ihres divenhaften Daniels komplett abgeht, beweist sie hier. Aber Marion ist auch keine, die schnell klein beigibt. »Fruchtzwerge sind, wie schon oft besprochen und erwähnt, wahre Zuckerbomben und deshalb fallen sie unter Süßigkeiten und sind nicht gern gesehen«, verweigert sie Tina und Klein-Daniel das Menschenrecht auf Fruchtzwerge. Endlich kommt hier mal richtig Stimmung auf. Selbst Menschen, die sonst zu gar nichts eine eigene Meinung haben, können zu dem Thema noch was beitragen. »Daniel will aber nichts anderes«, insistiert Tina, »und außerdem, es gibt jetzt welche mit weniger Zucker.« Meine Güte, ist die etwa heimliche Produktmanagerin von Fruchtzwergen oder warum legt die sich so dermaßen ins Zeug? Marion will aber keine Fruchtzwerge in ihrem Kindergarten. »Wenn Daniel Fruchtzwerge hat, sind die anderen neidisch und wollen ihr Vollkornbrot nicht mehr essen. Das muss nicht sein«, weist sie Tina zurecht. »Andere Eltern können doch auch Fruchtzwerge kaufen, wenn ihre Kinder welche wollen«, zetert Tina zurück. Aber die anderen Eltern sind auf Marions Seite. Um sich bei der Kindergartenleitung einzuschleimen oder weil sie wirklich keine Fruchtzwerge wollen – wer weiß. Sich mit Marion gut zu stellen ist wichtig. Schließlich entscheidet Marion maßgeblich über die

Vergabe von Plätzen. Außerdem ist Daniel ein ziemlich unbeliebtes Kind. Das ist zwar nicht nett, aber verständlich. Er zwickt, haut und weiß noch dazu alles besser. Jeder Hautausschlag wäre mir lieber als ein Nachmittag mit Daniel. Immer, wenn mich meine Kinder nerven, versuche ich, an Daniel zu denken. Den Minidiktator. Tina merkt, dass es nicht gut für sie und ihre Fruchtzwerge aussieht. Aber aufgeben, bei einem Thema mit solcher Brisanz, niemals. Sie spielt ihren Trumpf aus. »Ich werde im Gemeinderat das Thema ansprechen und dann werden wir ja sehen.« Marlen und ich sind kurz davor, loszukichern. Aber wir beherrschen uns. Marion hat einen dunkelroten Kopf. Vor Zorn. »Bitte, wie Sie wollen«, quetscht sie sich mit Mühe raus. Das wäre kein Beruf für mich. Ich glaube, ich hätte der längst ein paar geklebt. Morgens verzogene Kinder bei Laune halten und dann abends mit den fast noch schlimmeren Eltern Fruchtzwergdiskussionen führen. Ein Albtraum. Wir notieren noch ein paar Termine, versprechen, bei der Bepflanzung des Gartens Hand anzulegen, und dann ist es geschafft. Marlen will mich überreden, noch ein Gläschen trinken zu gehen, aber ich lehne ab. »Mark ist krank«, sage ich, weil ich schlecht sagen kann, »mein rosa Rammler wartet.« Kranke Kinder werden als Ausrede sofort akzeptiert. Mit ein paar gewöhnlichen Röteln könnte ein Vater zwar sicherlich auch allein fertig werden, aber da Mütter sich generell für unersetzlich halten – und es ja auch sind –, darf ich gehen. Tina schlägt vor, Marlen zu begleiten. Die windet sich, hat aber so schnell keine Ausrede parat. Uff, Glück gehabt. Das hätte mir noch gefehlt. Ein Abend mit Tina. Marlen guckt mich flehend an. Ich sage nur: »Mark«, und mache mich davon.

Christoph sitzt am Computer. Die Kinder schlafen. »War alles ruhig«, gibt er Bescheid. »Kommst du hoch, ins Bett?«, frage ich, aber er schüttelt den Kopf. »Ne, Andrea, ich muss das hier noch wegarbeiten. Ich brauche sicher noch zwei Stunden.« Gut, das war seine Chance. Ich hätte ihn dem Hasen vorgezogen. Bei Christoph weiß ich, was ich habe. Auch wenn ich es selten kriege. Aber wer nicht will, der hat schon. Je nachdem, wie sich der Hase anstellt, könnte das Christophs letzte Chance gewesen sein. »Gut, Schatz«, sage ich, »dann gehe ich schon mal vor.«

Ich schließe die Schlafzimmertür und hole den Hasen aus dem Schrank. Wozu der eine Fernbedienung hat, ist mir schleierhaft. Muss man den nicht in der Hand halten und dirigieren? Auch aus der Gebrauchsanleitung werde ich nicht wirklich klüger. Nur so viel: Es gibt drei Stufen, ähnlich wie beim Mixer. Die Turbostufe sei allerdings nur was für Geübte. Aha. Dann ist es wohl das Beste, mit der Übung zu beginnen. Komm her, du rosa Rammler und raube mir den Verstand. »Ungeahnte Sinnesfreuden«, verspricht die Anleitung und ich hoffe, der Rammler hält, was die Anleitung verspricht.

Ich muss gestehen, der Hase kann was. Mehr als einige meiner früheren Liebhaber. Und er ist durchaus sehr einfühlsam. Ich ahne schnell, wir könnten sehr gute Freunde werden. Es läuft vielversprechend zwischen uns. Vor allem hat der Hase so gar keine Ansprüche. Man muss an niemanden außer sich selbst denken. Auch mal schön. Ego-Sex.

Doch auf einmal legt mein Hase einen erheblichen Zahn zu. Was soll denn das? Hat der doch ein Eigenleben? Der ist ja völlig außer Rand und Band. Von unten höre ich den Fernseher. Ich dachte Christoph wäre am Computer? Was schaltet der denn da den Fernseher ein? Und was will mein Hase? Bin ich ihm zu lahm? Ich werde etwas panisch. Drücke auf die Fernbedienung, um meinen neuen Freund zu bremsen. Wenige Sekunden später ein gigantischer Knall. Eher dumpf, aber laut. Eindeutig von draußen. Irgendwas ist da vor unserem Haus los. Und dann ein Schrei. Christoph. Ich werfe den

Hasen in die Nachttischschublade und stürme die Treppe runter. Etwas ruhiger hatte ich mir die Hasennummer doch vorgestellt. Na ja, vielleicht brauchen wir ein wenig Zeit, um zueinander zu finden.

Unsere Haustür steht offen. Und draußen lamentiert Christoph. Obwohl ich sehr spärlich bekleidet bin, nur mit einem T-Shirt, allerdings einem langen T-Shirt, wage ich mich hinaus und erblicke sofort die Ursache des Geschreis. Das Garagentor hat sich geöffnet und sich in Christophs BMW, der davor parkt, verkeilt. Mir schwant nichts Gutes. Meine Rammler-Fernbedienung und unser Garagentor – gibt's da eventuell einen Zusammenhang?

Christoph ist ratlos. »Diese verdammte Elektronik«, sagt jetzt der Mann, der unbedingt ein elektrisches Garagentor haben wollte und Elektroschnickschnack jeder Art liebt. Ich kann ihm nur zustimmen. Allerdings aus Gründen, von denen er nichts ahnt. Ich werde den Rammler zurückschicken. Verdammte Elektronik. Oder mir einen neuen besorgen. Ohne Fernbedienung. Nur Batterien rein und los.

Wahrscheinlich hat der Rammler auf Turbo umgeschaltet, als Christoph im Wohnzimmer den Fernseher angemacht hat. Scheint sehr sensibel zu sein, die Rammler-Fernbedienung. »Mindestens tausend Euro kostet mich diese Scheiße«, krakeelt Christoph und streichelt die Schnauze des BMWs. »Das zahlt mir doch keine Versicherung, die denken doch, ich hätte einen Knall. Wie kann so was bloß passieren?«

Er ist komplett von der Rolle. Zum Glück hat der BMW nur äußerliche Schäden. Aber das Garagentor ist hin. Es geht nicht mehr zu.

Der Rammler ist raffinierter, als man denkt. Der kämpft wirklich mit allen Bandagen gegen seinen Konkurrenten aus Fleisch und Blut.

Christoph – ein Mann am Boden. Vor allem, weil er sich

das BMW-Unglück so gar nicht erklären kann. Leider muss ich ihn in diesem nebulösen Zustand lassen. Eine Vibratorpanne zu gestehen ist fast schlimmer, als bei RTL im Büßergewand aufzutreten. Das Gute am Garagendilemma: Christoph will nur noch ins Bett. Sicherheitshalber parkt er vorher noch das Auto um. »Wer weiß, was unser Garagentor heute Nacht noch vor hat«, murmelt er.

Christoph wälzt sich die halbe Nacht hin und her. Grummelt was von Fehlschaltung und Universalfernbedienung. »Können zum Mond fliegen, aber keine Fernbedienungen bauen. Die mache ich morgen zur Minna«, ist sein letzter Satz vor dem Einschlafen.

Ich liege noch länger wach und überlege, ob ich der Versicherung die Wahrheit sagen soll. Was schreibe ich dann bloß in den Schadensbericht? »Rammler schaltete sich auf Turbo, weil mein Mann den Fernseher eingeschaltet hat, und ich habe versucht, ihn wieder zu stoppen, und dann ging unser Garagentor auf und der BMW stand davor ...« Das geht nicht. Auf keinen Fall.

Oder, ob der Rammler-Hersteller haftbar zu machen ist? Ich überprüfe, ob Christoph wirklich schläft, und ziehe den Rammler aus der Schublade. ›Made in China‹ steht drauf. Was die Chinesen so alles herstellen. Die neue Wirtschaftsmacht arbeitet tatsächlich mit allen Mitteln, um uns Europäer vom Arbeiten abzuhalten. Sehr tricky.

Tag 5

Am nächsten Morgen läuft alles in geordneten Bahnen. Mark hat trotz seiner Röteln gut geschlafen und nur leichtes Fieber. Glück gehabt. Christoph und Claudia verlassen pünktlich das Haus.

»Heute machen wir es uns gemütlich, nur wir zwei«, verspreche ich meinem Sohn und freue mich auf den Tag. Natürlich muss ich für die große Überraschungsparty morgen noch ein bisschen was vorbereiten, aber bis auf den Nachtisch habe ich ja alles organisiert. Außerdem soll man sich nicht so verrückt machen. Perfektion ist angeblich out. Mousse au chocolat und Kuchen müssen reichen. Das werde ich heute Morgen hinkriegen.

Und heute Nachmittag will Sigrid zu Besuch kommen. Sigrid, die ich bei Marks Entbindung im Krankenhaus kennen gelernt habe. Die mit den wunderschönen Locken und der niedlichen Tochter. Der kleinen Betty. Seit unserem gemeinsamen Krankenhausaufenthalt treffen wir uns regelmäßig. Anfangs war Müsli-Inge auch mit von der Partie, aber das Missionarische war auf Dauer nicht zu ertragen. Und ihr Konstantin fast noch weniger. Sigrid ist in den letzten drei Jahren zu einer richtig guten Freundin geworden, vor allem zu einer, mit der man auch mal Dinge besprechen kann, die sonst eher tabu sind. Männer denken ja oft, Frauen bekakeln alles untereinander. Vor allem die Männer, die ›Sex and the city‹ gesehen haben. Aber ganz so freizügig wie bei Carrie und Co. geht es unter Freundinnen doch nicht zu. Natürlich sagt mal eine, »Mann, geht mir mein Kerl auf den Wecker«, aber über Zweifel und Bettflauten reden die wenigsten, vielleicht weil man im tiefsten Inneren doch gerne gut dasteht und wir Frauen ja auch den Drang haben, niemand mit unseren Problemen zu belatschern.

Mist, ich habe ja den Rötel-Mark im Haus. Netter Frauennachmittag ade. Ich rufe Sigrid an, um abzusagen. Sie findet die Röteln nicht weiter tragisch. »No risk, no fun«, lacht sie und beteuert, heute Mittag vorbeizuschauen. Schon aus Neugier, schließlich habe ich ihr eine Top-Geschichte zum Thema ›Vibrator-Malheur‹ versprochen. »Und ich habe Neues aus der wunderlichen Pubertätswelt zu bieten«, verabschiedet sie sich. Herrlich. Ich liebe Sigrids Pubertätsberichte. Ihre Söhne sind mittlerweile 16 und 18 und besonders der Jüngere liefert wunderbares Klatschmaterial.

Mark und ich backen Kuchen. Hoffentlich springen die Rötelviren nicht in den Teig. Obwohl, das hätte auch sein Schönes: Christophs Kanzlei lahm gelegt von einem knapp Dreijährigen. Aber das Backen bei 180 Grad wird wohl jeden Rötelvirus abtöten. Ich mache Marmorkuchen. Ist nicht spektakulär, wird aber immer gern gegessen. Parallel dazu schmelzen wir Schokolade für die Mousse. Mark amüsiert sich, sieht aus, als hätte er jetzt auch noch Schokopusteln, und wir sind äußerst produktiv. Was meine Küchenfähigkeiten angeht, habe ich mich in den Jahren meiner Beziehung durchaus weiterentwickelt. Standardsachen bekomme ich einigermaßen fehlerfrei hin. Größere Experimente meide ich. Und es ist noch immer so, dass mir die wahre Begeisterung fürs Kochen abgeht. Kann sein, dass es Spaß macht, wenn man einmal die Woche, wie viele Männer es tun, die große Küchensause veranstaltet und aufwändig tolle Gerichte zaubert. Aber dieses tägliche Allerlei ist für mich eher zermürbend. Nicht wirklich anstrengend und dabei langweilig. Wir machen zwei riesige Schalen Mousse. Eine mit weißer Schokolade, eine mit dunkler. Das Schöne an Mousse au Chocolat ist der Sattmachfaktor. Sie ist so massig, dass man einfach nicht viel davon essen kann. Also braucht man auch nicht so viel. Ich bringe die Mousse rüber zu Tamara. Wenn ich das Zeug hier lasse, könnte Christoph Verdacht schöpfen und ich lasse mir meine groß angelegte Überraschung doch nicht von ein bisschen Mousse verderben.

Tamara öffnet kichernd die Haustür. »Na, du Hasenfrau«, begrüßt sie mich. »Hör mir auf mit dem Hasen«, sage ich und sie will sofort detaillierte Berichte. Aber Tamara etwas zu erzählen ist in etwa das Gleiche, wie ein ganzseitiges Inserat in der Bild-Zeitung zu schalten. »Ich hatte noch keine Zeit für den Hasen«, lüge ich und bitte sie, der Mousse bis morgen Asyl zu gewähren. »Kein Problem«, sagt sie und fügt hinzu: »Ich hoffe, ich kann mich fern halten. Die riecht nämlich verdammt lecker.« Tamara ist ein absoluter Genussmensch und ein kleiner Moppel. Aber sehr wohl gerundet. Viel Schenkel, viel Po, aber auch ein immenser Busen. Rubens würde sich spontan in sie verlieben. Tamaras Mann liebt dieses Kurvige. Der fummelt auch in der Öffentlichkeit ständig an seiner Frau rum. Besser so einer, als einen Ehemann wie Anitas Friedhelm. Der beobachtet jeden Bissen, den Anita zu sich nimmt. Als wir neulich gemeinsam Quiche essen wollten, hat der doch, als ich Anita zwei Stückchen auf den Teller geladen habe, glatt gesagt: »Lass mal, Andrea, für Anita gibt's heute keine Quiche. Du weißt ja, die Bikinizeit naht.« Ich war wirklich sprachlos. Wäre das mein Mann gewesen, wäre er's die längste Zeit gewesen. Ich hätte mich getrennt. Sofort. Was nehmen sich diese Männer eigentlich raus? Aber Anita hat nur gequält geguckt, genickt und nachher heimlich, beim Abräumen in der Küche, die Quichereste vertilgt.

Ich trinke einen Kaffee mit Tamara. Und sie hat Neues von ihrem Emil zu erzählen. Dem hoch begabten Emil. Emil ist in der zweiten Klasse, lernt nebenher Französisch und kickt in der Hessenauswahl. Emil ist ein Kind, das einem Angst machen kann. Weil er so dermaßen schlau ist. »Hör mal«, sagt Tamara, »weißt du, was der Emil gestern in der Schule zu seiner Lehrerin gesagt hat, dieser dürren Zippe, der Frau Plotz?« Natürlich weiß ich es nicht. »Keine Ahnung, Tamara«, antworte ich erwartungsgemäß. »Also, er hat diese dünne Person gefragt, ob sie eigentlich auch Brüste hat.« »Und was hat sie geantwortet?«, frage ich. »›Klar, natürlich habe ich Brüste‹, hat sie gesagt und darauf hat Emil, ziemlich gewitzt, wie ich finde, wohl gefragt: ›Wann bringst du die denn mal mit?‹«

Nicht schlecht, der kleine Emil. Und mit einer Mutter, die so bestückt ist wie Tamara, eine durchaus verständliche Frage. Wir schwätzen noch eine Runde und dann muss Tamara kochen. Für ihren Hochbegabten. »Bis morgen, zur Party«, verabschiede ich mich, »und lass die Mousse in Ruhe.« Sie lacht und wir gehen heim.

Alles ist entspannt, bis meine Schwester anruft. Birgit, die sich aber, weil's angeblich schöner klingt, immer Brigitta nennt. Zwischen uns provoziert ihre Namenseitelkeit ein immerwährendes Spiel. Sie sagt »Hallo, hier ist Brigitta«, und ich sage »Hallo, Birgit«. Die Rache der kleinen Schwester. Natürlich etwas kleinlich, aber jahrelange Demütigung fordert ihren Tribut. Birgit hat mich als Kind schön getriezt. Ständig rumkommandiert und erpresst. Und ich war ihr auf eine gewisse Art hörig. Schon, weil Birgits Klassenkameraden für mich natürlich sehr attraktiv waren. Mittlerweile verstehen wir beide uns gut. Solange Birgits Mann Kurt, Mister Besserwisser vom Dienst, nicht dabei ist.

Als ich schwanger war, hat sie sich einen Hund angeschafft. Sie ist mir gerne einen Schritt voraus. Will immer einen Tick mehr. Ein Gleichstand – beide Schwestern mit je zwei Kindern – für Birgit unvorstellbar. Typisch große Schwester eben. Die haben oft so was Ehrgeiziges. Als ich meine Schwangerschaft verkündet habe, hat sie mit der Nachricht aufgetrumpft, »Und wir kaufen einen Hund. Einen ›Golden Retriever‹.« Für Birgit ist ein Tierheimhund nichts. Kam erst gar nicht infrage. Sie hat einen ganz kleinen Dünkel, was Herkunftsfragen angeht. Selbst bei Hunden. »Wer Kinder hat, kann doch nicht irgendeinen Köter ins Haus holen. Wer weiß, was der für Traumata hat. Am Ende verbeißt er sich in die Kinder und dann hat man den Salat.«

Ich habe bis zu den detaillierten Schilderungen meiner Schwester geglaubt, Hundekauf sei ähnlich wie Schuhkauf. Man schaut, welcher passt, sucht aus, nimmt den, der einem am besten gefällt, und bezahlt. Weit gefehlt. Wer denkt, es sei leicht, einen Hund vom Züchter zu bekommen, täuscht sich. Birgit war zu der Zeit ein Nervenbündel. Erst die Suche im Internet. Welcher Züchter erwartet wann welchen Wurf? Dann, Monate bevor der Hund überhaupt geboren wird, das erste Kennenlernen. Eine Art Vorsprechen beim Züchter. Birgits Züchter war aus dem Saarland. Drei Stunden Fahrt, nur um »Guten Tag« zu sagen. Wer, wie meine Schwester, einen der absoluten Modehunde, den Familienklassiker ›Golden Retriever‹ will, muss ähnliche Prozeduren über sich ergehen lassen wie bei der Adoption eines indischen Waisenkindes. Können sie dem Hund ein ordentliches Zuhause bieten? Wie stellen sie sich die Erziehung vor? Wer wird sich um den Hund kümmern? Wie viel Bezugspersonen gibt es? Sind ihre Kinder hundetauglich? Hatten sie je Haustiere? Birgit war nach der ersten Befragung ein Wackelkandidat. Wartelistentauglich. Mehr allerdings nicht. »Ich kann Ihnen nichts versprechen«, hat der Züchter nur gesagt. »Es gibt noch sehr viele andere Bewerber.« Birgit war verunsichert. Sie ist keine Frau, die gerne wartet. »Wo ist bitte das Problem?«, hat sie, so freundlich wie eben möglich, den Züchter gefragt. »Ich bin mir nicht sicher, ob Sie Ihr Leben wirklich voll und ganz dem Hund widmen wollen«, hat der dann allen Ernstes gesagt. Auch Birgit war das doch eine Spur zu viel.

Am nächsten Wochenende ist sie ins Tierheim. Hat sich 37 Hunde angeschaut. 85 Prozent davon waren Kampfhunde. »Das sagt man nicht, da tut man den Tierchen Unrecht«, hat die Tierheimleiterin sie zurechtgewiesen. »Der Hund kann nichts dafür, der Mensch hat ihn zu dem gemacht, was er ist. Diese Hunde sind Opfer und brauchen eine Chance.« Birgit hat, von so viel Pathos ergriffen, genickt und unter dem sanften Druck der Heimleitung sofort für den Tierschutz gespendet. Schon, um sich alle Chancen offen zu halten. Trotzdem wollte sie dem weißen schiefbeinigen Staffordshire, mit dem bezeichnenden Namen Chef, kein neues Heim bieten. »Wenn er einen Maulkorb trägt, ist er völlig ungefährlich«, hat die Leiterin beteuert und dem böse guckenden Tier über den Kopf gestreichelt. »Chef ist wie geschaffen für Sie. Ein Hund mit Charakter, der sich nicht alles bieten lässt. Sie wollen doch ein Wesen mit eigenem Willen. Kein unterwürfigen Wedel-Hund.« Birgit ist standhaft geblieben. Sie hat sich nicht mal getraut, Chef anzufassen, und noch weniger, offen einzugestehen, dass ihr ein etwas unterwürfigeres Exemplar doch lieber wäre. Der dreibeinige Foxterrier, Karlchen, der ihr auf Anhieb gefallen hat, vielleicht auch, weil er kaum Auslauf braucht, war leider nicht kindertauglich. »Er hasst Kinder«, hat die Leiterin mit viel Wehmut in der Stimme erklärt. »Zu Recht. Sie machen ihn nervös. Kein Wunder, dass er da schnappt.« »Hunde sind sowieso bessere Kreaturen als Menschen«, hält die Leiterin meiner Schwester dann noch einen kleinen Vortrag über den Hund an und für sich. »Das Tier ist ehrlich. Und enttäuscht einen nicht«, hat sie Birgit mitgeteilt, »Ich bin nur noch mit Tieren zusammen.« Birgit fand, dass man das auch sehr gut riechen konnte. Nach diesen Erfahrungen im Tierheim hat sich Birgit erneut an den Züchter gewandt.

Fast schon flehend. »Gut«, hat er sich erweichen lassen, »kommen Sie noch mal her. Aber mit Ihrer Familie. Ich muss mir einen Gesamteindruck verschaffen.« Birgit hat die Familie regelrecht vorbereitet. Hat sie genau gebrieft, Antworten trainiert und ist dann, nachdem sie mindestens drei Retriever-Aufzucht-und-Pflege-Bücher gelesen hat, nochmal ins Saarland gerauscht. Der Züchter war, trotz allem, mäßig beeindruckt. »Ihr Sohn ist doch noch arg klein für einen Hund, nicht dass der mein Tier quält«, äußerte er Bedenken. Birgit war kurz davor, aufzugeben oder einen Kanarienvogel zu kaufen.

Doch dann wendete sich das Blatt: Eine, die auf der Welpenliste vor ihr stand, hatte dem Züchter beim Abholen des Welpen gesagt, dass der Hund in den Zwinger käme, um aufs Haus aufzupassen. Der Züchter ist vor Entsetzen fast ins Koma gefallen. Und meine Schwester um einen Platz vorgerückt. Einen entscheidenden Platz. Sie wollte einen Rüden, hat aber eine Hündin bekommen. »Passt besser zu Ihnen«, hat der Züchter entschieden. »Ich verteile die Welpen.« Wenn der wüsste. Birgit ist eine absolute Männerfrau. »Weniger Testosteron ist eigentlich immer besser«, habe ich sie damals getröstet.

Seitdem ist meine Schwester Hundebesitzerin und im Umgang mit dem Hund, den sie Athene getauft hat, fast besorgter als mit ihren Kindern Desdemona und Siegfried. Was einiges heißen will, denn Birgit macht auch ein ziemliches Geschiss um ihre Kinder.

Mit ihrem heutigen Anruf erinnert sie mich daran, dass ich heute als Hundesitterin zugesagt habe. »Du weißt, Andrea, wir müssen zu Kurts Mutter auf den Geburtstag. Athene schläft heute bei euch. Ich bringe sie dir gleich vorbei. Wie besprochen.« Verdammt, das hatte ich vergessen. Aber was soll's. Auf einen mehr im Haus kommt es ja auch nicht an. Ich tue so, als wäre alles klar. »Ich warte schon auf euren Rassehund. Freu mich sehr«, schwindele ich ein wenig. Wenigstens Mark ist über den angekündigten Besuch hoch erfreut. Er liebt den Hund. Wenn wir bei meiner Schwester sind, hockt er stundenlang neben dem Tier und streichelt dran rum. Wenn sein Cousin es ihm erlaubt. Einen Hund zu haben ist ein Top-Trumpf unter Kindern. Kommt wahnsinnig an und ist beim Angeben ungeschlagen. Dass der Hund ohne den strengen Mitbesitzer Siegfried kommt, findet Mark noch toller. Meine Freude hält sich in Grenzen. Der Hund ist nett, aber durchaus anspruchsvoll. Und er haart immens, aber einen Tag werde ich schon überstehen.

Dann gehen Sigrid und ich heute Mittag eben ausgiebig Gassi. Man kann ja auch beim Spazierengehen reden. Und gleichzeitig was für die Figur tun. Nicht, dass Sigrid das nötig hätte, aber mir schadet Bewegung sicher nicht.

Birgit steht schon eine halbe Stunde später vor meiner Haustür. Der Hund, Athene, hat mehr Gepäck als mein Mann für 14 Tage Urlaub. »Soll der für immer bleiben?«, frage ich leicht verwirrt. Meine Schwester runzelt die Stirn. »Quatsch. Das hier ist ihr Futter. Muss vorher eingeweicht werden und dann nach etwa fünfzehn Minuten rührst du ein wenig Hüttenkäse und Ei drunter. Nur das Eigelb. Hüttenkäse habe ich dir mitgebracht. Man weiß ja nie.« Was weiß man nie? Ob ich jederzeit Hüttenkäse im Haus habe oder was? Selbstverständlich nicht. Warum auch? Hüttenkäse ist so ziemlich das geschmacksneutralste Lebensmittel, das ich kenne. Wer mag das schon? Der arme Hund. Solange wir das nicht essen müssen, kann es mir ja egal sein. »Das hier ist ihre Schlafdecke. Ihre Leine und ihr Kuscheltier. Ohne die Decke legt sie sich nicht gerne hin. Ach ja, Andrea, es wäre gut, wenn Athene in eurer Nähe schlafen könnte. Sie braucht das. Da ist sie sehr sensibel.« Ein mahnender Blick meiner Schwester unterstützt ihre Einweisung. »Kein Problem«, nicke ich. »Und noch eins. Eine Kleinigkeit. Athene ist läufig, aber ich habe dir ausreichend Einlagen mitgebracht. Denk dran, regelmäßig wechseln.« Da erst fällt es mir auf. Der Hund trägt, unter seinem goldgelben Fell nur schwer zu erspähen, eine Art Höschen. »Und Andrea, gib auf die Rüden Acht. Nicht, dass mir Athene eine unliebsame Überraschung mit nach Hause bringt«, kichert sie zum Abschied. Ich schwöre, mich persönlich jedem aufdringlichen Rüden in den Weg zu werfen, und endlich fährt meine Schwester ab. »Uff«, sage ich zum Hund, »die wären wir los. Komm rein, du haariges Etwas.«

Zur Begrüßung bekommt Athene erst mal ein paar Stückchen Fleischwurst. Meine Schwester wundert sich immer, warum der Hund so heiß auf mich ist, aber weder der Hund noch ich haben unser kleines Fleischwurstgeheimnis je gelüftet. Immer nur Hüttenkäse und Trockenfutter, das würde mir auch nicht gefallen. So gesund und diszipliniert. Wie meine Schwester. Die hat auch nie Figurprobleme. »Ich achte auf das, was ich esse. Schließlich möchte ich meine Figur halten«, sagt sie oft und ungefragt. Besonders oft mir, die ich mich beim Thema Essen noch nie sonderlich gut im Griff hatte. Abends vor dem Fernseher ›nascht‹ Birgit Kohlrabi. Mehr muss man zu dem Thema ja wohl nicht sagen. Wenn die wüsste, dass ich heimlich ihre geliebte Athene mäste, würde sie durchdrehen. Aber das Schöne am Hund: Der verpetzt mich nicht.

Athene und Rötel-Mark setzen sich ins Wohnzimmer. »Darf ich sie mit in mein Zimmer nehmen?«, fragt er mich. »Wenn es denn sein muss«, antworte ich und sage nur: »Sei lieb mit ihr.« »Ja, Mama«, antwortet mein Sohn. Welch ein schöner kleiner Satz: »Ja, Mama.«

Ich nutze die freie Zeit, um mit Heike zu telefonieren. Sie ist sehr beeindruckt, welche Abenteuer mir ihr kleines Geschenkpäckchen verschafft hat. »Tut mir Leid mit dem BMW, aber die Verkäuferin hat mir den Rammler wärmstens empfohlen. Ich hab's ja persönlich nicht so mit diesem phallischen Kram und habe mich deshalb auf ihr Urteil verlassen. Die Fernbedienung ist der Knüller, hat die behauptet. Und die verkauft den ganzen Tag so einen Krempel. Also wirklich, Andrea, Entschuldigung.« Ich verzeihe sofort. War ja gut gemeint und die Absicht ist das, was zählt. Auch Heike will morgen zu Christophs großer Überraschungsparty kommen. Fein. Das ist doch eine wirkliche Überraschung. Sie verspricht, den rosa Rammler dann diskret mitzunehmen und mir rasch Ersatz zu schicken. Ich gestehe, dass er schon ein ganz klein wenig gebraucht ist, aber sie sagt, das sei kein Problem. Die Dinger sind doch waschbar. Zum Schluss des Gesprächs fragt sie mich, ob es okay sei, wenn sie jemanden mitbrächte. »Hast du eine Freundin?«, frage ich aufgeregt. Na endlich. Das wird ja mal Zeit. »Du wirst schon sehen«, sagt sie nur, »bis morgen.« Ich würde mich so freuen, wenn es bei Heike endlich mal geschnackelt hätte. Die ist wählerischer als jede Hetero-Frau, die ich kenne. »Liegt an der mangelnden Auswahl«, sagt sie, wenn ich ihr das vorhalte. »Ihr Heten-Frauen könnt doch aus einem viel größeren Pool aussuchen. Lesben gibt's nun mal nicht wie Sand am Meer. Und noch dazu langt es ja nicht, die gleiche sexuelle Präferenz zu haben. Sie sollte mir schon auch gefallen.« Das ist ein bisschen untertrieben. Heikes Anspruchsprofil ist sehr klar gesteckt: gutes Aussehen, kurzes blondes, gerne weißblondes Haar, aber keinesfalls zu burschikos, gute Figur, schlank, aber mit möglichst viel Busen und noch dazu mit einem Giga-Intelligenzquotienten. Ach ja, und ohne Humor geht natürlich überhaupt nichts. Und CSU-Tussen mag sie auch nicht.

Sigrid kommt schon um halb drei. Ihre Betty im Schlepptau. Das Kind ist wirklich bildschön, fast wie gemalt. Wilde Korkenzieherlocken wie die Mutter, riesige Kulleraugen und dazu ein einnehmendes Wesen. Ich habe Betty noch nie richtig motzig gesehen. Ein Wunderkind. »Was gibst du der, damit die so entspannt ist?«, habe ich Sigrid schon oft gefragt. »Reiner Glückstreffer, der Ausgleich für meine Jungs. Die Belohnung dafür, dass ich gleich zwei Kerle großgezogen habe. Gott ist manchmal doch gerecht.« Ich hoffe inständig, dass sie Recht hat, denn dann hätte ich bei Gott auch was gut. Nach dem S-Bahn-Erlebnis und dem Vibrator-Desaster wäre eine kleine Belohnung durchaus angebracht.

Wir beschließen, Claudia zu Fuß abzuholen. Mit Hund. Als wir den halben Weg hinter uns haben und sich Athene einen Grünstreifen sucht, um zu erledigen, was Hunde nun mal zu erledigen haben, dämmert es mir. Leider ein paar Sekunden zu spät. »Sie hat ihr Höschen noch an«, schreie ich, rase auf Athene zu, aber es ist schon zu spät. Der Hund hat sich in die Hose gemacht. Was mache ich denn jetzt mit diesem zugeschissenen Hund? Es quillt überall raus. Ein Hundehöschen ist leider keine Windel. Es ist eher eine Art String mit Slipeinlage und einem durchschnittlichen Hundehaufen nicht gewachsen. Nicht annähernd. Betty und Mark brüllen beide »Igitt« und ich würde den Hund am liebsten da lassen, wo er ist. Ich wühle in meinen Taschen, finde zwei ziemlich zerknüllte Papiertaschentücher und mache mich an die Hundesäuberung. Der Hund denkt, es gäbe eine Extra-Streicheleinheit und wedelt wie bekloppt mit dem Schwanz. Fantastisch, so verteilt sich alles schön großflächig. Warum hat meine Schwester keinen Yorkshire-Terrier? Da hätte ich mit meinem Minimal-Equipment, also den zwei Tempos, durchaus noch eine Chance. So ist das Ganze eine einzige, gigantische Schweinerei. Der Hund hat alles im Fell hängen und ich könnte mal wieder heulen. Meine Güte, wohin jetzt mit den Tempos? Nie sind Mülleimer da, wenn man sie braucht. Sigrid steht am Straßenrand und lacht und lacht. Na immerhin – eine hat hier wenigstens ihren Spaß. »Halt bitte mal den Hund, damit ich untenrum noch wischen kann«, bitte ich sie. Sie schüttelt ihre Mähne. »Andrea, lass doch. Das machen wir nachher.« Einverstanden, wahrscheinlich auch die vernünftigste Lösung, aber wohin mit dem Hundehöschen und den Taschentüchern? Ich kann diese delikate Sammlung ja schlecht in die Handtasche tun. Ich entscheide mich, alles einfach liegen zu lassen. Es ist zu eklig. Ich kann doch nicht mit dem verkackten Höschen in der Hand im Kindergarten auflaufen, vor allem nicht nach meinem S-Bahn-Fernsehauftritt. Andererseits, heißt es nicht, ist der Ruf erst ruiniert, lebt sich's völlig ungeniert? Ich lasse es liegen. Es stinkt zu erbärmlich.

Ich hole Claudia ab. Der Rest der Truppe und der Kack-Hund warten sicherheitshalber draußen. Gleich werde ich nochmal angehalten, nächste Woche den Gartentermin nicht zu vergessen, und schnorre mir noch eine Plastiktüte. Damit kann ich auf dem Heimweg das Höschen wieder einsammeln.

Aber das Höschen ist weg. Wie weit gehen die Menschen heutzutage? Nehmen die alles mit, was nicht niet- und nagelfest ist? Selbst ein verkacktes Hundeunterhöschen? Nur die Taschentücher liegen noch da. Ich bin fassungslos, stecke aber die Tempos in die Tüte, um wenigstens meinen guten Willen zu demonstrieren.

Die bizarre Höschenklau-Geschichte klärt sich auf, als wir Frau Jürgens treffen. Angeblich sehr weitläufig mit Udo Jürgens verwandt. Sie wohnt einen Block weiter und ist im Ort bekannt. Schon wegen ihres Hundes. Ein äußerst stattlicher Schäferhund, vor dem die Gesamtbevölkerung enormen Respekt hat. Obwohl er noch nie auffällig geworden ist. Aber er sieht einfach Furcht erregend aus. Vor allem, weil ihn Frau Jürgens immer sehr kurz und knapp an der Leine hält und stets schon von ferne ruft: »Nicht anfassen. Das mag der Rex gar nicht.« So, als wäre die Nation erpicht darauf, Rex zu tätscheln. Trotzdem: Immer noch besser als die Kategorie Hundebesitzer, die, wenn ihr kalbartiges Vieh auf einen losstürmt, schreit, »der will nur spielen.« Neulich hat doch jemand sogar gerufen, »normalerweise macht der nichts.« Was ist denn normalerweise? Und wann ist normalerweise?

Frau Jürgens jedenfalls ist voll aus dem Häuschen. »Stellen Sie sich mal vor, Frau Schnidt, der Rex, also was der mir heute angeschleppt hat, so was Widerliches, eine Unterhose. Eine ganz merkwürdige. Zum seitlich Öffnen. Mit Clip-Verschluss. Und ich traue es mich kaum zu sagen, mit Slipeinlage und allem. Dazu noch vollgeschissen.« Die letzten Worte flüstert sie fast und schüttelt voller Entsetzten ihre Minipliöckchen. Ich glaube, sie gehört zu den letzten Menschen, die überhaupt noch eine Dauerwelle tragen. Und während sie noch ihre Löckchen schwingt, passiert es. Rex reißt sich los und stürzt auf Athene. »Sie ist läufig«, kreische ich los, unterschätze aber Rex' Hormonzustand. Von zwei aufgeregten Frauen lässt sich ein geiler Schäferhund nicht in die Schranken weisen. Frau Jürgens zerrt, ich zerre in die andere Richtung, aber Rex weiß sehr genau, wo er hinwill. Zum Glück scheint er nicht Athenes Typ zu sein. Sie will sich nicht einfach so bespringen lassen und ich kann sie sehr gut verstehen. Zuvor ein wenig Konversation oder ein zartes Beschnüffeln ist ja wohl nicht zu viel verlangt. Oder wenigstens ein klitzekleiner Spaziergang. Athene ist kein leichtes Mädchen. Sie schnappt. So habe ich das friedliche Tier noch nie gesehen. Sie wehrt sich und kneift das zusammen, was Rex bespringen will. »Frau Schnidt, wie können sie nur mit so einem Hund aus dem Haus gehen?«, herrscht mich die Jürgens an. »Wer hat sich denn hier nicht im Griff, ihr Hund oder meiner?«, frage ich nach und bin froh, dass es die Jürgens geschafft hat, ihren Rex auf die andere Straßenseite zu ziehen. Ob das der Wunschpartner meiner Schwester für ihre Athene gewesen wäre? Ich habe meine Zweifel.

Rex hechelt erbärmlich. Bitter, so kurz vor dem Ziel aus der Kurve geworfen zu werden. Er leckt sich die Wunden. Athene schüttelt majestätisch ihr Fell und genießt ihren Sieg sichtlich. Die arme Jürgens. So wie sich ihr Rex auf Athene abgemüht hat, wird der sicher sehr lecker aussehen. Schließlich war Athene nach der Unterhosenpanne noch nicht wirklich gesäubert. Das kommt davon, denke ich. Ungefragt drauf kann Ärger machen. Jetzt aber nichts wie weg von der Jürgens und ihrem hormongesteuerten Rex. Sonst zählt die nachher eins und eins zusammen und ahnt, von wem das aparte Unterhöschen mit Slipeinlage war. Gut, dass es die DNA-Tests für Hundescheiße noch nicht gibt. Hat ja ernsthaft mal einer vorgeschlagen. Um die Besitzer der Tretminen eindeutig dingfest zu machen. Bisher fand ich die Idee immer nicht schlecht. So schnell kann man die Seiten wechseln.

Wir spritzen Athene im Garten mit dem Schlauch ab. So kommt der Hund mir nicht ins Haus. Ich möchte morgen bei der Party nicht in irgendwelchen Ecken Kackreste finden, möglichst noch am Anzug von Dr. Langner. Die Kinder haben einen irren Spaß an der Hundeduschaktion. Athene ist weniger begeistert. Sie hat ihren Schwanz komplett unter den Körper geklemmt. Er guckt vorne am Bauch wieder raus. Sie zittert. Die Arme. Ich shampooniere den ganzen Hund ein. Wenn schon Wäsche, dann mit allem. Weil ich doch etwas Mitleid mit dem Tier habe, nehme ich das Kindershampoo für empfindliches Haar. Brennt garantiert nicht in den Augen. Die Spülung hinterher erspare ich Athene. Was schert es den Hund, ob das Fell besonders leicht kämmbar ist und einen einzigartigen seidigen Glanz bekommt. Kinder und Hund bleiben im Garten. »Bis die Töle restlos getrocknet ist, bleibt die draußen«, entscheide ich rigoros. Mark ist so gut wie fieberfrei, also wird ihm die frische Luft auch nicht schaden.

Meine Schwester ruft an, ob es dem Hund auch gut gehe. »Glänzend«, lüge ich, »der ist wie neu.« Was wiederum ja nicht ganz falsch ist. Sie ist beruhigt und will sich dann heute Abend nochmal melden. »Tu, was du nicht lassen kannst«, sage ich leicht genervt und lege auf. Sigrid und ich kommen erst jetzt dazu, die neusten Neuigkeiten auszutauschen. »Wahnsinn«, sagt sie nur, als ich ihr von RTL und dem Vibrator-Unfall erzähle. »Kann ich den mal sehen?«, fragt sie gleich neugierig. »Klar«, sage ich und wir schleichen uns hoch ins Schlafzimmer. Ich zeige meinen Rammler, den Garagentorrambo, und verbiete ihr, die Fernbedienung auch nur in die Hand zu nehmen.

Sie erzählt mir, unter dem Siegel der absoluten Verschwiegenheit, dass sie mal einen Delfin hatte und damit recht zufrieden war. Ihr ist der Spaß am Delfin allerdings ein wenig vergangen, als sie ihn bei einer Sicherheitskontrolle am Frankfurter Flughafen, vor den Augen neugieriger Anzugträger, auspacken und dann auch noch anstellen musste. »Das war so demütigend«, erinnert sie sich. »Wie die geglotzt haben und der Typ vom Sicherheitsdienst, so ein Schmierlappenkerl, hat den Delfin ständig an- und ausgestellt. Ich glaube, so amüsiert hatten die sich lange nicht. Ich bin dunkelrot angelaufen und dabei wollte ich auf meiner kleinen Geschäftsreise abends nur ein wenig Spaß haben.« »Wie konntest du den denn auch ins Handgepäck tun, den Delfin? War das nicht ein bisschen unvorsichtig?«, frage ich. »Na ja, ich hatte nur Handgepäck für die zwei Tage und außerdem hatte ich den Delfin in den Kulturbeutel gesteckt, nachdem ich ihn vorher nochmal in Folie eingeschlagen hatte. Alufolie. Ich dachte, das hilft. Hat allerdings eher das Gegenteil bewirkt. Man lernt nie aus. Außerdem, wer ahnt denn, dass die dermaßen indiskret sind?

Die haben meinen gesamten Kulturbeutelinhalt ausgeräumt. Tampons, Rasierer, Pinzette, meine Schilddrüsenhormone – einfach alles. Und dann haben die den ganzen Kram, wie zur Ansicht für die tumben Geschäftsfritzen, liegen gelassen. Es war das Grauen. Die Tampons ›extra stark‹ lagen kreuz und quer.« Ich kann es mir sehr gut vorstellen. Es muss ein ähnliches Gefühl gewesen sein wie in der S-Bahn. »Wie schrecklich«, zeige ich Einfühlungsvermögen, »man wird bloßgestellt und fühlt sich wehrlos.« »Genau«, bestätigt sie meinen Gedanken, »und dann die Krönung. Im Flieger sitzt einer von den Hauptglotzern neben mir und legt mir beim Start die Hand aufs Knie. Widerlich. Und dann, als ich sie wegschieben will, sagt der doch: ›Wenn Sie mal ein richtiges Tier im Bett wollen, nehmen Sie mich. Statt Ihres Delfins.‹ Ich hätte kotzen können. Am allerliebsten hätte ich dem auch noch hässlichen Kerl ein paar runtergehauen, aber ich habe mich nicht getraut. Stattdessen habe ich die Flugbegleiterin nach einem anderen Platz gefragt und ihr sehr laut mein Problem geschildert. War aber alles ausgebucht. Da ist eine ältere Frau, zwei Reihen vor mir, aufgestanden und hat gesagt: ›Kommen Sie, ich tausche mit Ihnen. Bei mir haben sich die meisten sehr gut unter Kontrolle. In meinem Alter ist man für diese Grabscher unsichtbar.‹ Und tatsächlich steht sie auf und tauscht den Platz mit mir. Ich muss sagen, das war sensationell. So hat jeder im Flieger mitbekommen, neben was für einer Spezies Mann ich sitze. Einen derartigen Solidaritätsakt hätte ich nicht erwartet. Und der Typ, ich sage dir, der wäre am liebsten ins Handgepäckfach gekrochen. Vor allem, als spontan einige applaudiert haben. So schnell haut der seine ungepflegte Pranke auf kein Frauenknie mehr. Und auch einigen anderen war das sicherlich eine Lehre.

Übrigens, um mal was Erfreuliches zu berichten. Arne ist verliebt. Und wie«, wechselt sie das Thema. Arne ist der jüngere von Sigrids Söhnen. Arne kifft gerne, macht sich wenig aus der Schule, geht nur ab und an hin und will Schauspieler werden. »Andrea, der ist wie neu, der Kleine. Den würdest du gar nicht erkennen. Er duscht ständig, geradezu zwanghaft, zieht von sich aus frische Wäsche an und geht zur Schule. Täglich. Und das ohne Aufforderung meinerseits. Nur, weil seine Angebetete in seiner Klasse ist. Ich hoffe sehr, sie erhört ihn. Denn ob der sonst dieses Disziplinprogramm lange durchhält, ist zweifelhaft. Außerdem macht sein Bruder Druck. Weil Arne noch nie Sex hatte. Er redet seinen Bruder nur noch mit ›Jungfrau‹ an. Und erzählt von morgens bis abends ungefragt seine Fickerlebnisse. Entschuldige das Wort, aber so reden die Jungs. Auf die Dauer färbt das ab.«

Ist doch schön, wenn der Junge zu dem Thema so viel zu erzählen hat. Bei mir wäre da momentan nicht viel zu holen. Das bisschen Sex kann man wirklich nicht als Fickerlebnisse bezeichnen. Wäre nun echt maßlos übertrieben. »Ich wollte, ich hätte zu dem Thema auch mehr zu sagen«, vertraue ich mich Sigrid an. »Wem sagst du das, ich erinnere mich kaum mehr, wie es geht«, stöhnt sie, »und wenn man dann mal aus der Übung ist, ist es sauschwer, wieder in Schwung zu kommen.« Was bin ich froh. Man hat ja manchmal das Gefühl, man wäre weltweit die einzige Frau, deren Mann heftige Anzeichen von Lustlosigkeit zeigt. Nicht, dass ich Sigrid keinen herrlichen Sex gönnen würde, aber es ist doch sehr tröstlich, nicht allein zu sein. »Ich kenne viele, bei denen die Frauen wollen und die Männer abgeschlafft ins Bett fallen und sofort Wegratzen«, fügt sie noch an. Eine Lösung weiß sie auch nicht. Paartherapeuten empfehlen, sich neu kennen zu lernen und es einfach mal wieder zu tun. Leicht gesagt. Man möchte ja auch nicht beim eigenen Mann um einen kleinen Beischlaf betteln. So nötig hat man es ja dann auch nicht. Oder doch? Aber keine Lust, es zuzugeben. Und so weit, dass man auf Almosen angewiesen wäre, ist es auch noch nicht. Sigrid kichert. »Als ich das letzte Mal Anwandlungen hatte, habe ich mir rattenscharfe Unterwäsche gekauft. Im Outlet. Von La Perla. Rotschwarz mit Spitze und Strapsen. Hundertdreißig Euro. Und so habe ich den Walter abends empfangen. Mit nichts als den schwarz-roten Winzteilen am Körper. Die Jungs waren aus und Betty im Bett. Also perfektes Timing. Ich hatte einen Teller mit Meeresfrüchten vorbereitet und eine Flasche Sekt kalt gestellt. Um die Sache in Schwung zu bringen. Man sagt Meeresfrüchten ja unglaubliches nach.« »Und«, frage ich, »wie ist es gelaufen?« »Ernüchternd«, sagt sie, »reichlich ernüchternd. Walter hat mich gesehen, eine Augenbraue hochgezogen und gesagt, ›was läufst du denn so nackig rum? Du weißt doch, wie schnell du es an der Blase bekommst. Zieh dir mal besser was drüber.‹ Dann hat er sich die Meeresfrüchte reingehauen und gefragt, ob es noch was Richtiges zu essen gäbe.« »Das war's? Oh, Mist«, bin ich entsetzt.

Ich erzähle Sigrid, was Sabine, meine Freundin, zu dem Thema gesagt hat. Die war nämlich total konsterniert, als ich ihr gebeichtet habe, dass im Bett nicht mehr viel läuft. Sabine hält vier- bis fünfmal Sex in der Woche für normal und wechselt auch gerne mal den Partner. Dann hat sie den Sex in einer langen Beziehung mit Kantinenessen verglichen. Und da habe ich damals gedacht, »stimmt, da ist was dran«, allerdings ist Kantinenessen ja auch nicht nur schlecht. Du weißt, was es gibt. Kennst es und weißt, wie du es genießen kannst. Weißt, was dir schmeckt. Und du musst nicht um jedes Essen ein Riesengedöns machen. Es kann auch mal schnell gehen. Ohne Vor- und Nachspeise. Das ist doch auch ein Vorteil. Außerdem hat man nicht mehr den zwanghaften Drang, in jeder öffentlichen Toilette übereinander herzufallen, man hat ja ein Zuhause. »Na ja, wenn man es so sieht«, seufzt Sigrid, »da ist natürlich was dran. Und fünfmal die Woche, das würde mich auch nerven.

Man hat ja auch noch anderes zu tun.« Ich stimme ihr zu und frage dann das, was mich schon die ganze Zeit beschäftigt: »Wo um alles in der Welt ist das La-Perla-Outlet?«

Wir verlassen das Schlafzimmer, um nach unseren Kleinen zu gucken. Betty und Claudia haben Athene mindestens 20 Zöpfe ins Fell geflochten, ansonsten ist alles prima. Mark buddelt gedankenverloren im Sand. Mein Sohn ist ein Sandkastenfetischist. Gib ihm ein Förmchen und der Kerl backt drauf los. Da sag mal einer, Männer würden sich fürs Backen generell nicht interessieren. Okay, wenn man ihn lässt, findet er die Zerstörung der Backwerke fast aufregender als das Backen selbst, aber meistens kann ich das Schlimmste verhindern. Das Bild, wie er da so hingebungsvoll in aller Ruhe vor sich hin schaufelt, erinnert mich an den letzten Sommer:

»Türkei, wir kommen«, freue ich mich. Es ist unser erster großer Familienurlaub zu viert. Mark ist eindreiviertel und Claudia fast fünf. Und in diesem Jahr leisten wir uns eine richtig tolle Reise. Einen Ferienhausurlaub habe ich kategorisch abgelehnt. Ich mache doch nicht im Urlaub das, was ich sonst auch mache. Nur ohne Geschirrspüler. Nein, vielen Dank. Ich kann auf Waschen und Kochen in den Ferien gut mal verzichten. Und ein wenig Gesellschaft habe ich auch gern. Unser letzter großer Urlaub ist mittlerweile gut drei Jahre her. Costa de la Luz. War schön. Sonne pur. In diesem Jahr haben Christoph und ich ein geradezu wahnwitziges Anliegen. Wir wollen gerne ein wenig Zeit für uns als Paar. Deshalb machen wir Cluburlaub. Fahren in den ›Robinson Club‹. Nicht, um rund um die Uhr animiert zu werden. Im Gegenteil. Der Gedanke, dass ständig jemand an meiner Liege hockt und mich zu munteren Poolspielchen, einer neckischen Schwammschlacht oder einem Aerobicstündchen in sengender Hitze überreden will, ist abschreckend. Aber der Prospekt verspricht, neben Spiel und Sport, auch noch etwas ganz anderes: Kinderbetreuung – schon für die Kleinsten. Ich sehe uns schon am Meer liegen, zwei fette Cocktails in der Hand und ungestört aufs Wasser starren. Ohne Kinder, die aufs Klo müssen oder sofort zum Überleben ein Eis brauchen oder jetzt gleich eine Burg gebaut haben wollen. Drei Stunden morgens und drei Stunden nachmittags kann man die Kleinen in den so genannten ›Mini Club‹ schicken. Dafür ist der Urlaub auch sauteuer. Natürlich weiß ich, dass ein solches Verhalten durchaus etwas Groteskes hat. Da bekommt man erst Kinder, freut sich wie Bolle und ist dann innerhalb kürzester Zeit bereit, Unsummen zu bezahlen, nur um sie mal für ein paar Stunden loszuwerden. Das ist schon ein wenig verrückt, aber trotzdem sehr verlockend. Wir buchen zwei Wochen Aufenthalt an der türkischen Riviera. Ich will auf jeden Fall Sonne, und in der Türkei regnet es nun mal selten. »Ihr werdet euch kaputtschwitzen«, meint meine Mutter zwar warnend, aber da habe ich keine Bedenken. Solange ich nur im Schatten rumliege und keine größeren Leistungen von mir erwartet werden, habe ich mit der Hitze wenig Probleme. »Wenn du erst mal in den Wechseljahren bist, wirst du das Thema Hitze distanzierter betrachten«, legt meine Mutter nach, aber da bin ich, zurzeit jedenfalls noch, sehr lässig. Wenn überhaupt bei diesem Urlaub geschwitzt wird, dann von unserem Dispo-Kredit.

Cluburlaub ist gewöhnungsbedürftig. Man wird zum Herdentier. Alle duzen sich, und die alten Hasen, die zum Teil wirken, als wären sie schon im Club geboren, erklären den Neuen die Welt. Die Welt des Clublebens.

Regel Nummer eins: Nur die eigene Familie beim Essen am Tisch um sich zu scharen ist unmöglich. Undenkbar. Geradezu ein Sakrileg. Wozu gibt es die berühmten Achtertische?

Damit man sich mit anderen Menschen zum Essen trifft oder sich spontan irgendwo dazuhockt. Und sich unterhält. Diese Regel hat, wie die meisten Regeln, durchaus ihr Gutes: Wer Lust hat, Bekanntschaften zu schließen, tut sich so viel leichter. Man muss sich ja irgendwo hinsetzen – wer will schon im Stehen essen? –, also schaut man, wo die sympathisch aussehende Familie vom Strand sitzt und fragt, ob man sich setzen darf. Nein zu sagen, wenn jemand fragt, gilt als absolut unhöflich und ist nur gestattet, wenn man sich schon mit anderen verabredet hat. Niemand im Club wird je den Abend vergessen, an dem eine relativ neu Angereiste doch glatt auf die Frage, ob man sich dazusetzen dürfe, mit Nein, sie wolle gern mal nur mit ihrer Familie essen, geantwortet hat. Eine mittlere Todsünde, die dazu führte, dass die Arme in den nächsten Wochen wie eine extrem verhaltensauffällige Person beäugt wurde.

Regel Nummer zwei: Nach dem Abendessen besucht man die clubeigenen Shows. Es spielt keine Rolle, ob man, wie ich, Musicals generell eher ablehnend gegenübersteht oder nicht. Wer in den Club reist, lässt sich die Shows nicht entgehen. Erstens hat man sie ja mitbezahlt, und zweitens kann man ihnen sowieso nicht entkommen, denn egal, wo man sich aufhält, man wird gnadenlos mit beschallt. Außerdem scheint unsere Tochter Claudia einen fatalen Hang zum Showgeschäft zu haben. Wie ein kleiner Pawlow'scher Hund zieht sie uns Abend für Abend ins Amphitheater des Clubs, wir schwitzen uns brav einen ab – Mama, du hattest recht, es ist barbarisch heiß und schwül selbst noch nachts um halb elf – und bestaunen die armen Animateure, die sich in dicken Katzenfellen zum Playbackgesang von ›Cats‹ oder Ähnlichem abplagen, und sehnen uns nach einer kleinen lauschigen Strandbar, einem kühlen Bier und einer musical- und kinderfreien Zone.

Einmal in der Woche gibt es die große Kindershow. Das

Videokameraereignis der Woche. Claudia will natürlich mitmachen. Rampenlicht – ich komme. Wer abends auftreten will, muss tagsüber üben. Das war unserer Tochter allerdings nicht so ganz klar. Aber sie hat die Kröte geschluckt und ist brav in den ›Mini Club‹ gewackelt, um zu proben.

Der Tagesablauf in einem Club ist straff gegliedert. Rund um die Uhr gibt's Sport. Schon morgens um 7.30 Uhr steht Joggen auf dem Programm. »Da gehe ich ab jetzt hin«, kündige ich am dritten Urlaubstag vollmundig bei Christoph an. »Viel Spaß«, sagt der nur. Er hat keine Lust. Ist ihm zu heiß zum Rennen. Obwohl er der Läufer in unserer Beziehung ist. Christoph rennt zu Hause regelmäßig. Zum Ausgleich. Er preist das Laufen auch gerne mal an: »Es räumt im Kopf auf und entspannt.« Hier im Urlaub bietet er großmütig an, bei den Kindern zu bleiben. »Wir treffen uns, wenn du fertig bist, beim Frühstück.« Mit diesen Worten entlässt er mich in meine neue Sportlichkeit.

Entspannung. Von wegen, kann ich da nur sagen. Es ist die Hölle. Wir sind eine Gruppe von acht Leuten. Fünf Kerle, zwei Frauen – eine davon ich – und der Animateur, unser Leithammel. Erstaunlich, wie heiß es schon so früh am Morgen sein kann. Einer der Männer sieht schon dermaßen verschwitzt aus, dass ich mir ein klein wenig Sorgen mache. Wenn der so transpiriert, nur von dem kleinen Weg vom Zimmer zum Treffpunkt, dann kann das ja nicht gesund sein. Nicht, dass der uns einen Infarkt bekommt. Ich sehe uns schon mit vereinten Kräften beim Wiederbelebungsversuch. Zu Unrecht, denn er war nur schon mal zum Aufwärmen eine Stunde am Strand rennen. Streber. Was für ein Angeber. Nach dem Motto, so ein kleiner Lauf mit Krethi-und-Plethi-Normalsportlern lastet doch einen Mann wie mich nicht aus. »Ich laufe mich hier nur noch aus«, erklärt er großspurig, »man soll ja ab und an auch langsam laufen. Ich laufe Marathon. Bin auch die hundert Kilometer von Biel schon gerannt. Das hier ist mehr so Späßeken. Ach übrigens, ich heiße Klaus.« Wie sympathisch! Ich muss mir das Gesicht merken, nicht dass wir abends aus Versehen bei diesem Angeber-Kotzbrocken am Tisch sitzen.

Meine einzige weibliche Mitstreiterin sieht irrsinnig sportlich aus. Sie trägt die Haare zu Pippi-Langstrumpf-Zöpfchen gebunden und drüber ein Piratentuch. Scheint im Club zum Standardprogramm zu gehören. Unmengen von ähnlich gestylten Frauen laufen hier rum. Ein Look, wie man ihn auch von Frauen wie Oli Kahns Freundin Verena oder Cora Schumacher, der Frau von Ralf Schumacher, kennt. Ein Look, der bei Dreizehnjährigen sehr niedlich aussehen kann, mich bei erwachsenen Frauen aber immer irgendwie verstört. Was wollen die damit wohl ausdrücken? Lilli heißt sie und läuft auch daheim gerne mal. Aber nur im Fitnessstudio. Nebenher unterrichtet sie ab und an selbst Aerobic und Pilates. Hat mehrere Workshops in LA besucht. »Wir in Deutschland sind da ja ganz weit hinten. Also die Amis, die haben ganz andere Sachen drauf«, erzählt sie mir. Lilli sieht phantastisch aus. Sie trägt winzige Hotpants, Laufshorts und dazu ein türkises Bustier. Ich bin neidisch. Wenn ich in den Klamotten hier im Wald umherirren würde, der Einheimische würde mich garantiert für ein entlaufenes, gut durchwachsenes Stück Grillfleisch halten. Aber sie ist wirklich perfekt gewachsen. Wie machen das diese Frauen nur? Und vor allem – was sollen denn die Dreizehnjährigen tragen, wenn wir olle Schachteln in ihrem Revier wildern?

Der Animateur, Tim, ein großer, braungebrutzelter Beau, ursprünglich aus Wuppertal, verteilt Pulsuhren, ermahnt uns, bei der Gruppe zu bleiben, und erklärt die Strecke. »Also Leute, es geht durch die Pinienwälder, bleibt zusammen, sonst kann man sich schnell verlaufen. Aber falls, dann achtet auf die Baummarkierungen. Wir haben die Strecke gekennzeichnet.« Zum Glück eine Waldstrecke. Am Strand zu joggen ist doch sehr mühsam. Eigentlich würde ich am liebsten sowieso direkt wieder aufs Zimmer gehen. Das sieht mir hier nach einer verdammt professionellen und ernsten Angelegenheit aus. Aber jetzt umzukehren wäre eine dermaßene Schmach – das geht einfach nicht. Da bin ich im Club in spätestens drei Stunden komplett unten durch. So was spricht sich sehr schnell rum. Also gehe ich in die Offensive: »Ich bin nicht sehr geübt, also Laufen ist nicht so mein Sport«, kündige ich mein zu erwartendes Versagen schon mal an. Immer besser vorher so tun, als könne man nichts, und die anderen dann mit einer wesentlich besseren Leistung überraschen. Mit dieser Taktik fahre ich normalerweise recht gut. Hier anscheinend nicht. Die Gruppe guckt mich wenig begeistert an. Nur Tim, unser Animateur, lässt sich nichts anmerken. »Kein Problem, Andrea, wir richten uns im Tempo nach dem Schwächsten in der Gruppe.« Endlich bin ich mal Bestimmerin. Immerhin etwas. »Also, alle mir nach«, rufe ich frohgemut in die Runde. Man soll sich ja mental stimulieren. Lange Gesichter bei den anderen.

»Geht's endlich los?«, will der Streberläufer, der zum Aufwärmen schon mal ein Stündchen am Strand gerannt ist und dauernd nervös auf der Stelle trabt wie ein hyperaktiver Gaul, von uns wissen. »Jawohl«, sagt Tim und wir starten. Hat der eben gesagt, »nur die Schnellsten bekommen Frühstück«, oder warum rasen die dermaßen los? Habe ich da was überhört? Das sind ja schöne Aussichten. Wir laufen an der Straße entlang, werden von zwei türkischen Männern, die am Straßenrand sitzen und in aller Gemütsruhe Pistazien pulen, beguckt wie Geisteskranke und insgeheim gebe ich ihnen vollkommen Recht. Warum tue ich mir das an? Nach circa 400 Metern biegen wir in einen recht verdörrten Kiefernwald ein und mein Puls ist schon auf 160. Hoffentlich überlebe ich diesen kleinen Ausflug. Der Streber überholt. »Tim, ich kenne die Strecke, ich laufe eben schon ein Stückchen vor«, teilt er im Vorbeilaufen mit. Der Animateur gibt sein Okay. Ein Zeichen auch für alle anderen. Die Truppe spurtet an mir vorbei. Ich dachte, wir würden volle Pulle laufen – von wegen. »Ich kann nicht schneller«, stöhne ich. Selbst das Sprechen fällt mir schwer. »Trainierst du regelmäßig?«, will Tim wissen. Soll das jetzt ein kleiner Scherz sein? Will der mich verarschen? Ich möchte mich einfach nur hinsetzen und abholen lassen. Was mache ich überhaupt in diesem hässlichen Wäldchen? Überall Müll und dazu massenweise Sand. Im Wald! Da hätten wir ja gleich am Strand laufen können, da wäre ich wenigstens noch ein bisschen braun geworden bei der Schinderei. Und weniger Müll liegt da zum Glück auch. Mein Puls steigt auf 170 und Tim hat Erbarmen.

Wir gehen ein paar Schritte und unterhalten uns. Das ist doch schon sehr viel angenehmer. Tim ist seit zwei Jahren im Club tätig. Im Winter in einem Skiclub, im Sommer immer hier in der Türkei. »Und – der Traumjob?«, will ich wissen. Er lacht, fast ein wenig hysterisch. »Anfangs ja. Aber jetzt – es ist das Grauen. Du malochst rund um die Uhr und dann dauernd so Typen wie dieser Klaus. Diese Alpha-Tiere, diese Bosse vom Affenfelsen, denen kannst du ja nichts recht machen. Und ständig versuchen sie, dir zu zeigen, was sie alles besser können. Mann, geht mir das auf die Eier.« Oh, da habe ich ja in ein feines Wespennest gestochen. Tim scheint froh zu sein, mal richtig ablästern zu können. »Ich mache seit einem halben Jahr die Leitung im Sport. Von morgens bis abends. Sport. Und hinterher jeden Abend Show. Aber immer noch besser, als im Kinderclub beschäftigt zu sein. Die Kollegen sind ja kurz davor, sich ins Meer zu stürzen.« Jetzt bin ich doch ein wenig erstaunt. Kinder sind doch an sich leicht zu animieren. Er ahnt, was ich denke. »Die Kinder sind gar nicht so das Problem. Aber die Eltern. Die stellen sich vielleicht an. Unglaublich. ›Warum spielt meine Jenny nicht die Hauptrolle? Achten Sie bitte darauf, den Lukas alle zwei Stunden einzucremen, die Lotta ist allergisch gegen Milben und der Jean-Pierre mag keine Ballspiele.‹ So geht das rund um die Uhr. Und dazu die Eifersüchteleien. ›Immer kriegt diese Nadine zuerst ein Eis. Warum sitzt der Holger und nicht mein Nicolas beim Essen neben dir?‹, und so weiter und so fort. Es gibt kein Thema, das zu profan wäre. Ein Albtraum. Und kaum hast du kapiert, dass Lotta allergisch gegen Milben ist, reist sie auch schon wieder ab und der nächste Schwung ist da. Es hört nie auf.« Ich zeige Verständnis und überlege schnell, womit ich die Kinderbetreuer schon zugetextet habe. »Claudia muss einen Hut tragen, sie verbrennt schnell am Kopf, Claudia vergisst manchmal aufs Klo zu gehen, bitte regelmäßig schicken, und Claudia darf nicht ohne Aufsicht ins Wasser.« Das geht ja eigentlich noch.

Der Club, in dem wir Urlaub machen, ist ein so genannter Familienclub. Es gibt extra Single- und extra Familienclubs, weil die Anspruchsprofile doch meist sehr verschieden sind. In den Singleclubs soll die Hölle los sein. Paarungswillige allerorten, die ständig von Zimmer zu Zimmer hopsen. Sodom und Gomorrha geradezu. Ich frage Tim: »Sind Familienclubs nicht viel beschaulicher, so in mancher Hinsicht, meine ich?« Tim grinst. »Von wegen, was das angeht, ist in den Familienclubs mindestens so viel los wie in den anderen.« »Hä?«, frage ich, »was soll denn das heißen?« Tim rollt mit den Augen – sehr schöne, grüne Augen übrigens –. »Wenn ich wollte, könnte ich jeden Tag eine andere Ehegattin vernaschen. Die sind so was von ausgehungert, das ist unglaublich. Ich bekomme die heißesten Angebote. Nach dem Motto ›Du, Timmy-Baby, der Dieter surft die nächsten Stunden, da könntest du auch neue Wahnsinnswelten erobern‹ und so ein Kram. Lippenlecken, heimliches Antatschen, das ganze Programm halt.« Ich bin bass erstaunt. Wie abgebrüht. »Manche sagen auch nur: ›Soll ich dir mal mein Zimmer zeigen?‹, so als würde ich die Räumlichkeiten hier nicht kennen.« Die nehmen den Animateur mit aufs Zimmer, während ihr Mann Surfversuche macht. Sehr cool. Und ganz schön mutig. Bei meinem Glück würde Christoph zurückkommen, weil er die Sonnencreme oder was auch immer vergessen hat. Das wäre mir doch eine Spur zu riskant. Ich bin halt ein kleiner Schisser oder zu kurz verheiratet und sexuell noch ausgelastet genug. Tim dreht sich zu mir um und sagt dann, mit einem kleinen Zwinkern: »Und stell dir mal vor, Andrea, manche tun auch so, als hätten sie sich beim Joggen verletzt oder könnten nicht mehr, nur um mit mir allein zu sein.« Ich merke, wie mir die Röte ins Gesicht steigt. Der tickt wohl nicht mehr richtig. Denkt der, ich wolle hier im Wald über ihn herfallen? Hätte geschwächelt, um ihn anzufallen? Wie erniedrigend. Sehe ich etwa aus wie eine, die es dringend mal wieder nötig hat? Und wenn, wie sehen die eigentlich aus? »Sag mal, wie bist du denn drauf?«, sage ich stattdessen. »Ich lebe in einer sehr glücklichen Beziehung«, schiebe ich noch hinterher. »Und außerdem habe ich es, weiß Gott, nicht nötig, Animateure aufzulesen.« So, das sollte ja wohl genügen. »Reg dich ab«, sagt er nur. »Hab ja nur gesagt, was manchmal vorkommt. Dass du tatsächlich kein Stück joggen kannst, ist ja offensichtlich. Ich will dir doch gar nichts unterstellen.« Gut, ich bin versöhnt. Auch wenn die Jogging-Bemerkung nicht gerade charmant war. Aber besser unsportlich als notgeil. Erschwerend kommt hinzu, dass er nicht mal mein Typ ist. Gut, die Augen sind hübsch, aber ansonsten, finde ich, ist er eigentlich kein Knaller. Er ist mir zu Mucki-bepackt. Da hätte ich ja Angst, dass der mich zerquetscht oder – so fettfrei, wie der ist –, ständig auf meine Problemzonen glotzt. »Ich will rein gar nichts von dir, außer dass du mich heil aus diesem

Wald rausbringst. Kapiert?« Er lacht. Hach, wie lustig. Auf dieses frühmorgendliche Erlebnis kann ich die nächsten Urlaubstage sehr gut verzichten. Kann bei der Hitze eh nicht gesund sein, Sport zu treiben.

Im Frühstücksraum wartet Christoph mit den Kindern. Ich gehe direkt in den Sportsachen hin. So durchgeschwitzt sind die nun auch wieder nicht. Keine Spur von Angeber-Klaus oder Lilli und dem Rest meiner Laufgruppe. »Und, alle abgehängt?«, fragt Christoph erstaunt. »So ähnlich«, sage ich nur und haue mir erst mal eine riesige Portion Rühreier rein. Eins muss man dem Club lassen: Essen machen können sie. Es gibt nichts, was es nicht gibt. Die Kinder verschlingen Berge von Pfannkuchen zum Frühstück und ich nehme mir jeden Morgen aufs Neue vor, nur – und ausschließlich – an die Fit-Theke zu gehen. Es gibt tatsächlich eine Extra-Abteilung am Büfett mit Fitnesskost. Auf kleinen Schildchen wird sogar ausgewiesen, wie viele Kalorien, wie viel Fett und Kohlehydrate jedes einzelne Gericht hat.

Als ich mir gerade noch ein frisches Heidelbeermuffin gönne, kommt Lilli an unseren Tisch. Die Piratentuchlilli. Christoph wirft einen langen, begeisterten Blick auf ihre Beine, was ich zwar verstehen kann, aber trotzdem nicht mag, und fragt dann, ob sie Lust hat, sich zu uns zu setzen. »Gerne«, sagt sie und holt sich einen klitzekleinen Obstsalat, aus dem sie dann noch die Melone rauspickt. »Melone treibt den Blutzucker hoch – geht gar nicht. Dann habe ich in vier, fünf Stunden ja direkt wieder Hunger«, kommentiert sie ihre Tellersortierarbeiten. In vier oder fünf Stunden? Ich habe garantiert in spätestens zwei Stunden schon wieder unbändigen Appetit und an Melone kann es bei mir nicht liegen. Ich bin auf eine gewisse Art fasziniert von diesen Frauen, die sich so konsequent disziplinieren können. Ich kann das nur phasenweise. Wenn wirklich keine Hose mehr mühelos zugeht und ich kurz vor der Ehrenmitgliedschaft im Mopsverein bin, halte ich eine Diät mal ein oder zwei Wochen durch. Aber ein lebenslanges Programm durchzuziehen, nur für eine perfekte Figur? Nein. Dazu habe ich schlicht keine Lust. Was kann schöner sein, als ein herrliches Essen mit gutem Wein? Ist das Gefühl schlanker Schenkel ähnlich berauschend? Darüber muss und sollte ich mal in Ruhe nachdenken. Jetzt lieber noch eine kleine Waffel. Lilli schaut auf und ich sehe einen Hauch Gier in ihrem Blick. Ja, hurra, sie ist doch ein menschliches Wesen. »Ach, ich hole mir auch noch was«, sagt sie und läuft zum Büfett. Ich grinse zu Christoph rüber, der sich gerade über die Pfannkuchenreste von Mark hergemacht hat. Christoph ist eher der leptosome Typ. In letzter Zeit ist ihm aber ein ganz kleiner Bauchansatz gewachsen. Kein Drama, im Gegenteil eigentlich sehr beruhigend. Er grinst zurück, wischt sich den Mund ab und flüstert mir »Doch ein böses Scheibchen Melone« zu. Ich tippe auf Waffeln, so wie die eben geguckt hat. Von wegen Melone oder Waffel. Lilli hat sich einen grünen Tee geholt. Die Frau ist mir unheimlich.

»Schöne Scheiße war das noch beim Rennen«, erzählt sie dann. »Klaus ist vorgerannt, dann hat Willi, der mit der Halbglatze, sich herausgefordert gefühlt und am Ende bin ich mit Felix, diesem jüngeren Typ mit der hässlichen Sporthose, dieser lilafarbenen, übrig geblieben.« Sie stöhnt. »Nicht, dass der aus Nettigkeit bei mir geblieben wäre. Er konnte einfach nicht mithalten, hat aber natürlich so getan, als wäre es nur gutes Benehmen. Und dann sein Vorschlag mit der tollen Abkürzung. Angeblich ist er die Strecke schon zigmal gelaufen. Wir haben uns gedacht, das wäre doch der Witz, wenn wir vor Klaus und den anderen Hyperehrgeizlingen ankommen.« »Und, habt ihr sie abgehängt?«, fragt Christoph interessiert nach. »Ne, der Felix war auf einmal unsicher mit der Strecke und hat aber, wie alle Männer, so getan, als wäre das gar kein Problem. Wir sind bestimmt drei Kilometer total umsonst gelaufen. Und dabei hat der mich fast noch angesabbert und am Ende gemeint, ob ich auch Lust hätte, zusammen mit ihm zu duschen; wo er doch so lieb auf mich gewartet hätte, könnte ich ihm doch auch einen kleinen Gefallen tun. Wenn das seine Pingelrita wüsste. Diese Zicke. Die hat den echt verdient.« Sie nimmt noch einen Schluck Tee und muss dann aber los.

»Bauch-Beine-Po, hast du Lust mitzukommen, Andrea? Ist total super, powert echt.« Es ist kurz vor halb zehn am Morgen, ich war in einem versifften Kiefern- oder Pinienwäldchen laufen – und soll jetzt zum Bauch-Beine-Po-Kurs? Nicht für Geld und gute Worte. »Eigentlich gerne«, lüge ich, »aber ich habe Christoph versprochen, mich jetzt um Mark zu kümmern. Claudia geht in den Mini Club.« Christoph rafft nichts. »Geh ruhig, Andrea«, sagt der da doch, anscheinend komplett schwer von Begriff, »ich mach mir mit Mark ein paar nette Stunden.« Er lacht mich an. Wie gemein, der kapiert sehr wohl, schließlich weiß er ganz genau, dass ich solche Kurse hasse, und will augenscheinlich nur mal sehen, wie ich aus der Nummer wieder rauskomme. »Na los, Andrea«, spornt mich Lilli auch noch an und ich sehe, wie Christoph Spaß an der Sache bekommt. »Wirklich, Andrea, geh ruhig. Ich gönne dir das«, unterstützt er den wahnwitzigen Vorschlag von Lilli. »Ich bringe Claudia in den Mini Club und gehe dann mit Mark zum Pool – alles prima.« Ja, ganz prima. Entweder ich gestehe oder ich gehe. Ich gehe. Ich bin ein schwacher Mensch. Und vor Frauen wie Lilli fällt es mir doppelt schwer, meine Lethargie in sportlicher Hinsicht einzugestehen. Vor allem, weil es diesem Frauentyp extrem schwer fällt zu verstehen, dass es tatsächlich Frauen mit Schenkeln wie meinen gibt, die trotzdem lieber noch einen Muffin essen, als ins Bauch-Beine-Po-Training zu gehen.

Auf dem Weg in den Übungsraum erzählt mir Lilli, dass sie und ihr Leo, den ich bisher nur einmal abends kurz gesehen habe, erst knapp ein Jahr zusammen sind. »Er musste sich erst noch scheiden lassen, der Leo. War kompliziert, wegen der Kinder und weil seine Frau so raffgierig ist.« Was ist denn das für eine Bemerkung? »Waren die lang zusammen, also verheiratet?«, frage ich sie, um mir ein genaueres Bild machen zu können. »Siebzehn Jahre, die Kinder sind vierzehn, neun und zwei Jahre alt und verdammt nervig. Den Neunjährigen haben wir ja mit. Hast du doch schon gesehen, oder, Andrea?« Ja, habe ich. Ein sehr blasses großes Kind, immer in irre teure Markenklamotten gewandet. Gerne ›Polo Ralf Lauten‹ oder auch ›Lacoste‹. Kein Wunder, dass der Junge keinerlei Ähnlichkeit mit Lilli hat. »Hat sie ihn verlassen, oder er sie?«, will ich noch wissen. Ich kann mir die Antwort zwar denken, aber man weiß ja nie. In den meisten Fällen reichen heutzutage die Frauen die Scheidung ein. Und oft, wenn ich die Männer sehe, kann ich die Entscheidung voll verstehen. Sie lacht ein etwas künstliches Lachen. »Wer würde einen Mann wie Leo schon verlassen? Ich meine, die müsste ja komplett bescheuert sein.« Ich will jetzt nicht sagen, dass ein Mann eben ein Mann ist und dass insgesamt viel Elend unterwegs ist, will mir aber über Leo nach einmaliger Besichtigung auch noch kein Urteil erlauben. Auf den ersten Blick hat er allerdings wenig von einem Traumprinz. Er ist eher ein durchschnittlicher Typ. Rein optisch jedenfalls. So ein typischer Mann eben, so wie man ihn Tag für Tag massenhaft an allen deutschen Flughäfen sehen kann. Übersichtliches Haupthaar, korpulent um die Mitte rum, Brille und sonst kann ich mich an nichts erinnern. »Leo ist im Vorstand der Deutschen Bank«, raunt sie mir zu, »du kennst ihn doch bestimmt.« Woher soll ich den denn kennen? Gehört das jetzt zur Allgemeinbildung, die Vorstände in deutschen Großunternehmen namentlich zu kennen? Da lerne ich ja lieber die Nebenflüsse der Donau auswendig. Aber eins ist somit klar – Leo hat mit Sicherheit einen Haufen Geld. Das erklärt die Klamotten des blassen Kindes und den fetten Diamanten um Lillis Hals. Ein Stein so groß, dass ich bis eben niemals auf die Idee gekommen wäre, er könnte echt sein. Geld kann einen Mann mit Sicherheit in der Attraktivitätsskala ein wenig hochstufen. Anders ist der Erfolg von Dieter Bohlen oder Oli Kahn ja wohl kaum zu erklären. »Leo ist ein bisschen älter als du, oder?« Wieder lacht Lilli. »Ein ganz klein bisschen, einundzwanzig Jahre, um genau zu sein. Aber er liebt dieses Junge an mir.« Wie klassisch und gewöhnlich ist das denn? Da lässt so ein Typ seine Frau mit drei Kindern sitzen, weil er sich rein zufällig in eine 21 Jahre Jüngere verliebt hat. »Hattest du ein schlechtes Gewissen wegen der Frau und den Kindern und so?«, wage ich einen Vorstoß in einen Themenbereich, der mich genau genommen nichts, aber auch rein gar nichts angeht. »Ne, kein Stück. Die hatten sich lange auseinander gelebt. Da lief nichts mehr zwischen denen. Gar nichts. Du verstehst, was ich meine?« Ich verstehe zwar, dann aber doch wieder nicht. Hat sie nicht eben erst gesagt, dass das jüngste Kind ihres Mannes zwei Jahre alt sei? Und dass sie seit einem Jahr mit Leo liiert ist? So lange kann da ja dann noch keine Funkstille geherrscht haben. Aber, was soll's. Es ist ihr Leben und nicht meins. Ich hätte bei solchen Männern immer meine Zweifel. Wer einmal gegen eine viel Jüngere austauscht, tut das auch wieder, oder?

Bauch-Beine-Po ist anstrengend, aber machbar. Ein wenig blöd ist nur, dass wir auf einer Art Freilichtbühne turnen. Ganz am Rand des Clubgeländes, in unmittelbarer Nachbarschaft zum nächsten Hotel. Hier scheint unter den Kerlen im Hotel der Bauch-Beine-Po-Kurs des Clubs ein echter Geheimtipp zu sein. Zum Glotzen. Mindestens vier Kerle stehen und gucken. Womit Männer zu erfreuen sind, immer wieder erstaunlich. Meine Muffins, die Waffel und das Rührei werden schön durchgeschüttelt und mein Sportbedarf ist für die nächsten Wochen eindeutig gestillt. Am Schluss des Kurses klatschen die Kerle. Ich glaube, es gilt eher der Trainerin, der schönen Dani, als mir, aber ich genieße trotzdem mit. Verglichen mit dem Joggen kann ich Bauch-Beine-Po durchaus als Erfolg werten.

Ab 13.00 Uhr gibt es zum Glück wieder Nahrung. Im Strandrestaurant. Verhungern muss im Club wirklich keiner. Christoph, der sich am Pool mit Mark vergnügt hat, ist bester Dinge und freut sich auf seinen nachmittäglichen Surfkurs. Ich habe beschlossen, heute Mittag nur faul am Strand zu liegen, und wenn ich mich überhaupt bewege, dann nur, um mich auf der Liege zu wenden. Claudia isst mit uns zu Mittag und will dann gerne mit mir zum Strand. Sie ist sauer, weil sie wie die Vierjährigen eine Wolke bei der Kinderaufführung sein soll. »Ich bin aber schon fünf«, jammert sie rum. »Ich will Fee sein und nicht Wolke. Wolke ist blöd.« Stimmt, aber nach dem, was mir Tim heute Morgen beim Joggen, vielmehr beim Spazierengehen, erzählt hat, bin ich die Letzte, die in den Kinderclub marschiert, um sich zu beschweren. Es schadet Kindern wahrscheinlich auch nicht, mal nicht die Hauptrolle zu spielen. Ich bin generell auch eher auf Nebenrollen abonniert. »Vielleicht nächste Woche«, tröste ich sie, aber es kostet einige Überredungskünste, sie wieder in den Club zu verfrachten. Mark geht gar nicht. Sie wollen ihn nicht. Dabei kann er so ein nettes Kind sein. Interessiert aber keinen. Angeblich hätte im Prospekt gestanden, dass man die Unter-Zweijährigen nur in der Nebensaison betreut. Hätte ich mal genauer auf das Kleingedruckte geachtet.

Mark buddelt, ich döse vor mich hin. Richtig schlafen, mit einem knapp Zweijährigen, ist illusorisch. Alle drei Minuten muss ich irgendein neues Sandgebilde begutachten. Das Schöne an den Kleinen, sie merken nicht, wenn man einfach nur »Toll« sagt, ohne genauer hinzuschauen. Eine Stunde spielt er mit sich selbst und dem Sand. Dann ist ihm langweilig. Er will, dass ich ihm eine Burg baue oder ein Eis kaufe. Ich entscheide mich fürs Eis.

»Toll, dass ihr da seid«, begrüßt mich Carlo, einer der Animateure, im Strandrestaurant. So viel Begeisterung, nur weil wir ein Eis kaufen? Falsch, er denkt, wir wären fürs Nachmittagsquiz da. Ich sträube mich etwas, lasse mich dann aber überreden, denn eigentlich liebe ich jede Art von Quiz. Ich kann mich sogar bei ›Wer wird Millionär?‹ vergnügen. Vor allem, weil man zu Hause auf dem Sofa ja immer so verdammt schlau ist. Etwa zehn Leute sind gekommen. Darunter auch Klaus, der Streberläufer von heute Morgen, nebst Gattin. Eine ausgemergelte Blondine mit hervortretenden Schulterknochen namens Heide. Heide kennt meine Versagensgeschichte von heute Morgen und ist Triathletin, wie sie mir sogleich, leicht schwäbelnd, erzählt. Pflichtschuldig sage ich »Klasse« und schwöre mir im Stillen, meine Schmach von heute Vormittag jetzt wettzumachen.

»Es geht um Allgemeinwissen«, kündigt Carlo an. Ich sehe meine Chancen schwinden. Geschichte und Erdkunde sind nicht unbedingt mein Spezialgebiet. Kommt auch nicht dran. Es sind eher Fragen vom Kaliber wie: »Nennt mir die Vornamen von Madonnas Kindern.« Lourdes und Rocco, wie einfach. Natürlich weiß ich auch, mit wem Sheryl Crow mal liiert war. Mit Lance Armstrong, dem Radfahrer. Und warum sich Samantha und Carrie, die beiden aus ›Sex and the city‹, im echten Leben gestritten haben, kann ich auch beantworten. Wegen der Gagen! Es flutscht nur so. Ich bin nun mal eine routinierte Bunte-Leserin. Spätestens seit meiner Zeit als Redaktionsassistentin. Da war der Donnerstag immer ein sehr beliebter Tag. Bunte, Gala und Stern. Herrlich. Klaus und Heide werden von Frage zu Frage zickiger. »Was hat das denn mit Allgemeinbildung zu tun?«, ärgert sich Streber-Klaus. Natürlich nichts, aber es geht ja auch um fast nichts. »Es ist doch nur ein Spiel«, muss Carlo die aufgebrachten Gemüter nach Frage sechs (»In welchem Film spielt ein Juwelier eine Rolle?« – ›Frühstück bei Tiffany‹ selbstverständlich!) beruhigen. Doch Klaus ist erzürnt. Vor allem, weil nach sechs Fragen klar ist, dass mir der fulminante Sieg nicht mehr zu nehmen ist. Ich habe alle sechs Antworten gewusst und komme mir schon fast supergescheit vor. Das Quiz hat, zu Klaus und Heides Ärger, nur zehn Fragen. »Da können wir ja jetzt Schluss machen«, zischt Klaus und sagt dann leise zu Heide, aber nicht leise genug: »Ist ja klar, dass da eine doofe Hausfrau gewinnt, die beschäftigt sich ja mit nichts anderem.« Wie gerne würde ich jetzt aufstehen und sagen: »Gestatten, Dr. Andrea Schnidt, Hirnforscherin.« So tue ich halt so, als hätte ich nichts gehört, und lasse mich wenigstens von Carlo beglückwünschen. Siegen macht nicht beliebt – eine Erkenntnis immerhin. Ich gewinne einen Besuch im Hammam. »Du wirst es lieben, Andrea«, verspricht mir Carlo augenzwinkernd.

Ich löse den Gutschein zwei Tage später ein. Hammam ist wie eine Art Mischung aus Dampfsauna, Massage und gründlicher Waschung – in einem Badehaus zelebriert. Was mir keiner gesagt hat, ist, dass es ein Kerl ist, der mich wäscht. Ein winzig kleiner Türke, sehr spärlich bekleidet. Eigentlich trägt er, wenn man genau hinschaut, nur ein Handtuch um die Hüften. Sein Oberkörper ist komplett behaart und der Rücken sieht genauso aus. Nur ohne Brustwarzen. Fell, wohin das Auge blickt. Ich bin in der eigenen Bekleidungsfrage etwas unsicher. Darf man den Bikini anlassen oder wirkt das extrem prüde? Andererseits, könnte es den kleinen Kerl nicht furchtbar verschrecken, wenn ich mich direkt nackt präsentiere? Ich bin ratlos. Er scheint das zu kennen. »Weg«, sagt er und deutet auf den Bikini. Holla, der kommt ja ohne Umwege zur Sache. Ansonsten spricht er nicht. Kein Wort. Ich neige dazu, jeden zu bequatschen, aber er macht mir klar, dass er mich nicht versteht. Gut, dann halt nicht. Ich wollte ja bloß höflich sein und die Situation ein wenig entkrampfen. Beim Hammam liegt man auf einer gekachelten Fläche, einer Art Liege aus Kacheln, und der Meister der Zeremonie seift einen ein. Wedelt feinsten Badeschaum über den Körper und es fühlt sich an, als würde man mit seidenweichen Federn gestreichelt. Es könnte extrem angenehm sein – *könnte* wohlgemerkt. Ich habe Probleme, mich zu entspannen. Das Ganze hat doch etwas sehr Intimes. Und mit welchem Eifer der kleine Mann mir den Badeschaum über die Brüste wedelt, ist mir auch suspekt. Es liegt Erotik in der Luft. In anderer Konstellation könnte das durchaus sehr spannend sein, so bin ich nur angespannt. Ich habe teuflische Angst, falsche Signale auszusenden und den kleinen Kerl damit auf eine dumme Idee zu bringen. Zwischendrin dämmert es mir: Wahrscheinlich haben wir beide im Quiz gewonnen. Er hat die Waschung einer drallen Blondine gewonnen und ich eben die Waschung. So schaffen die es hier im Club, gleich zwei glücklich zu machen. Zum Schluss der Waschung setzt mich der kleine Kerl auf, stellt sich vor mich und legt meinen Kopf an seinen Bauch. Er gießt mir Wasser über die Haare und wäscht sie mir anschließend. Seltsam, vor allem weil ich den Kopf verdammt ruhig halten muss, um nicht in heikle Gebiete abzurutschen. Ich bin froh, als es vorbei ist. Der kleine Kerl bietet mir noch einen Tee an. Ich lehne höflich ab. »Die Kinder«, mache ich ein Zeichen und weg bin ich. Wow, was für eine explosive Gratwanderung, und das, obwohl der Typ wirklich jenseits meines Beuteschemas liegt. Aber so eine Waschung hat einfach was.

Im Anschluss habe ich mittags noch ein T-Shirt und einmal Banana-Boot-Fahren gewonnen. Ich bin die Quizkönigin im

Club. Am vierten Tag nimmt mich Carlo allerdings zur Seite und bittet mich, beim Nachmittagsquiz auszusetzen. »Die anderen haben sich beschwert, weil du immer gewinnst. Es macht ihnen so keinen Spaß.« Na guck mal einer an. Und wie ist das bei der Formel eins? Stört es sie da auch, wenn immerzu ihr Michael gewinnt? Oder wenn sie beim Tennis jedes Mal selbst als Sieger vom Platz gehen? Müssen sie da auch aussetzen? Dürfen nicht mehr mitspielen? Nein. Aber es hat ja auch nie einer behauptet, im Leben würde es gerecht zugehen.

Nach einer Woche fühlen auch wir uns wie Clubprofis. Das Geregelte und Berechenbare am Clubleben ist eigentlich ziemlich langweilig, aber gleichzeitig auch äußerst verführerisch. Man kann sich einfach treiben lassen. Muss sich um gar nichts kümmern und urlaubt einfach vor sich hin. In welchem Land man ist, spielt fast überhaupt keine Rolle. Man sonnt, badet, isst und schläft in einer perfekten Parallelwelt.

Da es hinterher nicht heißen soll, wir hätten unser Gastland so gar nicht gesehen, machen wir immerhin einen klitzekleinen Ausflug. Ich liebäugle zunächst mit dem Amphitheater in Aspendos, aber das wird umgebaut und ist deswegen zurzeit für Touristen nicht zugänglich. Jetzt kann keiner mehr meckern. Ich hätte ja gewollt. Mir sind die Kulturstätten bestimmt nicht egal. Aber große Bustouren über zwei, drei Tage stehen mit den Kindern einfach nicht zur Debatte. Da müsste man ja wahnsinnig sein, in der Gluthitze mit dem Reisebus und zwei Kindern durch die Gegend zu fahren. Alle Club- und Türkeiprofis raten uns auch absolut davon ab. Im Hochsommer könne man so was nicht machen, so eine Tour wäre nur was für den Herbst oder Winter. Fast alle haben allerdings im Winter andere Ziele – zum Beispiel Lech oder St. Moritz –, tauschen munter Tipps für Winter-Clubs aus und haben deshalb das Gelände auch noch überhaupt nie verlassen. »Warum auch?«, sagen sie. »Hier gibt's doch alles, was der Mensch im Urlaub braucht.« Ich glaube, einige würden, wenn sie die Wahl hätten, ihr ganzes restliches Leben am liebsten im Club verbringen. Ich bin nun nicht unbedingt eine Intellektuelle, aber ob mir das für immer inputmäßig ausreichen würde? Ich habe meine Zweifel. Und mehr als vierzehn Tage Clubtanz – ich glaube, ich wollte für nichts mehr garantieren. Das könnte durchaus Opfer in den Reihen der Animateure geben.

So bleibt uns, was das Verlassen des Geländes angeht, nur schnödes Shopping im Nachbarort. Wir leisten uns ein Taxi am frühen Abend und bummeln die Straße zum Hafen hinunter. Ich bin schon leicht gebräunt, ziemlich entspannt und bereit, die Kreditkarte mal wieder an ihre Funktion zu erinnern. Auf den ersten Blick ist Side, so heißt der Ort, ein Shoppingparadies. Auf den zweiten reichlich eintönig. Es gibt drei Arten von Geschäften: Juweliere, Taschenläden und gemischte Souvenirkitschläden. Nachdem ich die Läden, vor allem die Juweliere, gesehen habe, wundert es mich nicht mehr, warum die meisten Türkeiurlauber goldkettchenbehängt aus den Ferien heimkommen. Es ist schwer, den Verkäufern zu entrinnen. Fast ist man geneigt, sich mit ein oder zwei Armbändchen freizukaufen. Es herrscht eine unterschwellige Aggressivität. An jeder Ecke skandiert jemand »Sehr billig, tolle Ware, zwei für eins« oder Ähnliches und wenn man vorbeiläuft, ohne den Laden betreten zu haben, sind sie beleidigt. Ich erstehe vier Handtaschen. Ich will ja keine Nation verärgern. Blender-Täschchen. Zwei Tods-Imitate und zwei Prada-Fakes. Christoph meint, für das Geld würde man auch eine echte bekommen, was aber nur zu deutlich zeigt, wie wenig Ahnung er von Handtaschenpreisen hat. »Andrea, denk an den Zoll«, ermahnt mich der Herr Anwalt dann, als ich noch eine fünfte und sechste Tasche kaufen will. »Waren für mehr als hundertfünfundsiebzig Euro muss man verzollen.« Oder durchschummeln. Das Risiko kann man nun wirklich mal eingehen. Der alte Angsthase. Der tut gerade so, als hätte ich vor, sieben Kilo Marihuana aus Thailand zu schleusen – und das in seinem Koffer. Ich verzichte auf Tasche Nummer sechs und behaupte, dass Nummer drei, vier und fünf Weihnachtsgeschenke seien. So viel ökonomisches Vorausdenken überzeugt ihn.

Christoph hat nach zwei Stunden Side-Stadtbummel genug. Es ist ihm zu heiß, zu staubig und zu nervig – und wahrscheinlich auch zu teuer. Schade, ein, zwei Paar Schuhe oder ein weiteres Täschchen hätte ich sicher noch gefunden. Aber meine Beute ist ja auch so einigermaßen okay. Ich bin nun mal eine schnell entschlossene Käuferin. Zur Not kann ich ja nochmal allein nach Side fahren.

Im Club gibt's heute Abend zur Abwechslung mal kein Musical, sondern eine Modenschau. Der clubeigene Ledershop zeigt sein Angebot. Präsentiert von all den Zöpfchenfrauen hier im Club, die sich so einmal in ihrem Leben wie Heidi Klum und Co. fühlen dürfen. Ich bin nur ein paar Minisekunden beleidigt, weil mich keiner gefragt hat, ob ich mitmachen will. Dann eben nicht.

Das meiste ist nicht nach meinem Geschmack. Zu opulent. Man kann sich bei 43 Grad im Schatten auch nur schwer für Winterledermäntel mit Pelzbesatz begeistern. Aus Pelzen mache ich mir sowieso nicht viel. Ich werde einfach nicht gerne angespuckt.

Der Boutiquebesitzer erwähnt nebenbei, dass man sich selbstverständlich auch etwas nach Maß schneidern lassen kann. Ganz ohne Pelz. Nur aus Leder. Das klingt doch schon besser, vor allem weil es preislich so verlockend ist. Christoph willigt ein. Widerstrebend zwar, aber was soll's. Ich entscheide mich für einen schwarzen Hosenanzug aus Wildleder. Elegant, aber doch lässig. Sehr chic. Ganz so günstig ist er dann doch nicht. Immerhin 600 Euro. Dafür maßgeschneidert. Und so schön weich. »Das ist dann dein Weihnachtsgeschenk«, sagt Christoph und zahlt.

Der Anzug hat mir dann daheim auch sehr viel Freude bereitet. Um genau zu sein – ich hatte ihn einmal an. Bei Freunden von Christoph. Babette und Heiner. Ein Pärchen, das er noch von der Uni kennt. Babette hatte zum Cocktail geladen. In ihre neue, gemeinsame Wohnung. Und ich saß drei Stunden ziemlich gelangweilt auf der Couch rum. Auf einer ziemlich unbequemen Designercouch. Eine dieser flachen, tiefen Modelle, auf denen man eigentlich nicht sitzen, sondern nur lungern kann. Als ich aufgestanden bin, um Christoph zu fragen, ob wir endlich heimgehen können, habe ich die Bescherung entdeckt. Der neue Anzug war nicht ganz farbecht. Das Leder hatte deutliche Spuren auf der Couch hinterlassen. Dummerweise war die Couch weiß und der Anzug bekanntlich schwarz.

Von Babette und Heiner haben wir seitdem nichts mehr gehört. Kein großer Verlust und auch ein Tick kleinlich – schließlich hat unsere Haftpflicht die Reinigung übernommen. Leider nur von der Couch und nicht vom Anzug. Der färbt, trotz dreimaligem Imprägnieren, immer noch ab. Und stinkt seitdem wie eine Chemiefabrik. Sollte ich je wieder in die Türkei fahren, werde ich dem Lederboutiquenfritzen das Teil um die Ohren klatschen.

»Mama, kriegen wir ein Eis«, plärrt Mark aus dem Sandkasten. Sie kriegen eins.

Sigrid, die Kinder und ich verbringen einen schönen Nachmittag. Zwischendrin kommt, wie versprochen, der Getränkehändler, versteckt alles im Keller und auch Giovanni meldet sich. »Wann soll ich liefern das Überraschungsesse?«, fragt er mich. Gute Frage. Ich muss es hinkriegen, dass Christoph morgen, an seinem Ehrentag, irgendwie verschwindet und erst wieder auftaucht, wenn das Essen und die Gäste da sind. Ich habe für Punkt 19.00 Uhr geladen. Alle wissen um das Geheimnis und haben geschworen, auf jeden Fall pünktlich zu sein. Nach meiner Planung verstecken sich die Gäste im ersten Stock, und wenn Christoph da ist, gibt's das große ›Hallo‹ und das von allen gesungene ›Happy birthday‹. Na, der wird Augen machen.

Der Geburtstagsvorabend verläuft normal. Abendessen im trauten Familienkreis. Ich kann gerade noch verhindern, dass Christoph schon um halb zwölf ins Bett geht. »Du hast gleich Geburtstag«, erinnere ich ihn, »der Schampus steht schon kalt.« Er gähnt. »Andrea, ich bin total müde. Wir können doch morgen was trinken«, versucht er mir selbst diese kleine Freude zu nehmen. Ich gehe in die Küche, werfe einen Blick auf meine Liste und atme tief durch.

Ich will:
– mehr Spannung
– mehr Sex
– mehr Anerkennung
– schlankere Schenkel
– prima Stimmung.
Und alles bitte schnell. Ganz schnell.

Heute Abend kann nur noch Punkt fünf der Liste realisiert werden. Mehr ist nicht drin. Es liegt nicht der Hauch von Sex in der Luft. Bitte, dann wenigstens prima Stimmung. Ich biete an, den Schampus am Bett zu servieren. Mein Pragmatiker zögert. »Da muss ich ja dann nochmal raus und Zähne putzen«, hält er dagegen. Ich schlage – ganz gewagt – vor, mal ohne Zähneputzen ins Bett zu gehen. Holla, wie aufregend. »Na gut«, lässt er sich breitschlagen. Wir stoßen an, ich gebe ihm den obligatorischen Geburtstagskuss und Christoph putzt sich doch noch eben schnell die Zähne. Es wäre schön, er wäre mit allem so gründlich. »Und«, will ich noch schnell rauskitzeln, bevor er wegratzt, »was machen wir an deinem großen Tag?« »Einfach nichts«, antwortet er. »Ruhe und Nichtstun, das ist zurzeit für mich das Schönste.« »Ach ja«, fällt ihm dann noch ein, »meine Eltern wollten nachmittags auf einen Kaffee vorbeikommen.«

Meine Schwiegereltern. Rudi und Inge. Rudi und Inge sind garantiert die besten Schwiegereltern der Welt, und das, obwohl sie »ihne ihrn Bub, de Christoph« vergöttern. Aber mich haben sie mit in ihr riesiges Herz geschlossen. Von Claudia und Mark gar nicht zu reden. Claudia ist »unser Prinzessche« und Mark »der klaane Stammhalter«. Rudi und Inge sind jederzeit einsatzbereit. Sie sind Rentner und können sich nichts Schöneres vorstellen, als ihre Enkelkinder zu sitten. Inge würde alles für uns tun. Kochen oder sogar den kompletten Haushalt schmeißen. Aber ich kann ja schlecht meine Schwiegermutter als Haushälterin beschäftigen. Und die Allerjüngsten sind die beiden auch nicht mehr. Also versuche ich, die Belastungen in Grenzen zu halten. Man soll ja nichts überstrapazieren. Inge und Rudi haben sich auch bereit erklärt, die Kinder am großen Überraschungspartyabend zu hüten. Deshalb kommen sie nachmittags zum Kaffee. Um dann, ganz spontan – raffiniert! –, die Kinder mit zu sich zu nehmen, damit Christoph und ich mal einen geruhsamen Abend als Paar verbringen können. Claudia und Mark sind absolut vernarrt in ihre Großeltern. Rudi bastelt, schraubt und gärtnert mit den beiden. Inge backt, näht und liest vor. Stundenlang – wenn die beiden jungen Herrschaften danach verlangen.

Erstaunlicherweise liegen meine Eltern trotzdem in der Gunst fast noch einen Tick vor Christophs Eltern. Obwohl meine wesentlich weniger Aufwand für die Kinder betreiben. Wenn sie denn überhaupt mal Zeit haben. Meine Mutter ist keine dieser Allzeit-bereit-Großmütter. Sie hat einen ziemlich strammen Terminplan und nur, wenn da mal eine Lücke klafft, was selten vorkommt, und sie Muße hat und sich auch absolut fit fühlt, dann dürfen die Kinder auch mal zu ihr und meinem Vater. »Werde du mal alt«, sagt sie, wenn ich Omazuwendungen für meine Kinder einklagen will. »Andrea, ich habe drei Kinder großgezogen. Mein Bedarf an vollen Windeln und Geschrei ist ein für alle Mal gedeckt.« Insgeheim kann ich sie verstehen. Jegliche Aufopferungsgene scheinen meiner Mutter zu fehlen. Sie denkt in erster Linie an sich selbst, sagt aber, dass sie an meinen Vater denkt. Und natürlich an sein schwaches Herz, das auf dem Golfplatz starken Strapazen ausgesetzt ist, da mein Vater nicht gewillt ist, sich an irgendwelche Regeln von – O-Ton mein Vater – »irgendwelchen Schwachköpfen« zu halten. Am Anfang habe ich mich ob der Unwilligkeit meiner Mutter gegrämt. Mittlerweile denke ich, es ist sogar ganz gut so. Schließlich weiß ich, dass sie auch nur dann ›ja‹ zum Kinderhüten sagt, wenn sie wirklich Lust darauf hat. Und ich muss so auch nicht ständig dankbar sein und ein schlechtes Gewissen haben. Meine Kinder mögen ihre Oma, obgleich sie relativ streng ist. »In meinem Haus gelten meine Regeln«, ist ein Klassiker-Satz meiner Mutter. Erstaunlicherweise kapieren Kinder das sehr schnell. Meine Mutter hat etwas, was man wahrscheinlich als natürliche Autorität bezeichnen würde. Bei mir bezweifle ich das Vorhandensein dieser Gabe. Es gibt Tage, da habe ich das Gefühl, dass nicht mal meine eigenen Kinder mich ernst nehmen. Vielleicht ein neuer Punkt für meine Liste.

Rudi und Inge sind jedenfalls eingeweiht. Und ich habe auch

die geniale Idee, wie ich Christoph für einige Stunden aus dem Haus locken kann.

Der Plan steht. Es kann eigentlich nichts mehr schief gehen. Wäre zur Abwechslung doch auch mal schön. Mit diesem beruhigenden Gefühl und der Aussicht auf eine herrliche Überraschung schlafe ich ein. Es gibt nun mal nichts Schöneres, als jemanden zu überraschen.

Gut – außer vielleicht, selbst überrascht zu werden.

Tag 6

Das Schönste am Wochenende ist das Ausschlafen. Zu wissen, es gibt keine Hetze, es muss niemand irgendwohin gebracht werden, wenn überhaupt, geht einer Brötchen holen. Nicht einer, sondern Christoph – um bei der Wahrheit zu bleiben.

Auf jeden Fall ist ein Tag so ganz ohne eklatante Verpflichtungen wie Büro und Kinderturnen herrlich. Dieses profane Gammeln, ziel- und planlos, führt bei mir dazu, dass ich mich gleich viel jünger fühle. Ein bisschen wie früher. Der einzige, winzige Störfaktor sind die Kinder. Die wenigsten Kinder neigen vor Pubertätsbeginn zur Langschläferei. Auch Mark und Claudia nicht. Claudia würde eventuell mal bis neun durchhalten, aber dass das keinesfalls passiert, dafür sorgt ihr Bruder. Wenn er wach ist, gibt es, seiner Meinung nach, für niemanden im Haus einen Grund, weiterzuschlafen. Der Kronprinz hat schließlich Anspruch auf Unterhaltung und sucht sie netterweise zuerst bei seiner Schwester. An guten Tagen, sehr raren guten Tagen, funktioniert die Kombi, und Christoph und ich können ausschlafen. Im Normalfall weckt Mark zuerst seine Schwester und – wenn die spielunwillig ist – sofort danach seine Eltern. Mark zu ignorieren ist schwer. Er zieht und zerrt, plärrt und nervt so lange, bis ihm jemand etwas zu essen macht. Mark braucht nach dem Aufstehen sofort Nahrung, gerade so, als hätte er die Nacht im Bergwerk malocht. Wenn er da nicht sofort was kriegt, um es in sich reinzufuttern, kann er sehr ungemütlich werden.

Heute am Geburtstagsmorgen ist einer dieser raren Tage. Wir schlafen ungestört bis neun Uhr. Ein Traum. Ich schaffe es sogar, vor Christoph aus dem Bett zu kommen, den Tisch zu decken und zur Feier des Tages die Brötchen zu holen. Zu Fuß.

In der Küche habe ich schnell nochmal auf meine Liste geguckt und da ist mir der Punkt ›schlankere Schenkel‹ ins Auge gefallen – deshalb zu Fuß! Claudia überreicht ihrem Vater mit großer Geste ein selbst gemaltes Bild und wir singen alle gemeinsam ›Happy birthday‹. So – genau so – hatte ich mir Familienleben vorgestellt. Die Kleinfamilie, glücklich und entspannt, als verschworene Einheit. Wir sehen aus wie aus der Rama-Reklame.

An Christophs Stelle wäre ich allerdings schon längst sauer. Schließlich habe ich ihm mein Geschenk immer noch nicht überreicht. Er ist, in dieser Hinsicht jedenfalls, um einiges anspruchsloser als ich. »Ich habe doch alles, was ich brauche«, sagt er gern, wenn man ihn fragt, was er sich wünscht. Ich könnte in wenigen Sekunden seitenlange Wunschzettel ausfüllen. Trotzdem freut er sich über den Sesselgutschein – oder tut wenigstens so. Nach dem Frühstück will Christoph eine Runde laufen gehen. In aller Ruhe joggen. Was diese Dinge miteinander zu tun haben, ist mir ein Rätsel. Ruhe und joggen. Aber bitte – jeder ruht sich so aus, wie er will. So viel Toleranz sollte man schon haben. Für mich ist ausruhen auf der Couch liegen und lesen. Oder auf der Couch liegen und fernsehen. Oder auf der Couch liegen und ein kleines Schläfchen machen.

Es ist auf jeden Fall praktisch, wenn Christoph für ein Stündchen aus dem Haus ist. Ich muss unbedingt nochmal bei meinen Schwiegereltern anrufen und den genauen Schlachtplan besprechen. Nicht dass einer der beiden sich verplappert. »Mir sin vorbereitet, Andrea«, gibt meine Schwiegermutter Entwarnung. »Alles klar, un Andrea, Schatz, isch hab dir aach noch drei Kuche gebacke, einen för heut Mittag und zwei för die Party.« Perfekt.

Perfekt, genau wie das Wetter. Ich glaube, wir können tatsächlich draußen feiern. Wie angenehm. Bei Gartenpartys ist die Schmutzfrage nicht so bedrückend. Obwohl ich wirklich nicht die Ordentlichste bin, kann ich, wenn bei uns gefeiert wird, nicht völlig entspannt mitmachen. Ich sehe die Katastrophen immer schon Sekunden vorher kommen, bevor sie dann tatsächlich passieren. Oder ich meine, sie zu erahnen. Kartoffelsalat auf dem Rasen ist doch besser zu ertragen als auf dem Sofa. Mit Rotwein verhält es sich ähnlich. Das klingt ziemlich spießig, ist es sicher auch. Andererseits, wenn man diejenige ist, die den Schmodder wieder wegputzen muss, finde ich diese Spießigkeit durchaus legitim. Außerdem lasse ich mir natürlich nichts anmerken, wenn denn mal was danebengeht. Wie alle guten Gastgeberinnen sage ich in solchen Fällen selbstverständlich: »Macht doch nichts.« Dabei macht es natürlich sehr wohl was. Arbeit vor allem. Nur weil irgendein Dussel nicht in der Lage ist, sein Glas gerade zu halten. Beim letzten Mal ein Neurochirurg. Wenn der beim Arbeiten auch solche Zitterhändchen hat, dann lasse ich den niemals an mein Hirn. Mit dieser Putzteufelmentalität steht man sich dooferweise selbst ziemlich im Weg. Rauschende, wilde Feste ohne die kleinste Scherbe oder einen runtergefallenen Aschenbecher oder eben Kartoffelsalat auf dem Sofa gibt's nun mal nicht. Gesittetes Benehmen hat selten was mit wild zu tun. Weder beim Sex noch beim Partyfeiern. Ein echtes Dilemma. Ich hätte es gerne wild, wenn möglich aber ohne Dreck. Hat was von ›wasch mich, aber mach mich nicht nass‹ – ich weiß.

Christoph kommt freudestrahlend vom Joggen. Bestzeit auf seiner Haus- und Hofstrecke. Erstmals die zwölf Kilometer unter einer Stunde. Ich bin begeistert, fast so, als wäre ich selbst gelaufen. Ich beglückwünsche ihn ausgiebig, obwohl mir eigentlich schnuppe ist, wie lange er für zwölf Kilometer braucht, aber ich weiß, wie sehr er sich darüber freut. Also freue ich mich mit. Ich bin doch eine gute, kleine Ehefrau.

Während Christoph duscht, putze ich noch schnell das Gästeklo. Vor einer Party eigentlich wenig sinnvoll, aber wie sagt meine Mutter immer so schön: »Die Toilette ist die Visitenkarte des Hauses«, und da heute Abend auch einige von Christophs Kollegen aufmarschieren und die S-Bahn-Geschichte sicher Thema sein wird, möchte ich nicht noch zusätzlich in puncto Schlampigkeit schuldig gesprochen werden.

Inge und Rudi kommen, wie meistens, eine Dreiviertelstunde zu früh. »Mer weiß ja nie, wie der Verkehr sein werd«, pflegt Rudi, mein Schwiegervater, immer gern zu sagen. Dass an einem Samstagnachmittag nicht mit immensem Berufsverkehr zu rechnen ist, verkneife ich mir. Inge hat einen Kuchen in der Hand, zwinkert mir zu und überreicht ihn dem Geburtstagskind. »Nur einer?«, sagt mein Mann, dieses verwöhnte Einzelkind, doch glatt zu seiner Mutter. Es klingt wirklich ein wenig beleidigt. Die gute Inge weist ihren Sohn nicht etwa zurecht – undankbares Stück oder so –, sondern beißt sich auf die Lippen und streicht dem Bub auch noch über die Wange. »Isch hatte zu wenisch Zeit, aber schau, es is e Käse-Sahne-Tort, deine liebste.« Es wundert mich fast, dass Christoph nicht mit dem Fuß aufstampft, so blöd guckt er. »Oh, kein Streuselkuchen, ein Geburtstag ohne Streuselkuchen«, legt er sogar nochmal nach. Man könnte denken, es wäre sein fünfter Geburtstag oder er ein Streuselkuchenabhängiger. Inge, ich sehe es an ihrem schuldbewussten Gesicht, ist kurz davor, alles auszuplaudern, aber ich knuffe sie sanft in die Seite und springe in die Bresche. »Deine Mutter hatte Probleme – gesundheitlich«, funkle ich meinen Mann an und deute in Richtung Unterleib. Sofort ist Ruhe. Da fragt kein Mann gerne nach.

Wir haben es nett. Inge und Rudi erzählen von ihren Urlaubsplänen, sie wollen mit dem Wohnmobil in den

Schwarzwald und bieten wie immer an, unsere Kinder mitzunehmen. Ihr Geschenk an Christoph: ein neues Paar Joggingschuhe. Vielmehr ein Gutschein für ein paar Laufschuhe mit eingebautem Geschwindigkeits- und Streckenmesser. »So Schuh müsse ja probiert wern«, erklärt mein Schwiegervater den Gutschein. Mein Mann ist Feuer und Flamme. Ich bin entgeistert. Schuhe mit Geschwindigkeitsmesser. Was für ein absolut dekadenter Schnickschnack. Nachdem wir eine Stunde über dies und das geschwätzt haben, traut sich Inge und spricht meinen unsäglichen S-Bahn-Ausflug an. »Andrea, de Rudi un isch warn ganz fertisch wesche der Geschicht.« Na wenigstens kein ›Was hast du getan?‹ oder ›Wie konntest du nur?‹. »Mer habe dir was mitgebracht«, redet sie behutsam weiter. Sie zögert und guckt mich mit großen Augen an. So, als würde sie auf meine Erlaubnis zum Weiterreden warten. »Inge, sag's halt«, gebe ich grünes Licht. »Also mer habe, weil mer gedacht ham, des soll ja net wiedä passiern, also mer ham dir ne Monatskart für die Bahn gekauft.« Großartig. So gefreut habe ich mich ja selten über ein Geschenk. Und das jetzt, wo ich mir geschworen habe, in den nächsten Jahren keine S-Bahn mehr zu betreten. Jedenfalls nicht freiwillig. Ich bin, was S-Bahnen angeht, seit dieser Woche geradezu ein wenig phobisch. Aber, Andrea, ruhig bleiben. Inge und Rudi meinen es gut, sie nehmen gleich die Kinder mit und lassen dafür sogar noch zwei Kuchen da. Ich schaffe es sogar, mich zu bedanken.

Mittlerweile ist es fast 17.00 Uhr und ich werde so langsam leicht nervös. In spätestens zwei Stunden werden die Gäste auf der Matte stehen und Christoph sitzt völlig gelassen hier am Tisch und schaufelt sich das vierte Stück Käse-Sahne-Torte rein. Wo bleibt mein bestellter Anruf? Ich rutsche auf meinem Stuhl hin und her. Das darf ja wohl alles nicht wahr sein. Ohne Anruf bin ich geliefert und alles fliegt auf. »Wollen wir heute Abend schön essen gehen, nur wir zwei?«, fragt dann auch noch Christoph. »Na ja«, versuche ich, freundlich zu reagieren, schließlich verlange ich ja ansonsten oft genug nach romantischen Restaurantbesuchen zu zweit, »ich weiß nicht. Schöne Idee, aber was ist denn dann mit den Kindern?« Gerade noch haarscharf die Kurve gekriegt, Andrea, denke ich und schon belatschert Christoph seine Eltern. »Könntet ihr Mark und Claudia heute mal mitnehmen, damit Andrea und ich in aller Ruhe mal ausgehen können?« Ich sehe Rudis und Inges Ratlosigkeit. Noch ist ja nicht alles verloren. Die Kinder sollen sie ja so oder so mitnehmen. Christoph ist erstaunt, dass seine Eltern nicht sofort »Ja« und »Hurra« schreien, aber ich ahne, worauf sie warten. Auf klare Anweisungen oder Hinweise von mir. »Ja, das wäre natürlich total nett von euch«, sage ich also. »Gern, ihr zwei«, sagt Inge erleichtert. »Prima«, sagt Christoph, »ich habe nämlich schon einen Tisch beim Giovanni bestellt.« Auch das noch. Hoffentlich hat der nicht die Nerven verloren und die Klappe gehalten. »Für wann denn?«, will ich jetzt wissen. »Halb acht, damit du vorher noch deine ›Lindenstraße‹ sehen kannst«, sagt Christoph und grinst. Was für eine schöne Idee. Wäre mir eigentlich auch fast lieber als die Hütte voller Leute. Aber dafür ist es nun definitiv zu spät. Ich kann ja schlecht ein Schild an die Haustür hängen: Party fällt aus – wir essen doch lieber ohne euch.

Während ich noch über einen Ausweg nachdenke, klingelt das Telefon. Endlich. »Geh du ran, Christoph, ist bestimmt ein Gratulant«, sage ich nur.

Brav hebt Christoph den Hörer ab. Ein Grinsen. »Ja, guten Tag, Herr Doktor Langner. Nett, dass sie anrufen.« Weiter kommt er nicht und wenige Sekunden später verdunkelt sich auch schon sein Gesicht. »Ja, also heute ist es wirklich schlecht«, höre ich ihn sagen, »ich habe eigentlich schon was vor.« Während augenscheinlich Herr Doktor spricht, wedelt sich Christoph mit der freien Hand vor der Stirn rum. »Wirklich, Herr Doktor Langner, ich sehe da einfach heute, am Samstag, keine Möglichkeit.« Das klingt zwar heldenhaft, aber für mein Vorhaben gar nicht gut. Ich dachte, wenn der Langner anruft, springt mein Mann. Packt die Akten und huscht ins Büro. So kann man sich täuschen. Wenn er jetzt standhaft bleibt, was eigentlich a – ein Wunder und b – herrlich wäre, dann habe ich ein Problem. Der Langner war mein Geheimtrumpf. Ich dachte, wenn der anruft, dann steht mein Mann parat. »Wenn es gar nicht anders geht, mache ich es möglich. Aber passen tut es mir heute gar nicht«, scheint Christoph doch noch einzulenken. »Gut, also bis gleich«, verabschiedet er sich in nicht besonders nettem Ton vom Langner.

Er ist richtiggehend zornig. »Das gibt's nicht«, wettert er auch direkt los, als er aufgelegt hat, »das werdet ihr nicht glauben. Ich denke der Langner, also der Kanzlei-Langner, der Oberchef, ruft an, um mir zu gratulieren. Pustekuchen. Kein Glückwunsch und nichts. Aber das weiß der alte Muffel wahrscheinlich gar nicht, dass auch die Arbeitsbienen so was wie Geburtstag haben. Der hat angerufen, um mich ins Büro zu beordern. Wegen einem eigentlich völlig nichtigen Prozess am Montag. Der spinnt doch total.« Er macht eine Atempause. »Und konntest du nicht nein sagen?«, frage ich ganz abgebrüht nochmal nach. »Habe ich doch versucht, Andrea, aber der Alte hat dicht gemacht. Selbst, als ich gesagt habe, dass ich heute keine Möglichkeit sehe. Weißt du, was der da geantwortet hat? ›Dann sehe ich auch einige Möglichkeiten nicht, über die wir gesprochen haben – neulich mittags.‹ Das ist doch Erpressung.« Rudi und Inge sind sofort auf der Seite ihres Sohnes. »Das is net scheen von dem Mann, abä manchma muss mer in de saure Appel beiße, gell Christoph.« Ich bejammere ihn ausgiebig, lobe seinen Widerspruchsgeist und sage: »Was soll's, wir lassen uns von dem doch nicht den Abend verderben. Fahr ruhig, ich rufe Giovanni an und sage, dass wir erst gegen acht Uhr kommen. Dann sind wir auf der sicheren Seite.« Christoph nickt, offensichtlich sehr froh über mein Verständnis. »Es tut mir echt Leid, Andrea, ich habe null Lust, aber ich hatte keine Chance. Der Alte kann dermaßen hartnäckig sein.« Ich wusste, der Langner schafft es, Christoph aus dem Haus zu bekommen. Als ich ihn gefragt habe, hat er auch gleich zugesagt. »Kein Problem, Frau Schnidt, der wird schon in die Kanzlei fahren. Verlassen sie sich drauf. Den beschäftige ich hier schön für zwei, drei Stunden.« Und dann hat er dröhnend gelacht. Ein Mann, ein Wort. Christoph packt sein Aktentäschchen. Vor sich hin murrend: »Erst kein Streuselkuchen und jetzt auch das noch. Schöner Geburtstag, wirklich toll«, verabschiedet er sich von den Kindern und seinen Eltern. Ich bekomme einen dicken Kuss und das Versprechen, dass es unter keinen Umständen später als sieben wird. »Ich bin doch kein Leibeigener«, grummelt er noch und dann ist er weg. »Du bist ja en abgekochtes Ludä«, lobt mich mein Schwiegervater, »supä eingefädelt, Andrea. Der hat gar nix gemerkt. Abä gar nix.« Jetzt gilt es. Noch neunzig Minuten, bis die Gäste auf der Matte stehen. Wie der Langner das machen will, dass er vor Christoph hier ist – ich bin gespannt.

Rudi und Inge schnappen sich die Kinder mit den Worten »Holt se euch ab, wenn ihr sie wiedä habe wollt« und wünschen mir ein schönes Fest. Bis Giovanni in einer halben Stunde mit dem Essen kommt, habe ich Zeit, mich partytauglich aufzustylen.

Ich drehe mir meine Spaghetti-Haare mit dem Lockenstab in Form, gebe ausreichend Haarspray für ein eigenes Ozonloch drüber und hoffe, dass die Pracht hält, bis die Besucher kommen. Zur Feier des Tages male ich mir sogar einen Lidstrich und bin mit dem Gesamtergebnis zufrieden. In meinem neuen türkisfarbenen Sommerkleid mit dem kleinen schwarzen Strickjäckchen drüber und den hochhackigen Sandalen kann ich mich sehen lassen. Ich arbeite mich nicht mehr an unerreichbaren Superfrauen ab. Mein Maßstab bin ich selbst. Natürlich könnte ich untenrum etwas weniger wiegen, aber im Ganzen würde ich mir eine Zwei minus geben. Was zeigt, dass ich nicht zur Selbstherrlichkeit neige, mich andererseits aber auch nicht kritischer sehe als nötig. Ich habe zwei Kinder und bin nicht mehr die Jüngste. All das fließt in die Benotung natürlich mit ein.

Noch vor Giovanni kommt Heike aus München. Meine Heike, die es aus beruflichen Gründen in den Freistaat verschlagen hat. Hat Heike nicht gesagt, dass sie jemanden mitbringt? Heike, die anspruchsvollste Lesbe zwischen hier und Feuerland. »Wo ist denn dein Mitbringsel?«, frage ich also gleich zur Begrüßung. Sie drückt mir ein Päckchen in die Hand. »Der Rammler ist aus dem Sortiment genommen, ich habe dir den Delfin besorgt«, sagt sie und überreicht mir ein dezent verpacktes Etwas. »Deinen Rammler nehme ich dann wieder mit, den kann ich zurückbringen, hat mir die Ladenbesitzerin gesagt.« »Ich meine doch dein persönliches Mitbringsel, du wolltest ja in Begleitung kommen«, bin ich nun etwas enttäuscht. Nicht, dass ich mich über den Batterieflipper nicht freuen würde, keine Frage, aber eine neue Liebe an Heikes Seite hätte mich noch mehr gefreut. »Die kommt später, um sieben, ich wollte noch ein wenig Zeit mit dir allein haben«, lacht Heike und ich sage nur: »Erzähl, ich will alles wissen.« Während wir gemeinsam Sektgläser in der Küche bereitstellen, erstattet Heike Bericht. »Ich kenne sie erst seit zwei Wochen. Lea heißt sie. Und sie ist, ich meine, was soll ich sagen, Andrea, ein Knaller, aber du wirst sie ja gleich selbst sehen. Sie sieht umwerfend aus. Und sie ist so tüchtig. Und schlau. Und sie küsst klasse.« Meine Güte, Heike ist ja völlig von Sinnen. Richtiggehend berauscht. Und das will bei der großen Skeptikerin wirklich was heißen. »Wo hast du sie kennen gelernt? Ich will Details, egal wie schmutzig«, fordere ich mehr. »Beim Einkaufen«, sagt Heike nur, »sie hat einen Laden und hat mich beraten.« Heike und eine Boutiquebesitzerin. Erstaunlich, vor allem weil Heike mit Mode nicht sehr viel am Hut hat. Heike ist eher sportlich chic. Jeans, nettes Oberteil und Turnschuhe. »Du und eine Boutiquetante?«, frage ich erstaunt. »Wer hat denn hier Boutique gesagt?«, kontert Heike. »Sie hat den Frauensexshop, in dem ich deinen rosa Garagen-Rammler gekauft habe. Und sie hat mich supernett beraten. Total süß, obwohl sie erst gedacht hat, der Rammler wäre für mich. Also, sie hat gemeint, ich wäre hetero. Dabei habe ich gleich gesagt, dass ich den Vibrator verschenken will. Aber Lea hat mir später gesagt, dass alle, die einen Vibrator kaufen, sagen, er wäre zum Verschenken. Nie würde eine Frau sagen, ›also der ist für mich.‹ Und deswegen war für sie klar, dass ich hetero bin.« Uih, wie kompliziert. »Und wie hat sich das dann aufgeklärt?«, verlange ich nach weiteren Details. »Ich hab's einfach gesagt«, grinst Heike. »Hab gesagt, also, dass ich mir nichts aus Rammlern mache. Weder aus Plastik noch aus Fleisch und Blut. Phallisches ist nicht meine Abteilung. Und da habe ich so was in ihrem Gesicht gesehen. So eine Art Strahlen. Und sie hat mich gefragt, ob ich einen Kaffee will. Und als wir den getrunken haben, hat sie mir gestanden, dass sie auch auf Frauen steht.« »Weiter«, sage ich nur, »wir haben nicht ewig Zeit, erzähl endlich, komm zum Punkt. In spätestens einer knappen Stunde sind die Gäste da.« »Ist ja gut«, besänftigt mich Heike, »ich habe dann gefragt, ob sie mit mir essen geht. Ist sie. Und nicht nur essen. Seitdem sind wir zusammen. Lea ist großartig. Und so gebildet.« Bevor sie sich erneut in Lobhudeleien verliert, bremse ich sie, weil das Telefon klingelt.

Es ist Christoph. »Andrea, es reicht. Ich glaube, der Langner ist durchgedreht. Der hat mir hier meine längst fertige Akte hingelegt, bei der er noch gestern die Brillanz gelobt hat, und ich soll eben mal eine völlig neue Argumentationslinie ausarbeiten. Mit Grundsatzurteilen. Das kann Stunden dauern. Und der blöde Sack ist ins Wochenende. Ich denke, ich werde den Scheiß auch liegen lassen und mich morgen noch mal dranmachen. Weiß der doch nicht, wann ich das ausarbeite. Also ich bin in zwanzig Minuten da.« Du großer Gott. Das geht ja gar nicht. Dann ist Christoph ja vor den Gästen hier. Schnell, Schnidt, denk nach! »Schatz, mach's doch lieber jetzt fertig, die Kinder sind bei deinen Eltern und bei Giovanni spielt es keine Rolle, wann wir kommen. Ich habe extra angerufen. Es ist kein Problem, wenn du noch ein, zwei Stunden brauchst. Echt. Und du willst doch auch nicht, dass der Langner sich aufregt.« Hoffentlich schluckt er das und hört einmal im Leben auf mich. »Hast du Kreide gefressen oder was ist mit dir los?«, riecht Christoph Lunte, »ich meine, zahlt dir der Langner was für deine Solidarität, auf welcher Seite stehst du eigentlich? Sonst sagst du doch immer, ich soll mir nicht alles bieten lassen«, wird mein Gatte nun doch etwas säuerlich. Ich rede mich raus: »Ne, Quatsch, natürlich ist der Langner ein Arsch, ein kompletter Ausbeuter-Idiot, aber es bringt doch nichts, morgen nochmal hinzufahren. Was du heute kannst besorgen und so weiter – du weißt schon.« »Na ja«, nörgelt Christoph, »wenn du meinst. Eine Stunde mache ich noch, aber dann komme ich heim. Irgendwo ist auch mal Schluss. Ich bin doch nicht der Depp vom Dienst, den man jederzeit und immerzu an die Akten beordern kann. Ich habe Geburtstag, Andrea.« »Weiß ich doch alles, mein Schatz«, antworte ich in einem Ton, in dem man sonst mit Vierjährigen spricht, die hingefallen sind, »es geht doch nur um die Effizienz, die Sache an sich ist natürlich gemein. Aber ich will nicht auch noch morgen auf dich verzichten. Lieber jetzt noch ein Stündchen und dann haben wir heute Abend einen wundervollen Geburtstagsabend. Und eine schöne Nacht«, sage ich verheißungsvoll. Mann, was habe ich den jetzt zugeschleimt. Das sollte wohl wirklich reichen. Das Wort ›Effizienz‹ hat ihn überzeugt. »Effizienter wäre es sicher«, seufzt er und sagt, »also in einer guten Stunde bin ich da. Bis dann.« Wäre natürlich erfreulicher, wenn ihn die schöne Nacht gelockt hätte. Aber trotzdem – geschafft. Meine Güte, das war heikel und knapp.

Giovanni erscheint. Mit Helfern und dem Büfett. »Habe mir gemacht herrlische Sache, Signora Andrea. Un nix verrate an Mann. Hat angerufe für Tisch heute Abend. Habe ich gesagt – kein Problem. Komme sie mit reizende Frau. Freue ich mich.« Ich will bezahlen, aber Giovanni winkt ab. »Wenn ich Geschirr abhole morgen, dann Rechnung.« Wir bauen in der Küche auf, damit Christoph nicht direkt beim Reinkommen alles sieht. Wie in allen Reihenhäusern sieht man bei uns vom Flur direkt bis in den Garten und das kleine Stück dazwischen ist das Wohnzimmer.

Um Viertel vor sieben geht es dann los. Aufmarsch der Gäste und zeitgleich feiner Nieselregen. So viel zum Thema Gartenparty. Doktor Langner ist einer der Ersten. »Hähä«, lacht er gleich ein wenig hämisch zur Begrüßung, »der war schön stinkig, ihr Mann, hähä.« Es hat ihm anscheinend sogar eine kleine Freude bereitet, Christoph zusätzliche, völlig nutzlose Arbeit aufzubrummen. Er kann sich kaum mehr einkriegen. Trotzdem bekommt er ein Glas Sekt, schließlich hat er seine Mission erfüllt und es schadet ja auch nicht, wenn ich mich mit dem Chef meines Mannes gut stelle. Meine Schwester wanzt sich direkt an den Langner ran. Sie liebt Männer, die was zu sagen haben, umso unverständlicher, was sie mit ihrem Ehemann Kurt macht. Ich meine, nicht dass Kurt nicht ständig irgendwas zu sagen hätte, aber die Quantität ist in dem

Fall wohl nicht alles. Doktor Langners Gattin, Golf-Handicap 17, steht gelangweilt in unserem Wohnzimmer und mustert jede Ecke. Hilfe, die guckt ja, als müsse sie später aus dem Kopf Grundriss und Mobiliar aufmalen. Bevor sie anfängt, Staub und Fusel zu suchen, hetze ich meine Mutter auf sie. Golf ist doch immer ein dankbares Thema bei dieser Art von Frauen.

Es geht Schlag auf Schlag. Um drei Minuten nach sieben sind tatsächlich alle da. Selbst die letzten Trödelbacken, die sonst gern schon mal Stunden später auflaufen. Woran man wieder sieht, dass genaue Anweisungen doch sinnvoll sein können. Die Letzte, die klingelt, ist Lea, Heikes Errungenschaft. Donnerwetter, was für eine Frau. Die ist ja waffenscheinpflichtig. Das scheine nicht nur ich zu finden – mindestens die Hälfte der männlichen Gäste steht mit leicht geöffnetem Mund da. Lea ist groß, etwa 1,80. Sie trägt einen Jeans-Mini, aus dem schier endlose, dellen- und besenreiserfreie Beine ragen, und dazu ein dezentes, enges kleines T-Shirt. Neid, Neid, Neid. Wie herrlich muss es sein, auf solchen Beinen durchs Leben zu staksen. Einfach einen winzigen Rock anziehen zu können. Oder diese Beine in eine Jeans der Größe 27 zu stecken. Die Beine allein könnte man ja noch ertragen. Aber wenn auch der Rest so makellos ist wie bei Lea, dann ist das schon ein harter Brocken. Lockiges, aber nicht krauses, augenscheinlich naturblondes Haar, ein großer, schön geschwungener Mund und eine klassische, gerade Nase. Gerade groß genug, um nicht niedlich zu sein. Ihre Augen sind grün und sie ist nicht einfach nur hübsch, sondern eher richtig schön. Und so gut wie ungeschminkt. Unglaublich. Wäre sie nicht Heikes neue Flamme, ich müsste sie leider hassen. Zu viel Perfektion ist, jedenfalls bei anderen, schwer zu ertragen. Bei mir selbst würde es eventuell gehen. Aber die Gefahr besteht ja nicht. Heike läuft auf Lea zu, reckt sich und gibt der

Schönheit einen demonstrativen Kuss. Auf den Mund versteht sich. Dem Langner fällt fast das Sektglas aus der Hand. Mein Bruder Stefan, mal wieder solo, guckt enttäuscht. Obwohl, bei aller Bruderliebe, das wäre nicht ganz seine Liga gewesen, so oder so. Aber Männer haben da ja häufig eine leicht verschobene Wahrnehmung. Zu ihren Gunsten versteht sich. Nicht zuletzt durch zahlreiche Beispiele in den einschlägigen Boulevardmagazinen, wo hässliche Gnome mit umwerfenden Frauen posieren. Was die Stefans dieser Erde dann allerdings ebenfalls verdrängen, ist, dass diese Männer eher selten durch ihren Charme bezaubern, sondern oft einzig und allein durch ihre Brieftasche. Eine Qualität, die meinem Bruder, dem Studenten, auf jeden Fall noch abgeht. Aber Lea hat sowieso nicht einen Blick für auch nur einen der Kerle im Raum übrig. Sie ist komplett auf Heike fixiert. Und Heike gebärdet sich fast ein bisschen so wie diese alten, reichen Männer, die ja auch gerne ihre Beute vorzeigen. Sie hat Lea ihren Arm um die Hüfte gelegt, um endgültig klar zu machen, wem die schmucke Perle gehört.

Um Viertel nach sieben scheuche ich die Meute, etwa 35 Personen, hoch in den ersten Stock. »Verteilt euch auf die Kinderzimmer«, rufe ich. Langner ist gerade dabei, meiner Nachbarin Anita zu erzählen, wie er Christoph so herrlich reingelegt hat, geht aber trotzdem brav in den ersten Stock. Ihm scheint dieses kleine Spielchen, genannt Überraschungsparty, richtig Spaß zu machen. Hoffentlich hält Anita die Klappe und erzählt dem Langner im Gegenzug nicht die Vibratorstory. Meine Mutter zischt mir im Vorbeigehen noch zu: »Ich hoffe, du hast oben aufgeräumt.« So, jetzt kann der Gatte kommen. Ich befestige nochmal die Geburtstagsgirlande, räume ein paar Sektgläser weg und harre der Dinge. Schon nach drei Minuten werde ich leicht ungeduldig. Die Räumlichkeiten oben sind beschränkt, und ich glaube nicht, dass die Gäste Lust haben, eine Runde Barbie zu spielen. Außerdem ist es für alle in zwei Kinderzimmern verdammt eng. Ich hoffe, sie weichen nicht aufs Schlafzimmer aus. Auch auf genauere Inspektionen des Badezimmers habe ich keine Lust. Ich kenne mich ja selbst. Man wirft eben gern mal einen Blick in den Badezimmerschrank. Ich hoffe, unsere Gäste sind weniger neugierig als ich.

Weitere fünf Minuten später ruft Christoph an. »Schatz, ich glaube, du musst dem Giovanni absagen. Ich sehe kein Land. Es ist einfach eine Sauarbeit. Geburtstag hin, Geburtstag her. Ich brauche bestimmt noch drei Stunden. Es ist vertrackt.« Er seufzt. Ich auch. Wie soll denn das enden? Soll ich die da oben für die nächsten Stunden kasernieren? Eine Überraschungsparty ohne den, der überrascht werden soll, macht irgendwie wenig Sinn. »Liebling, ich habe mich so gefreut«, probiere ich es zunächst auf die sanfte Tour. »Ich auch«, antwortet er, »aber du hast doch selbst vorhin gesagt: ›Was du heute kannst besorgen, das verschiebe nicht auf morgen.‹ Und wenn der Langner nochmal auftaucht und der Kram ist nicht fertig, dann kann ich mir sicherlich ganz schön was anhören. Auf den Rüffel kann ich gerne verzichten.« Soll ich alles verraten? Dass der Langner garantiert nicht auftaucht, weil er gerade im Kinderzimmer sitzt und auf Anita einredet. Nein, so schnell gebe ich nicht auf. »Ach Christoph, ich habe gar nichts zu essen im Haus«, stöhne ich in den Hörer. »Wolltest du nicht eh ein paar Pfund abnehmen?«, fragt er ziemlich uncharmant zurück. »Nicht heute«, sage ich und ärgere mich. Blöde Bemerkung. Zum Thema Gewicht gibt es generell fast nur falsche Kommentare. Auf »Findest du mich zu dick?« mit »Ja« zu antworten ist ein anerkannter Scheidungsgrund. Auch wenn man selbst sehr genau weiß, wo die Problemzonen liegen, man möchte nicht, dass der Liebste sie auch sieht. Und selbst wenn man weiß, dass sie so riesig sind, dass man fast eine einzig lebende Problemzone ist, braucht man niemanden, der einen nochmal darauf hinweist. Jetzt keine Grundsatzdiskussion, Schnidt, zügele ich mich. »Was bist du denn für ein Schleimer? Lass den Langner Langner sein und komm heim. Wer hat denn heute Geburtstag, du oder dieser Sklaventreiber?«, heize ich seinen hoffentlich noch vorhandenen Zorn an. »Hey, Andrea«, ist er überrascht, »eben hast du noch ganz anders geklungen. Ganz schöner Sinneswandel. Aber gut, zur Not fahre ich heute Nacht nochmal her. In zehn Minuten bin ich da.« Zehn Minuten, da kann ich ja nur lachen. Seit wann hat Christoph eine Concorde? Aber bitte, Hauptsache, er macht sich auf die Socken. »Versprochen, du kommst sofort?«, hake ich nochmal nach. »Bin schon weg«, lacht er und legt auf.

Ich gehe hoch in den ersten Stock und informiere alle. »Also, er wird in etwa fünfzehn Minuten hier sein. Wenn ihr das Auto hört, bitte absolute Ruhe und auf mein Kommando kommt ihr runter. Ich rufe dann ›Überraschung‹.« Alle nicken und wirken noch recht gut gelaunt. Vielleicht alle bis auf Langners Frau. Die sieht aus, als würde sie vor Langeweile in wenigen Sekunden dahinscheiden, aber solange sie die Einzige ist, was soll's. Wer weiß, was da im Vorfeld der Party bei denen daheim los war? Wahrscheinlich hat sie gesagt, »da kannst du schön allein hingehen, was habe ich mit deinen Angestellten zu tun«, und er hat gesagt, »ohne meine Angestellten hättest du nicht so einen flotten Lenz, sieh zu, dass du in die Gänge kommst, und zieh dir ja was Ordentliches an, ich habe einen Ruf zu verlieren.« Ich kann mir nicht vorstellen, dass es ein Vergnügen ist, mit Doktor Langner verheiratet zu sein, und kann der angesäuerten Gattin deshalb sogar ihr Muffelgesicht verzeihen.

Heike kann ich nicht sehen. Auch Beauty-Queen Lea nicht. Ich frage meinen Bruder. Und richtig, der hatte die beiden immerzu im Blick. »Die sind ganz hoch in euer Schlafzimmer,

Heike wollte Lea irgendwas Berufliches zeigen. Diese Lea, also die ist ja die Bombe. Meinst du, die ist bi?« Ich habe keine Ahnung, sage aber mal nein, schon um Stefan in seine Schranken zu weisen, und bin außerdem froh, dass Stefan nicht weiß, was Lea beruflich macht. Da wäre der glatt hinterher ins Schlafzimmer. Was wollen die zwei bloß? Ich hoffe, nicht das, was ich mir denke. Vielleicht holt Heike nur schon mal den Rammler, um ihn der Fachfrau zu zeigen. Aber woher weiß sie, wo der Rammler ist? Habe ich das gesagt? Nein, definitiv nein. Dann kann die Rammler-Theorie nicht stimmen. Habe ich Lust, jetzt sofort zu überprüfen, was die beiden tun? Lust schon, aber keine Zeit. Ich sollte unten sein, wenn Christoph nach Hause kommt. Ich bitte meine Freundin Sabine, die beiden Turteltäubchen, so unauffällig wie möglich aus meinem Schlafzimmer zu locken.

Sabine ist schlecht drauf. Wegen Mett-Mischi. Ihr Freund, der Assistenzarzt und mein ehemaliger Klassenkamerad – ein Metzgersohn, der immerzu Hackbrötchen dabeihatte –, hat sie verlassen. Dass Mett-Mischi mal eine Frau verlassen würde, hätte ich nicht für möglich gehalten. Mit Mett-Mischi hat auf den Klassenpartys nicht mal eine getanzt. Der war quasi nicht anwesend. Ich dachte, vor lauter Freude, endlich mal eine abgekriegt zu haben und dann noch unerklärlicherweise so ein Goldstück wie meine Freundin Sabine, da würde der lebenslang in Dankbarkeit versinken. Pustekuchen. Undank ist der Welt Lohn. Sabine ist kreuzunglücklich. Sie hat diesen Kerl wirklich sehr geliebt. »Ihr habt den so unterschätzt, besseren Sex hatte ich noch nie«, hat sie mir mal anvertraut. Normalerweise wäre ich da skeptisch, aber Sabine hatte wirklich genug Vergleichsmaterial. Mett-Mischi hat sich, sehr klassisch und furchtbar profan, in eine Krankenschwester verliebt. »Sie hat einfach mehr Einfühlungsvermögen, was meine Arbeit angeht«, hat er Sabine gesagt, als er sie verlassen hat. Ungerecht, denn Sabine ist nun wirklich eine geübte Arztserienguckerin. Mindestens 50 % seiner anfänglichen Faszination beruhte auf der Tatsache, dass er einen weißen Kittel anhatte. Heute will ich Sabine nochmal Jörn, Christophs Freund, schmackhaft machen. Der ist nun echt nicht übel. Groß, recht gut aussehend, jedenfalls um Klassen besser als Mett-Mischi – und er hat Manieren. Das ist doch schon mal was. »Wie findest Du Heikes Freundin?«, frage ich sie noch schnell. »Na ja, ganz hübsch, aber null Ausstrahlung.« Wie bitte? Habe ich mich da gerade verhört. Wenn das null Ausstrahlung ist, dann her damit.

Langsam bin ich aufgeregt. Was, wenn Christoph die Überraschung gar nicht zu schätzen weiß? Zu spät. Ich gehe wieder runter ins Wohnzimmer und da höre ich auch schon sein Auto. »Achtung«, rufe ich noch schnell die Treppe hoch, »er kommt.«

Ich stelle mich in den Flur, und als er zur Haustür reinkommt, umarme ich ihn.

»Ich muss erst mal was trinken«, poltert er los, »ich hab so einen Hals auf diesen Schwachkopf von Langner.« Er geht in Richtung Küche. Hilfe, da steht das Büfett. »Setz dich aufs Sofa«, sage ich »und schrei bitte nicht so.« Den ›Schwachkopf‹ hat der Langner da oben sicherlich gehört. Aber gut, Schwachkopf geht ja noch. »Ich hole dir was zu trinken.« »Gut«, brummt er, wundert sich nicht mal und fügt sich in sein Schicksal. Die meisten Männer lassen sich gerne bedienen und gewöhnen sich auch ausgesprochen schnell daran. Ich gehe in die Küche und schließe die Tür hinter mir, damit Christoph keinesfalls das Büfett entdeckt. Ein fataler Fehler. Die geschlossene Tür signalisiert Christoph, dass er brüllen muss, um sich verständlich zu machen. »Ich sage dir, Andrea, der Flachpfeife von Langner blase ich den Marsch. Das lasse ich mir nicht bieten. Selbst zu blöd zum Kopieren und kommandiert die gesamte Kanzlei rum, dieser selbstherrliche Gockel.« Bei Gockel bin ich zurück im Wohnzimmer. »Jetzt mach mal halblang, bisher fandst du den Doktor Langner doch immer irre sympathisch, der war doch dein großes Vorbild«, säusle ich ein paar Nettigkeiten, wohl wissend, dass man im ersten Stock jedes Wort verstehen kann. So ist das nun mal in Reihenhäusern. »Hast du was getrunken, oder was eingeworfen? Ich meine, du hast doch immer gesagt, der Langner wäre …«, beginnt er verwundert auf meine Schleimereien zu reagieren. Weiter lasse ich ihn nicht reden. Ich erinnere mich nur zu gut daran, wie ich den Langner tituliert habe. Schon jetzt würde ich am liebsten im Erdboden versinken und unser Obergeschoss ins All schießen. Ich durfte eben miterleben, wie mein Mann sich mit wenigen Sätzen ins absolute Karriere-Aus katapultiert hat. Noch zwei, drei dieser Sprüche und ab morgen bin ich mit einem Arbeitslosen zusammen. Wir werden die Hypotheken nicht mehr bezahlen können und mit Hartz IV im sozialen Abseits landen. Und eigentlich bin ich daran schuld. Wer hat denn den Langner eingeladen? Ich. Nun heißt es offensiv mit der Sache umgehen. Ich gebe Christoph ein Bier, hoffe, dass der Langner schlechte Ohren hat und rufe dann laut »Überraschung.«

Es poltert und trampelt, als würde eine Herde Rindviecher unsere kleine Holztreppe runterkommen. Christoph ist entgeistert. Ob vor Freude oder vor Entsetzen, kann ich nicht genau sagen. Als dann auch der Langner im Wohnzimmer einläuft, kann ich es sagen: vor Entsetzen. »Andrea, sag, dass das nicht wahr ist, sag, dass ich halluziniere.« Bevor ich antworten kann, singen alle ›Happy birthday‹ und ich rufe: »Das Büfett ist eröffnet.« Essen lenkt immer schön ab.

So richtig genießen können Christoph und ich die Party nicht. Christoph weiß nicht, wie er sich verhalten soll, verhält sich dann einfach gar nicht oder, besser gesagt: hält Abstand zu Langner. Ich bin auch etwas durch den Wind. Schließlich ist letztlich alles meine Schuld. Ich hatte auf Anerkennung gehofft, so werde ich in die Geschichte eingehen als Frau, die ihren Mann direkt in die Arbeitslosigkeit geschubst hat. Und das bei der Lage auf dem Juristenmarkt. Schwemme ist da ja fast noch untertrieben. Obwohl die Party, bis auf die Tatsache, dass Langner, nebst Gattin, schon nach einer knappen Stunde geht, gut läuft. Seine Verabschiedung ist vielsagend. »Wir sprechen uns noch. Aber nicht hier und heute. Ich melde mich.« Klingt, als wolle er noch sagen: »Bleiben Sie erst mal zu Hause, wir schicken Ihnen Ihre Papiere.« Seine Frau lächelt nur. Kaum ist der Langner weg, geht's rund. »Man konnte oben alles verstehen«, zischt Sabine, »und die Frau von diesem Langner, die hat geguckt, ich sage dir, als würde sie uns gleich alle auffressen. Horror. Und dann gegrinst. Ihm selbst war nichts anzumerken. Wir haben auch alle nicht darauf reagiert. So als wäre gar nichts.« Sie macht eine kleine Pause. »Meinst du, du kriegst Arbeit, wenn Christoph dann vielleicht ...?«, kommt es noch zögerlich. Die kann einem ja richtig Mut machen. Bravo.

Der Alkohol ist an diesem Abend eine nützliche Hilfe. Wir schütten uns richtig die Birne zu, leeren das gesamte Büfett von Giovanni und gegen halb drei morgens tanzt dann die schöne Lea auf dem Esstisch. »Die waren fummeln, im Schlafzimmer, als wir brav im Kinderzimmer ausgeharrt haben«, petzt Sabine noch, ein wenig Neid in der Stimme, und mustert Lea missgünstig. Mit Jörn und ihr scheint es nicht ganz so gut zu laufen. Sie findet ihn fade. Und das sagt eine Frau, die mit Mett-Mischi zusammen war.

Es ist dann aber doch noch eine wirklich rauschende Party geworden. Die letzten Gäste bleiben bis gegen vier. Wir sind definitiv zu betrunken, um aufzuräumen. Christoph schafft es noch nicht mal mehr, die Geschenke aufzumachen. Ich glaube, ich könnte selbst kurz vorm Koma noch Geschenke auspacken. Ich würde die Neugier nicht aushalten, vor allem bei den Bergen von Geschenken, die hier liegen.

Ich schminke mich nicht ab – laut Frauenzeitschriften eine Todsünde – und in Sekunden fallen wir, der Bald-Arbeitslose und ich, die Schuldige, in den Tiefschlaf.

Tag 7

Ich wache auf und der Wecker zeigt 12.30 Uhr. O mein Gott, was ist mit meinem Kopf?

Ich werde nie mehr trinken. Ich glaube, ich kann gar nicht aufstehen. Während ich versuche, mich aufzurichten, läuft wie im Zeitraffer der gestrige Abend vor meinem inneren Auge ab. Oje, oje. War ich die, die gegen halb vier Strippoker spielen wollte? Die zu Jörn gesagt hat, du kannst dich schon mal frei machen?

Ich möchte unter die Decke kriechen und dort bleiben. Für immer.

Wo ist überhaupt Christoph? Pragmatisch, wie er ist, wahrscheinlich im Wohnzimmer, die Stellenanzeigen lesen. Ich traue mich kaum runter. Hoffentlich ist er nicht zu arg sauer. Aber letztlich ist es ja wohl immer noch der gute Wille, der zählt. Und habe ich »Schwachkopf« und »zu blöd zum Kopieren« gesagt oder er?

Ich gehe erst mal ins Bad. Meine Güte. Mein Gesicht erinnert an einen Waschbären. Einen kränkelnden Waschbären. Bleich, mit schwarzer Wimperntusche rund um die Augen. Jetzt ist es gut, verheiratet zu sein. Einem One-Night-Stand so zu begegnen wäre grauenvoll. Christoph ist in dieser Hinsicht hart im Nehmen. Im Laufe der Jahre hat der mich schon in den unterschiedlichsten Verfassungen gesehen und manche waren sicher noch schlimmer als die von heute Morgen. Ich schleiche in Richtung Küche, danke im Geiste meinen Schwiegereltern, dass sie die Kinder hüten – die hätten mir jetzt noch gefehlt –, und mache mir einen Kaffee. Ohne Kaffee ist kein klarer Gedanke möglich. Dazu zwei ›Aspirin‹. Wo ist nur mein Mann? Keine Spur weit und breit. Dafür auch keine Spuren mehr von der Party heute Nacht. Die Spülmaschine läuft, das Zimmer ist gesaugt, anscheinend sogar gewischt und alles wirkt ziemlich aufgeräumt. Das gibt eindeutig Fleißsternchen. Die Geschenke liegen fein säuberlich gestapelt auf dem Couchtisch. Durchgebrannt ist er anscheinend nicht. Da wischt man ja nicht noch vorher das Wohnzimmer und räumt auf. Merkwürdig.

Nach dem Kaffee fühle ich mich gleich ein wenig menschenähnlicher. So viel getrunken habe ich schon Jahre nicht mehr. Werde ich auch Jahre lang nicht mehr, schwöre ich mir.

Das Telefon klingelt. Heike ist dran. Wie ich Lea finde. Ich lobe Heikes exzellenten Geschmack und sie schwärmt nochmal ein Viertelstündchen von Leas Intellekt. Solche Beine und dazu noch ein messerscharfer Geist – Gott ist nicht gerecht.

Dann ruft Sabine an. Euphorisch. Jörn ist doch nicht so fade wie gedacht und hat einen klasse Körper, mit dem er viele tolle Sachen machen kann, erzählt sie mir. So, so. »Er hat mich heimgefahren und da konnte ich nicht anders, als ihm noch was zu trinken anzubieten«, versucht sie die Situation zu erklären. »Und dann habt ihr stundenlang geredet«, sage ich ganz unschuldig. »Ne, also eher nicht. Beim Reden war er mir ja so fade vorgekommen. Geredet haben wir auf der Party schon genug. Er hat mir nur noch erklärt, warum ich viel sexyer bin als Lea, und dann hat er losgeküsst.« Sexyer als Lea. Jörn ist schon immer schlau gewesen und hat sicher sofort gemerkt, wer Sabines Partykonkurrenz Nummer eins war, und außerdem war bei Lea ja sowieso nichts zu holen. Alter Fuchs. »Und war's gut?«, will ich jetzt aber auch alles wissen. »Bombe«, sagt Sabine und murmelt noch was von gut bestückt, was ich aber längst wusste, denn Christoph hat das mal nebenbei erwähnt. Er nannte es »ein Ding, das einem Komplexe machen kann«. Nachdem ich Leas Beine gesehen habe, ahne ich, was er damit meint.

Ich schnappe mir das letzte Stück Streuselkuchen und lege mich aufs Sofa. Was wird, wenn Christoph aus der Kanzlei fliegt? Vielleicht kann ich wieder was in irgendeiner Redaktion bekommen? Oder in einem Büro. Tippen kann ich recht flott, telefonieren auch und Ablage ist zwar nicht meine Leidenschaft, mir aber durchaus vertraut. Ich werde uns schon durchkriegen und Christoph hat offensichtlich Hausmannqualitäten, wenn ich mich hier so umgucke.

Bevor ich mich auf die Suche nach meinem Mann mache, rufe ich bei meinen Schwiegereltern an. »Den Butzelschers geht's gut«, betont Inge und sagt dann: »Ich war ja heut Moin schon bei euch un hab en bissche was uffgeräumt. Sah ja wild aus. Un de Christoph musste ja fort un da hab ich ebe klar Schiff gemacht. Er hat mir sogar noch geholfe, der Bub.« So viel zum Thema Hausmann. Hat Mutti angerufen, damit sie hilft. Das ist peinlich. Allerdings nicht nur für ihn, sondern auch für mich. Ich liege komatös im Bett und schlafe, während sich meine Schwiegermutter unten als Putzfrau betätigt. »Warum habt ihr mich denn nicht geweckt? Ich hätte das doch selbst machen können«, zeige ich Reue. »Es tut dir doch gut, ema zu schlafe, un ich hab doch Zeit. Is schon in Ordnung, Andrea.« Nichts ist in Ordnung. »Wo ist denn Christoph überhaupt?«, frage ich seine Mutter. »Ach je, der Arme. Der Chef, dieser Langner, hat aagerufe un ihn ins Büro bestellt un da is der Christoph direkt losgeschosse. Isch glaub, er hat werklisch Muffesause gehabt.«

Das wird ja immer schlimmer. Während ich im Bett liege, putzt meine Schwiegermutter und mein Mann muss zum Morgenappell beim ›Schwachkopf‹. »Also Inge, vielen Dank, so oder so, aber das wäre nicht nötig gewesen. Ich kann meinen Partymüll schon selbst beseitigen.« »Des weiß ich doch, Andrea, ich wollt doch nur helfe. Sei mir net bös.« Wie lieb. Da sagt die doch tatsächlich: »Sei mir nicht böse.« Inge ist ein Seelchen und wirklich eine der selbstlosesten Personen, die ich kenne. Wir machen noch aus, dass wir die Kinder am späten Nachmittag abholen, und Inge betont noch mal, dass alles doch nur gut gemeint gewesen sei und sie uns auch finanziell unterstützen könnten, wenn es hart auf hart käme, was sie aber nicht hoffe.

Wenigstens weiß ich jetzt, wo mein Mann steckt. Immerhin. Auch wenn mir um einiges lieber gewesen wäre, er wäre joggen. Ich dusche und ziehe mich an und dann kommt Giovanni. »Geschirr abhole, Signora Andrea.« Ich bezahle das Essen und gebe ordentlich Trinkgeld. Ich hasse Menschen, die damit geizen. Beim Suchen meines Portemonnaies öffne ich auch die Schublade, in der meine Liste liegt. Meine Mehr-Spannung-mehr-Sex-mehr-Anerkennung-und-so-weiter-Liste. Was ist denn da passiert? Die sieht irgendwie verändert aus.

Sobald Giovanni das Haus verlassen hat, ziehe ich die Liste aus der Schublade. Da hat jemand drin rumgekritzelt. Eindeutig. Das kommt davon, wenn Männer die Küche betreten. Alles im Leben hat zwei Seiten. Ich hoffe, es war nicht Inge, die sich an der Liste vergriffen hat. Schriftmäßig sieht es allerdings eindeutig nach Christoph aus.

Ich will:	DU BEKOMMST
– mehr Spannung	NÄCHSTE WOCHE MITTWOCH – GANZ OHNE S-BANN!
– mehr Sex	HEUTE 20.30 TREFFPUNKT SCHIAF-ZIMMER OHNE HASE UND DELFIN!!!!!
– mehr Anerkennung	DU BIST DIE BESTE, DIE SCHÖNSTE, DIE SCHLAUSTE, DIE WITZIGSTE, DIE BEZAUBERNDSTE, DIE SPONTANSTE UND ICH LIEBE DICH
– schlankere Schenkel	ICH MAG DEINE SCHENKEL, SO WIE SIE SIND!
– prima Stimmung.	SIEHE UNTEN

Und alles bitte schnell. Ganz schnell.

FLITTERWOCHEN – ABFLUG: MITTWOCH, 13.30 UHR, LH, RICHTUNG KARIBIK – KINDER BLEIBEN HIER BEI MEINEN ELTERN – ALLES ORGANISIERT
PACK DEN BIKINI EIN!

Flitterwochen! Endlich. Ich könnte heulen. Da bucht mein Quasi-Arbeitsloser Flitterwochen. Nur für uns. Wir werden wie in der Bacardi-Reklame unsere Körper im schneeweißen Sand wälzen und bei romantischen Sonnenuntergängen Händchen halten und uns unsere Liebe beteuern. Keine Akten, kein Kinderturnen – nur wir zwei und ein Haufen Zeit.

Fast noch besser: Er mag meine Schenkel. Was für ein Mann. Mein Mann! Ich habe ein, zwei Tränen im Augenwinkel und überlege schon, ob ich mir zu meinem alten Bikini sicherheitshalber noch ein flottes Strandtuch kaufe. Und zwei, drei Sommerkleider.

Woher weiß der das mit dem Delfin und dem Rammler? Man darf Heike einfach nichts zu trinken geben, da vergisst die jegliche Diskretion. Aber nach dieser Liste hier verzeihe ich sogar Heike. Das ist alles schon sehr süß.

Schade, dass ich ihn jetzt nicht anrufen kann, um ihm genau das zu sagen, aber ein Treffen mit Doktor Langner zu unterbrechen erscheint mir in Anbetracht der angespannten Zu-blöd-zum-Kopieren-Lage eher nicht ratsam.

Stattdessen rufe ich eben nochmal schnell Sabine an und erzähle ihr alles. Auch sie ist sichtlich beeindruckt. »Flitterwochen, wie cool. Und dann auch noch Karibik, aber wurde ja auch mal langsam Zeit, ihr seid ja bald näher an der Silberhochzeit als an der Hochzeit«, schmälert sie alles aber dann doch ein wenig. Wie immer bei Sabine – ein bisschen übertrieben. Damals hatte ich schwanger auch nicht in die Karibik gewollt. Und dann war Mark ja noch so klein gewesen und einen Säugling direkt bei den Eltern abgeben wollte ich auch nicht. Tja und irgendwann vergisst man im Alltagsgeschäft an der Leggingsfront auch, dass man noch gar nicht in den Flitterwochen war und fühlt sich auch nicht mehr danach.

Am Mittwoch fliegen wir. Also noch zweieinhalb Tage. Ich suche schon mal meinen Koffer und sortiere die Klamotten. So was will wohl überlegt sein. Da bin ich komplett anders als Christoph. Der schmeißt, meistens kurz vor dem Abflug, zwei T-Shirts, seine Badehose und eine Jeans in den Koffer und wundert sich jedes Mal über meinen Gepäckumfang. Diesmal werde ich beweisen, wie strategisch Frauen packen können.

Nachdem ich eine gute Stunde meine Sachen durchwühlt und alles übers gesamte Schlafzimmer verteilt habe, höre ich Christoph. Ich renne die Treppen runter und stürze mich in seine Arme. »Sag nichts«, flehe ich ihn an, weil ich erst mal keine schlechten Nachrichten hören will. »Ich liebe dich und bin so gut wie reisefertig. Alles andere wird sich finden. Es gibt für jedes Problem eine Lösung«, fange ich direkt zu trösten an. »Hoffentlich, Andrea«, sagt er und guckt ziemlich ernst, »lass uns alles in Ruhe im Wohnzimmer besprechen.« »Brauche ich dafür gleich wieder Alkohol?«, frage ich vorsichtig. »Na ja«, antwortet er, »wahrscheinlich.« Das klingt nicht sehr viel versprechend. »Jetzt erzähl halt«, will ich alles wissen. Ich kann schlechte Nachrichten vertragen, hoffe ich jedenfalls. Und außerdem haben wir ja dann Zeit, in den Flitterwochen alles zu besprechen.

»Also«, fängt Christoph an, »heute Morgen war ich ziemlich früh wach und da habe ich erst mal meine Mutter angerufen und beiläufig erwähnt, wie es hier aussieht.« Diese beiläufige Bemerkung kann ich mir sehr gut vorstellen. »Mutti, komm schnell, ich lebe in einem Saustall, meine Frau schläft seelenruhig und ich weiß nicht, wo die Putzlappen sind.« Ich bin nett und erspare mir einen Kommentar. Die allgemeine

Stimmung schreit nicht gerade nach ironischen Anmerkungen. »Ich weiß, dass Inge da war, ich habe mich schon bedankt, wir haben telefoniert«, sage ich nur und dann: »Weiter.« »Na ja und als ich nach Putzzeug gesucht habe, da habe ich diesen kleinen Zettel in der Schublade gefunden.« Würde er häufiger zum Lappen greifen, wüsste er auch, wo die Dinger sind, aber na ja. Ich gebe ihm spontan trotzdem einen Kuss. »Das mit den Flitterwochen ist schon lange gebucht, ich habe ja gemerkt, dass du irgendwie schlecht drauf bist, und ich kann's ja auch ein bisschen verstehen. Also habe ich gedacht, wenn wir zwei hier mal rauskommen, das wäre doch was.« »Ja«, seufze ich, »das ist wirklich himmlisch. Eine traumhafte Idee. Ich freu mich total.« »Hhm«, brummt er und erzählt weiter, »dann klingelte auf einmal das Telefon und der Langner war dran.« »Und was hat er gesagt?«, wage ich eine kleine scheue Zwischenfrage. »›Bitte seien Sie so freundlich und kommen Sie mal schnell ins Büro, ich muss Sie noch heute sprechen, ich habe mir eine Menge Gedanken gemacht.‹ Und ich sage dir, Andrea, so wie der geredet hat, wusste ich, es ist fünf vor zwölf.« »Sag's gleich, hast du deinen Job noch?«, traue ich mich, die alles entscheidende Frage zu stellen. Was soll das Drumherumreden. »Na ja«, stammelt er, »eigentlich nicht. Nein, habe ich nicht mehr.« Scheiße, Scheiße, Scheiße. Bis eben war noch alles eine grausige Vermutung, aber jetzt ist es raus. Ich will nicht weinen, keinesfalls, ich muss doch die Mutmachende sein, aber ich kann nicht anders. Ich streichle sein Gesicht und sage immer wieder, unter Tränen allerdings: »Wir werden es irgendwie schaffen. Du bist toll, du hast bestimmt schnell was Neues und ich, ich kann ja auch wieder arbeiten. Würde ich sogar gerne. Sorge dich nicht.« Mehr ist bei dem Schock an Zuspruch nicht drin. Was für ein hartherziger Kotzbrocken, dieser Langner. Der weiß doch um unsere familiäre Situation. Wie kann der, nur weil einer mal die Wahrheit gesagt hat, ihm gleich kündigen. Den knöpfe ich mir vor. So ein mieser Typ. Das ist teuflisch ungerecht. Ich meine, er hat solche Reaktionen doch selbst provoziert durch sein herrisches In-die-Kanzlei-Bestellen. »Wie geht es dir?«, frage ich meinen Mann. »Eigentlich gut, ich wollte es ja nicht anders.« Wie soll ich denn das verstehen? War das Absicht? Wusste er, dass der Langner im ersten Stock sitzt und hat er ihn etwa absichtlich herausgefordert? Das wäre dann vielleicht doch nicht wirklich schlau gewesen. Und auch ziemlich unverantwortlich. »Ich rufe ihn an und versuche zu retten, was zu retten ist«, zeige ich Einsatz und beweise, dass ich für meinen Mann sogar zu einem erniedrigenden Demutsgang bereit bin.

»Mal langsam, Andrea«, bremst mich Christoph, »ich schildere dir mal das gesamte Gespräch.« Ich nicke. Manchmal ist es auch gut, mit dieser Art Anruf zu warten, bis der erste riesige Zorn weg ist. »Ich komme also in die Kanzlei und der Langner hockt in seinem fetten Ledersessel und winkt mich ran. Ich will direkt mit einer Entschuldigung loslegen, aber er sagt nur: ›Aufhören, ist doch alles wahr. Ich bin zu blöd zum Kopieren. Und ich kommandiere rum. Sagt meine Frau auch. Ansonsten traut sich das ja keiner. Mir hat das gefallen. Auch, dass Sie auf der Party dem Schwachkopf‹, an der Stelle lacht der doch glatt laut auf, ›also mir, eben nicht in den Hintern gekrochen sind. Lassen Sie es jetzt bitte auch. In meiner Position ist man umgeben von Menschen, die sich nichts trauen. Alles ergeben abnicken. Ich bin froh, wenn einer mal den Mund aufmacht. Können Sie mir versprechen, das weiterhin zu tun, vielleicht ein wenig sachlicher, aber trotzdem?‹« »Was nimmt das denn für eine Wendung, Christoph?«, bin ich komplett verwirrt. »Hör doch einfach zu, Andrea«, unterbricht mich Christoph, »ich war auch erstaunt, habe aber gesagt: ›Na ja, eventuell, kommt drauf an.‹ Der Langner grinst und will wissen, worauf es denn ankommt. Ich, schon etwas mutiger, habe dann gesagt: ›Auf meine Position hier in der Kanzlei. Als kleiner Angestellter und Lakai vom Chef tut man sich da ja ein wenig schwer mit der Offenheit.‹ ›Gut bemerkt‹, sagt der nur. ›Ich habe die ganze Nacht über all das nachgedacht. Und habe beschlossen, Sie zum Partner zu machen. Damit wir in Zukunft in Augenhöhe kommunizieren können.‹« Wow. Unglaublich. Einmal Schwachkopf sagen und schon wird man Partner. Das gibt's doch nicht. Das steht so sicher in keinem Karriereratgeber. »Juchhu«, schreie ich und springe durchs Wohnzimmer. »Das ist ja Wahnsinn, unglaublich, phantastisch. Du bist ein Held«, bejuble ich meinen Kerl. »Warte noch eben, Andrea«, beendet Christoph meinen kleinen spontanen Freudentanz. »Der Langner hat noch mehr gesagt. Nämlich, dass er für zwei Monate auf Rucksackreise gehen will. Mit seiner Frau. Durch Lateinamerika. Ein Jugendtraum der beiden. Sie fahren am nächsten Samstag. Hat er sich alles heute Nacht, nach der Party, überlegt. Der hat mir richtig sein Herz ausgeschüttet. Dass er ein Arbeitstier sei, in einer grässlichen Tretmühle stecke und dass seine Ehe leide. Er will sich nochmal jung fühlen. Hat direkt im Internet Flüge gebucht.« Das ist ja alles eine äußerst merkwürdige Geschichte, aber mir dämmert langsam, dass die gute Nachricht auch eine schlechte mit sich bringt. Außerdem, hat der nicht vor wenigen Minuten gesagt, er hätte seinen Job nicht mehr und mich damit zum Weinen gebracht? Sehr witzig. »Warum hast du gesagt, du hättest deinen Job nicht mehr, was sollte das, findest du so was amüsant?«, werde ich etwas sauer. So, wieder auf der sicheren Seite, kann man ja auch ein wenig strenger werden. »Ich habe meinen Job ja auch nicht mehr. Ich bin ab Ende nächster Woche kein Angestellter mehr, sondern Partner«, kichert mein Mann. Lustig wirklich. Und wie spitzfindig. Und was heißt eigentlich ab Ende nächster Woche? Da sind wir doch in der Karibik, oder wie muss ich das verstehen? »Was ist dann mit unseren Flitterwochen?«, frage ich also logisch nach. »Ja, Andrea, das ist ein kleiner Haken, also das geht natürlich jetzt nicht. Der Langner baut auf mich. Wenn der weg ist, soll ich den Laden schmeißen.« Umsonst gepackt. Umsonst gefreut. Und der Langner, der alte Fuchs, reist mit seiner Muffelziege durch Südamerika. »Und die Reise, die Tickets, es ist doch alles gebucht?«, versuche ich doch noch was zu retten. »Wer so lange auf die Partnerschaft gewartet hat, ich meine, da kommt es doch auf ein, zwei Wochen nicht an.« Christoph argumentiert ähnlich. »Wer, wie wir, so lange auf die Flitterwochen gewartet hat, Andrea – was soll's, dann fahren wir halt in zwei, drei Jahren. So eine Chance bekomme ich nie wieder. Der Langner mag mich.« In zwei, drei Jahren? »Aber die Tickets«, bleibe ich hartnäckig, denn ich weiß, Christoph gehört nicht zu den Leuten, die gerne was verschenken, und zum Stornieren ist es definitiv zu spät. »Fahr du doch«, lacht Christoph, »nimm Sabine mit und macht's euch nett. Ich werde hier eh keine Zeit haben. Ich muss auch gleich nochmal ins Büro. Bisschen was vorbereiten.«

Ich soll mit Sabine in die Flitterwochen? Sag mal, tickt der noch richtig, der Herr Partner? Soll ich mich mit Sabine im weißen Sand wälzen und romantisch Händchen halten? Oder fahre ich am besten gleich nur mit meinem Delfin und schaue mir mit dem die Sonnenuntergänge an? Oder – ich hab's –, vielleicht hat ja Herr Barts Zeit. Der Stadtwerke-Mann mit dem Knackpo. Der sieht im weißen Sand sicher sehr appetitlich aus.

Womit wir wieder da wären, wo wir schon am Anfang waren.

Mist.

Danke

An Silke Reutler, meine Lektorin, fürs Anpeitschen und Motivieren, und an Karin Herber-Schlapp, weil sie es verdient hat, und natürlich an Constanze, meine Freundin, die mir tägliche Durchhalteparolen zugeflüstert hat.